朱尘引

宋唯唯 著

上海文艺出版社

目　录

1. 谁家有女初长成

荷荷来深圳的时候，是她十五岁的那年夏天。是新火炎炎的六月，刚过了端午节。带她来深圳的人，是村里长兴家的媳妇，牵藤姐姐。

出门远行其实是毫无预兆的，连爹娘事先都没想到，一如命运的偶然性，突然出现，然而，不可逆转。

那是一个平常的周末，荷荷从中学回到家里，照例地，带回空了的酱菜瓶子，待洗的衣衫、床单、球鞋，还有她，倦厌校园的少年人的心。六月的原野郁郁莽莽，空气里充满了油菜荚成熟的香味。太阳烈起来了，大南风热热地吹着。荷荷的家是平原上的村落里，一所白墙青瓦的小房屋，单薄、平凡得唯有自己家的孩子才不会走错门。荷荷回到家里，先将自家的脏衣衫脏球鞋，连同爹妈下田时穿的泥巴衣衫，带到河边，勤勤恳恳地搓洗了一下午，洗得干干净净，晾在晚风里。将家里的柜子桌子，坛坛罐罐，都通通地拿碱水擦洗一遍。扫过了堂屋，扫过了禾坪，烧好了晚饭，待爹娘从湖田里拉了新割的油菜梗回到家，堂屋暮色苍灰，厢房里的白色蚊帐静静地四垂着，荷荷已经睡着了。

早晨,荷荷醒来时,爹娘正在禾坪上打菜籽,一人举着一把竹帘子,啪啪地落在菜籽梗身上,空气里充满油菜荚破壳时,浓郁的油香气。窗户上一片亮彤彤的晨光,是一个初夏的艳阳天。荷荷掀开蚊帐,恹恹地倚在大门边,看着爹娘打菜籽。娘和善地提醒:“荷荷,你去井边洗脸呀,梳头发呀!”荷荷回身去镜子前取了一把梳子,依然恹恹地倚门,默默地开始通头发,头发又多又密,在枕头上睡一夜,打了好多结。每一次从学校回到家,翌日都是这样的不开心,在体贴的家园,想到校园的生活,寄宿的女生寝室,拥挤的是晒不干的衣衫、说不完的流言,熙熙攘攘的操场,到处都是人,凛冽的拥挤的人。在葱郁的绿野间想起那么一所学校,只觉得,一种说不出的寒意,不情愿。她幽幽地吐了口气。屋檐下的小桌上,竹筲箕里装了一把鲜艳的南瓜花,等着荷荷来择的意思。

门前的荷塘里,水面露出了荷叶的尖尖角,卷起来,卷成一筒一筒,随着水波荡漾。荷叶筒尖落下盈盈的露珠,落进河里,叮咚的一声。水边木桨上,有人在淘米,择菜,嘤嘤地说着话。来了个捶衣服的堂客,水声登时热闹起来了,哗啦哗啦地,床单扬起来,撒网似的投到水里,木桨边青葱一片的小荷叶卷筒,都在疾风里纷纷退到塘中央去了。牵藤是个好看的少妇,身型圆润,玲珑。头发烫了时髦的金黄色,鹅蛋脸,大眼睛,眼珠子黑黑的,活泛得很,咧开红嘴唇开心地笑着,一笑两个酒窝。她穿着一件粉红短袖衫,蓝色牛仔裤卷起,脚丫子站在清水里,哗啦哗啦地挥起粉色的床单,四方都是她的声息。

“哦哟,谁把我的米筲箕都打翻了哟!是牵藤呀!我说哪个人这么刁滑哩?”

“牵藤牵藤,你何时回来的?何时到的家?”

“五黄六月奔波回来割菜籽,看伢子。劳苦人哩。”

“牵藤,哎呀,你没家里白净了哩,皮色黑了好多,也瘦了,原来广东太阳真的晒死人呢。”

撒网的人，打铃铛似的，清清亮亮地笑。对于四面八方的问询她高声大气地答——搭长途车回来的呀。昨晚上到的家。回来看下老不死的，小讨债的，抬抬脚就又要走的，不多作停留。等过年回家，好好停留。是啊是啊，长兴一个人在那边，不放心呢！

一群人侍候着牵藤淘洗好了床单，笑哈哈端着洗衣盆回了家，听着她经过的禾坪那头，沿途热闹了起来。塘里的水，碱气渐渐沉淀了，清澈了，人们继续淘米，洗菜，在木桀上议论着牵藤。牵藤是长兴家的媳妇，嫁过来七八年了，和丈夫两个，如今依然算得上是台上最醒目的俊男女，风头无人盖得过。她和长兴有个孩子，给老人带在家里，已经上学念书了。夫妻俩在深圳打工，出门了四五年，去年冬天，家里新起了房子，是一台人家最显赫的，气派的三层小楼，很洋气的红屋瓦，外墙贴了浅灰的细条瓷砖，窗户一律是四扇开的大玻璃窗，门口还竖了洋式的罗马柱，门前一色铺开的水泥禾坪，是显赫的豪宅了，平坦的原野上，隔着十里八里地都望得见。人们服气牵藤。一台人家，多少的女孩儿，年轻媳妇儿出门去，到深圳，到上海，为赚钱都不走正途，然而，牵藤打最初出门打工，就是做家政工——她是受尊敬的女子。

晚上，牵藤就到荷荷家来玩了。刚刚入暑，天上的银河都还没有大现，人们已经开始乘凉的仪式了。摇着一把蒲扇坐在禾坪上，孩子火急火燎，满台上大呼小叫地找孩子，老婆婆们静静谧谧地坐在一起。

荷荷家正在吃夜饭，炒南瓜花，绿豆粥，酱洋姜，一碗小河鱼是唯一的荤腥。看见牵藤来，荷荷就起身去堂屋搬了一把竹椅，在她面前轻轻放下。牵藤笑嘻嘻地抬头，见暮色里一张板栗壳的小脸，静静地垂着眉眼。

牵藤翘着兰花指，从碗里拈起一条小河鱼，愉快地放进嘴巴里。

娘端了碗，殷切地邀她坐下来，相问道："牵藤姐姐，我们都指望你能干人呢，你在城里瞄一瞄有没有我家荷荷做得来的事情？帮着给我荷荷留心一下。"

牵藤说："荷荷不是在念书的么？"

娘热情地否定："可以不读的呀，她读书成绩很一般的，也不喜欢上学。再说，她上头又有两个哥哥在读大学呢。"后头的这句话，牵藤晓得是最紧要的，最在情理的。她又看看荷荷，自始至终，她一言不发地坐在一把竹椅上，理着一把艾草，黑黑的头发垂下来，搭在眼前。村子里这些零零星星，不声不响的小孩子，不知哪天，就蹿得人高了。牵藤们从远方回到熟识的老家，总会被这些生疏的面孔，黑眼睛亮晶晶地打量，心里莫名其妙硬梗梗的。

牵藤笑吟吟地问道："荷荷你自己说呢？你是愿意跟我去深圳还是在家念书？再多读两年，岁数大点再出门，也好的。"

"只要找得到事做，就去。这时候就可以去！"荷荷细声细气地说，心里带着一股怨气，口气就干脆得很。她上头的两个哥哥，一个在高三，立即要考大学，一个呢，正在念大学。她荷荷读书又不行，比不上两个哥哥那么立竿见影的聪明，当然了，她也不是不行得说不过去，搁在孩子堆里，也还是行的。可念书若是一直念下去，顺顺当当地上个高中，过几年万一考上了大学，那怎么办？那前景才真是可怕的，还得要家里供好些年呢，而且，那时候，两个哥哥都毕业了，要成家立业，正是需要老骨头出力的时候，荷荷若是万一考上大学——爹娘怕就怕这个，不是怕女儿也出息，是实在供不起了，他们如今供两个儿子，已然是将老骨头敲骨榨髓，点灯熬油。多少年家里小板凳都不曾添一张。地里种出来的棉花、稻谷、菜籽，一样都变不出钱，不敢生病，最害怕的人祸莫过于大人孩子有个病痛——荷荷不是不晓得这些。她心疼爹娘，在田里弯腰驼背磨了一辈子的两个老鬼，她也不想给老鬼添辛苦的。可是，眼下这两个老鬼也太偏心了，偏得明目张胆，她就很气了。去就去！离家就离家，去了就不回头了，天大地大，她保管不回头！发财了也不回来！叫两个老鬼心里欠着，念着！

娘一听荷荷干脆的语气，被她的话扔得字字都痛，还乐呵呵对牵藤说："你看，她自己也想去吧。她心野呢，不喜欢上学哟。从家去上学总是蔫巴巴的，要生病的样子，不上学就没事了，又好了。"

爹呢，一声不吭地将割艾草的镰刀捡到屋里去，从厨房里提了一壶刚刚煮好的夜茶，拿瓷碗装了一碗，毕恭毕敬地端给牵藤，沿途还泼洒了一些。牵藤高着嗓门喧哗了一天，招呼遍了村子里的人，此时一边打着哈哈，一边将一碗茶灌下喉去。爹破天荒地舀了一碗，默默地递给女儿，看她双手接过，埋下头喝，感觉得到爹在瞅着自己，那目光就像老牛的眼睛一样，忠厚，弱小，充满舐犊之情，荷荷心头那点蓝汪汪的怒火，都被这碗心酸的温茶给浇灭了。

翌日，娘带着荷荷去了一趟外婆家，做个告别。真是奇怪，原本是周末放假，从学校回家过一夜，向爹娘讨要点生活费，收点义务上缴的租子，然后就回校的。而今，荷荷退学的事情，爹已经打电话找二哥，嘱咐他去学校办。周二，她就跟着牵藤踏上了去深圳的长途车。

爹娘一路相送，像两只讨人厌的老鸹，你啼一番，我啼一番，说的都是相似的一番话，叮嘱荷荷路上要小心，要听牵藤姐的话，要时刻跟着她，莫要走丢了，路上莫要和生人讲话……找到工作，要紧是会做事，出门在外，切记不要惹是生非。最末一句，得了工资，紧要的是寄回家——荷荷脸一冷，头往车里扭去，任爹娘在车窗外如何地呼唤，拍窗子，赔笑脸，都只有牵藤与他们搭讪，高声地承诺会照顾好荷荷的，都放心，放心！待车开了，牵藤缩回贴在窗玻璃上殷勤应承的笑脸，一看荷荷，满脸的泪水，正扭过头，眼睛紧紧地看着父母，轮胎驰过泥土路面，扬起的灰尘弥漫，爹娘就搓着手，肩并肩，矮小地站在黄尘里，尽力地望着随车而去的女儿……牵藤油然地想起八年十年前的一幕，她的老父母也是这样，站在灰尘漫天的路口，凄切地送别出门远行的她。

牵藤爱惜地搂住荷荷的肩，用衣袖为她擦脸上的泪水："荷荷，不要哭，外头也多得是我们老家人。"荷荷的肩在她的手上，薄薄的，硬硬的，像一根竹子。

荷荷一来，就找到了东家。牵藤之所以如此爽快地答应带这么个十五岁半十六岁的丫头片子出村来，心里已然是有打算的。她离开深圳回乡下，背负的诸多托付中最紧要的，是一户业主极迫切地要个带孩子的保姆，要年轻，干净，心眼好，温顺听话。牵藤在河边第一眼看见冒出来的荷荷，就已经拽了她牵到主人跟前，签字画押，谈好了工资，报酬。主人家的胖娃娃，也抱到她手上来了——果然，这户人家对荷荷很满意。

就这样，荷荷在凤凰台待了下来，看护一个八九个月大的婴孩。东家是一户富庶人家，住着一层一梯两户的电梯公寓，一对老夫妇带着一个咿呀学语的小孙儿，住南北向的一套公寓；小孩的爸爸妈妈，则住隔壁东西向的那一套，早晚相见于同一屋顶之下，比邻而居，既各自为政，又可相敬如宾。电梯门外布置着橡皮树盆栽，鞋柜，雨伞桶，衣帽架，孩子的学步车。很有大户人家的殷实气息。

凤凰台宁静的上午，满山啾啾的鸟鸣止息了下去，山谷里种菜的人们，忙过了汲泉水浇灌蔬菜。主妇们下山去喝早茶，上超市购物。老人们坐在树下的凉亭里支开了一天的麻将桌。游乐场上，咿咿呀呀的孩子们在玩跷跷板，一旁守护着年轻的母亲，看护的保姆。从乡下来的小保姆荷荷，也在其中。她抱的那个孩子，是个娇滴滴的小

雀雀在楼门、店面之间来来回回地走着，挺直的脊背，穿着女仆式荷叶边的围裙。

宝,荷荷呢,也是娇滴滴的一个小保姆,新眉新眼的,脸蛋好似剥开的煮鸡蛋,瓷实,洁白。她清澈的一双黑眼睛,静静的眼神,那双耳朵,却一直在聚精会神地听着人们说话。商场打折,餐桌上的食谱,哪条街上的品牌店,这些主妇们的家常对白,对她,都是新鲜的生活经验呢。

她还认识了一个女孩子,社区里大白兔洗衣店的看店女孩,雀雀。和荷荷同龄,比她早半年来到深圳。雀雀是只活泼的雀仔,瘦小,机灵,相貌也形肖一只雀子,细长的眼睛,鼓鼓的面颊,尖尖的下颌,尖尖的红嘴巴,颈子长长的,细细的,将脸机敏地递到身体前方听人说话的样子,侧影就是一只可爱的小雀仔。

荷荷第一天看见她的时候,是她穿梭在凤凰台的花径、树影间的身影。她在楼门、店面之间,来来回回地走着,手里执着一张洗衣单,去业主家取衣服;或者推着一列小车,车上挂着一排用塑料袋套好了的衣服,一户一户地给人家送上门去。荷荷被她机敏的样子吸引住了,她挺直的脊背,穿着女仆式荷叶边的围裙,迈着快速的碎步,打开每一扇楼门的手势,都那么的胸有成竹。荷荷伸长着脖子,紧紧地追望她的身影,用目光将她迎过来送过去。雀雀目不斜视地经过了许多回,后来,终于信步走过来,坐在秋千架上,大剌剌地问道:你是新来的小保姆么?你叫什么名字?

待荷荷告诉她芳名,又回答过她,哪一户人家是她的东家,雀雀熟络地点点头,哦,我晓得这一家的,我到小宝妈妈家收过地毯的,她家有四张雪白雪白的地毯。

荷荷和雀雀彼此交流了她们的喜好,都很一样:喜欢看言情小说,喜欢看古装电视剧,喜欢紫色、黄色、蓝色,拥有一个带锁的日记本,想家却不打算回家,等等。

然而,翌日,当荷荷专门抱了小宝到游乐园里,等待新朋友来到时，远远地瞅着雀雀推了一列小车过来了，荷荷的脸隐在小宝的衣服后，探出眼睛来，向雀雀诚恳地笑过去。然而，大白兔干洗店的丫头却视若无睹，推着一架子衣物，径直地走过去了。荷荷就很体谅地站在秋千架边，等着她忙完了转来。日影斜过来了，将树木的荫扭了个方向，游乐场上被直射的阳光照得热气腾腾的，小宝趴在荷荷的肩头睡了一场，此时醒过来，燥热地哭起来。荷荷失落地往楼里打转，她等得面干舌燥，压抑着自己委屈的泪意。雀雀没有再转来，趾高气扬地从她面前经过——她遇到了一桌麻将，一个主顾输惨了，抓过雀雀替她换一换手气。

这是荷荷渐渐才晓得的，雀雀在凤凰台的主妇圈里，有着极好的人缘呢。她和打交道的主妇们都有着良好的交情，精心地打点人家交给她的窗帘，床单，昂贵的开司米毛衫、羊毛手织地毯、名牌衣衫，沙发套等等。她是一个细腻，八卦的女孩子，很搭主妇们那副说来话长的寂寞脾气。遇见师奶们的麻将桌，人家还会叫住她，帮忙上桌替两局，换换手气。

荷荷呢，也就在雀雀陀螺式的旋转、忙碌里，被她吸引着，诚恳地走过去。她们这么大的女孩子，都来自单纯贫穷的农家，没有什么经历，也没来得及有什么遭际，结识雀雀，令荷荷在生疏的环境里，变得振奋起来。如此能干、活络的雀雀，令她有一种安全感的依赖。几番静好的推心置腹之后，雀雀和荷荷，就成了一对小姊妹。

黄昏了，雀雀拉她去散步，在山谷里，有一片人们开垦的菜地，里头，就有雀雀的一块私家重地，方圆一张八仙桌那么大。种了三四棵辣椒，又爬了一行豆角，几株紫苏。天黑时分，七点钟，雀雀就准时下班了，锁上洗衣店的大橱，对镜子再描点口红，手里拎着小包和一筦子摘来的菜，回家去也！

她对荷荷描绘她的夜生活：回到自己租住的小窝里，洗好蔬菜，焖点饭，热了油锅烧两样菜，她的小房子里还有一台电视机，所以，她的晚上很充实。逢上节假日，她叫上几个老乡，在家做一桌子丰盛的菜肴，招待大家。这样的生活，令荷荷这样寄人篱下的小保姆，听来非常羡慕，非常向往。

雀雀也颇自得，她赞美着地里的辣椒苗，哎呀哎呀，好绿好绿呢，你看，辣椒的样子好弯好弯，一看就晓得好吃。还有紫苏——煎鱼，做鱼糕汤，放几片叶子下去，好提味！豆角呢，要是舍得油，干煸豆角是最好吃的，烧热油，加花椒，蒜泥，大火煸！她绘声绘色，情深意长地描绘着她种下的菜，她擅长的菜肴，遗憾地同情荷荷：可惜你不烧饭，你要是烧饭的话，我就常常摘点菜送给你的。

荷荷心里就有些失落。雀雀呢，没心没肺的样子，却在摘了一轮豆角之后，意识到了。她亲热地抱着荷荷的肩，说："你哪一天得空呢，趁小宝妈妈下班了抱他玩，你跟着我一起回家，我来炒菜给你吃，好不好？还可以自由自在看电视。"

暮色里，雀雀提着一篼子菜，走下灯火琳琅的山坡，她伶俐的身影，几乎是蹦蹦跳跳的。荷荷看着，只觉得没名没目的一股委屈。

她心心念念勾画着雀雀晚上的生活：有一间自己的小屋子，开门钥匙只有她自己有，房间里有床，电视，小型的锅碗瓢盆，最自由的是自在，一个人的手脚想怎么舒坦就怎么舒坦，连心都卸下了重担。她连她床单的颜色，小碗的样子，都联想出来了——荷荷觉得雀雀过的这一套生活，很值得欣赏。

凤凰台的夜晚，很早就安静下来了。家家户户的灯光，电视的声音，晚餐的饭菜香，一片一片的香气和灯火人声，相似的平淡、安宁，那里头是居家的日子，夜晚是安静的沉睡。九点刚过，小宝也随着祖父母睡下了。

荷荷呢，一个人在小小的保姆间，一床一柜的小房子里，躺一躺，坐一坐,望望窗外,实在是没什么有意思的。少年人瞌睡少,她精神着呢。这房子里只有她一个人是醒着的。她洗过澡,轻手轻脚地,移出门外,走出小区,到山路上的一间公用电话亭里,拨电话回家。爹和娘,都在那一头的夜色里,眼巴巴等着她的电话呢,什么时候拨过去,那头都是高声大气地喊道:荷荷!荷荷是吧?他们说,荷荷,深圳好不好?你的东家好不好?你吃得好不好?住哪里?小宝好不好带?荷荷,牵藤呢?她没和你一起住,那么她在哪里住?

他们问出来的话,一律没多少见识的,叫荷荷好笑,她瓮声瓮气地答话。爹娘的话语里,还有一种胆怯在里头,再高声大气,也弥漫着那种怯气,毕竟,荷荷在异乡的冷暖遭际,哪里是他们这无用的爹娘可管顾到的呢?他们纵然有千里搭长棚的心,也遮蔽不了女儿头顶的风和雨。

打完了电话,荷荷就在山道上逛荡,舍不得立即回到房子里。橙色的路灯光照着宁静、宽阔的山路。而夜晚的天空,漂游着柔软的云,大朵大朵的,月亮就在云朵之间游弋,穿梭。没有云的空白处,闪烁着星子。风呢,婆娑地撩着头发丝,衣角。

2. 凤凰台

荷荷在凤凰台的日子，一天天地顺应着，就这么长了起来。初来的时候，小宝才会咿呀学语，一转眼就已进化得伶牙俐齿。他对于自己会说话这件事，非常的惊讶，雀子似的，跃跃地说个不停。他看见奶奶在做饭，就准确地指出锅、碗、大碗、小碗。锅铲，调羹，勺子，酱油瓶，醋坛，油壶，盐罐，这些他叫不出名字的，形状各异、名称也各自相去甚远的用具，他就很着急了。关于爷爷的毛笔，大小篆，他就更加着急了，在大人们期许的目光里，准确而伶俐地为物体们命名，引得他们的惊叹、赞美和眉开眼笑，叫小宝时常急得抓耳挠腮。还有水彩盒，每一格都盛着神奇的颜色，他拿笔蘸一蘸，在墙上画出弯弯的一条线，或一个点，就是不一样的缤纷颜色，鹅黄，石青，丹红，青黑……荷荷很能干地画出一朵花，一只黄黄的小鸭子，一个三根头发的小宝宝，小宝宝拍着手，笑哈哈地前颠后颠。这个世界上有这么多东西，这么多颜色，每一样都有个名字，音节还不相同的——小宝忙坏了。他的嘴巴是不停的，手也是不停的，还时常地发躁，跳脚。他慌忙地叫着："荷——儿——荷——荷——!"

荷荷夸张地张大嘴巴打一个唐老鸭式的哈欠，伸手蒙上眼睛，顿时歪在了枕头上。小宝胖乎乎的两只小手,上来使劲掰开荷荷的手指,他窥视她的眼睛,描绘她的姿态:“荷荷睡了。睡啦——荷荷闭上眼睛——睡着了。”他拍打着她,模仿她哄他睡觉的样子:“星星少来,月亮少来,宝宝睡着啦!”这是他和她每天中午的甜蜜伎俩。荷荷先装睡,小宝俯在她身子上,小手拍打着她,口齿错结地唱着一首催眠曲哄她,唱着唱着,他就不响了,呼噜呼噜睡着了,脸压在荷荷的头发上,胖嘟嘟的红嘴巴张着,手搭在她背上,好缠绵的样子。

小宝睡着的时间,荷荷就读书。从女主人书房里拿小说来读。小宝妈妈有一间阔绰的大书房,一壁是她的专业书籍,另一壁则都是言情小说和时尚刊物。她的工作,是在一间科研机构做技术研发,而这户广东人家是经商做贸易的,所以,上上下下,从公婆到丈夫,都很尊敬她,抬举她是个读书人。小宝妈妈是个寡言的女子,荷荷日常里能听到她的,都是她和孩子说话,用童话的语言,咿咿喔喔地,对小宝推心置腹地交谈。她通用的表情是微笑,被滋养被宠爱的女人的那种微笑,温柔的,骄矜的,清淡的,她和公婆、丈夫都不大说话,然而,空气里遍布着她的气息,譬如,她喜欢点香,房子一角的薰香炉,烘热玫瑰、熏衣草、兰花精油的香味。她还喜欢点盘香,印度香,檀香,沉香,氤氲的,干燥的,温热的花木香,调和着山谷里吹进窗来的青郁郁的潮气。这些,都是她的气息,无声胜有声地,遍布。

她喜欢读小说,几十本亦舒排列在一起,陈旧的,新版的,繁体中文的,简体中文的,是积年的累积。小宝午睡时,荷荷就从书架上抽出一册,坐在他身边读,她好似嗜水的人遇见大湖,一头扎了进去。一行一行地吞着字,小心地揭开书页翻过去,从不敢在书页间留下指印,读过了的原样放好。亦舒的书都是好读的,绝不会读不下去,她养成了速读的习惯,在小宝睡着了的两三个小时里,可以飞快地读完一本薄薄的亦舒。书里那些远山远水的繁华都市,那些极致聪明、机灵、漂亮的男男女女，那些繁华、剧烈、山雨欲来风满楼的人生大故事……荷荷抱着醒来的小宝，走在晚风的花园里，仿佛是走在梦里。夕阳下的梧桐山，阳光和云朵投在山头的蓝色阴影，被暮色染深了一层。凤凰台于她尚且是个热闹、好奇的梦，更毋论书里的世界。她走在晚风里，心里很憧憬，还很明白事理。

也是在小宝的散步时间里，荷荷在游乐园的秋千架，滑梯，小蘑菇屋前，渐渐认识了许多凤凰台的朋友。譬如，抱宝宝的别家小保姆，超市收银员，那些多嘴饶舌的保安，地产中介公司的小青年，他们都是频繁地行走在凤凰台的草坪花木间的人。尤其是时尚气息旖旎的美发厅里，染着黄毛、穿黑色补丁衣裤、面貌前卫的美发师，摩登的健身房里，那些理寸头、轮廓健美、古铜肤色的年轻教练。都是都市生活里的摩登分子，引领时尚潮流的人物。然而，这些潮流人物摩登的外表下，是中学毕业的文凭，乡村小镇少年出身的背景。他们沉默不语时，或对顾客宣扬他们的行业知识时，是他们的姿态最迷人的时候。

还有地产经纪，那些穿着劣质西装的少年郎，荷荷看得见他们的生活，正经做一桩生意的时候，他们陪着看房子的客人，脸上笑出灿烂、阳光、热切以及小心奉承，随口许下空口无凭的承诺，热情百倍地给顾客下套子。缩着肩膀，敏捷地碎着步子，永远比客人前小半步，便于推开门、按电梯，也便于客人不用抬眼皮，便可随时对话。一旦他们闲下来的时候，没有生意目标的时候，他们就冷下来了。三三两两地踱步到山坡上，抽支烟，手指懒懒的，面容倦倦的，露出疲乏来。不抽烟的呢，面对着菜园、泉水穴，塌着肩膀站立着，一言不发的样子。在青郁郁的山谷前，一群被芜杂的青春梦想，势力的都会生活所折磨的离家少年，有着一股无言的辛酸意味。可是，他们一见到荷荷，看到雀雀，就会顿时热情地笑起来，乱七八糟地，纷纷地围上来，讨好她们。那股拉生意时的皮厚、话多,没质量的赞美,又席卷而来。

雀雀烦死他们了,她翻着白眼,嘴巴嘟起,凶巴巴地驱赶道:“走开!走开!别和我说话,讨厌死啦,你们真的讨厌死啦!”

招惹她们的男孩子很多,酷酷的美发师,健身房教练,闲暇里面对着这些可亲的乡下小姑娘时,就露出了他们乡村少年鲁直的,说话不拐弯的拙朴性格。

他们问:“雀雀,你要不要染头发,我帮你把头发染成紫色好不好?”

“雀雀,你来健身房跳舞嘛,肚皮舞,瑜伽,拉丁舞,街舞,都随你跳。荷荷,你也想跳舞么?”

“紫头发很好的,熏衣草颜色。紫色你不喜欢,染白色好不好?天山童姥!荷荷你要不要也染成白头翁?”

“荷荷,你腿长,跳舞肯定好看,来学街舞吧。”

荷荷总是他们在句末捎上的,好心好意的。她看着雀雀伶牙俐齿地舌战,一个人骂倒全场的风采,心里有种温悦的喜欢,像小时候,她在村庄的桥头看见的那些男男女女,聚在一起高声谈笑的样子。多年后轮到她了,她是一个美丽、伶俐的女主角身边的忠实女伴。只是,场景从浓荫下,河流的石桥上,移到了这么一望无涯的繁华深圳,凤凰台的菜地山道上。

挨着雀雀的大白兔洗衣店的,是一间中医理疗诊所,里头的按摩师傅,都是眼睛看不见,靠手艺的盲人。都是年轻的面容,生着瞽目的一双盲眼睛,因为看不清自己,亦不熟悉人类表情的喜怒哀乐,盲人的脸一律都是一派混沌的单纯。诊所后门有一个大露台,那群师傅没事做的时候,就在露台上坐着,感受露天里的气息。也是有男有女,你来我往,有说有笑的一拨。荷荷看多了他们,就记住了几张熟识的面孔,其间,有两对恋人,一对是稳定的小夫妻,出双入对地,坐也是挨在一起,若是一个人先出来,就是叫众人奇怪的,问起来,是另一个这时候正在上工。隔一会儿,另一个人便循着声音找过来了;若是一个人起身去呢,另一个没什么名堂地,也就跟着走了,形影不离惯了。

另一对呢,则是才擦出火花的。人处于这个状态,幸福,焦躁,没着没落的。注意力都在对方身上,噼里啪啦一点就着,随时随地都会酿成巨大火势。这两个人是一碰头就会吵嘴的,互相挑衅,一个出口,微微两句,另一个就迅即地被得罪了,火腾腾地反驳过来。哪怕好多人一起闲坐,七嘴八舌地说着话,很快地,就只剩下他二人的声音了。你来我往的辩驳,通常都是质问和否定,被否定的则霍地反驳起来。一旁的人,煽风点火,喝彩加油,热闹得很。所以,这群瞽目的盲人,也有着自己的乐趣呢。荷荷喜欢悄悄地听他们说话。

女孩子气鼓鼓地道:“我又没和你讲话,谁要你多嘴饶舌?才是讨嫌人呢!”

对方则大义凛然地答:“谁叫我听见了?你说错了我就要反对的。你嫌我讨嫌,就不要在我耳朵边讲话呀,就不要让我长耳朵呀!”

“你长不长耳朵,关我什么事!那么喜欢插话,喜欢接话!”女孩子好恼火,“驴才长那么长的耳朵。”

“哼,你怎么知道我是驴耳朵?你见过驴么?”男孩子比较佩服她的机灵,嘴里讥诮道,“亏你想得出来!”

谁知道,对方静了下来,没还嘴。大伙儿都等着,一会儿,那空气里都会意过来,没眼力再看清楚驴和驴耳朵的女孩子,她哭了起来,哭得好痛好痛。连一干的旁人,沉默里都痛起来。

有一个婆娑的午后,风吹着,荷荷一个人,从露台下走过,他们中有一个声音,就叫出了她的名字:“荷荷!”是那对稳定的小情侣中的女孩子。熟悉了以后,荷荷就问起来,女孩子的眼睛。原来,不是先天性的目盲，打小好好的，视力清晰，一双大眼睛，这世上的蓝天绿树红花白雪，她都见过。是十一岁那年，和小伙伴们疯玩，跳皮筋的时候，蹦起来，再落下去，脑瓜一震，眼前全是黑的——视网膜直接脱落。什么是命运无常？这就是！

看着眼前这瞽目女孩温柔、安静的样子，荷荷体味这故事，由不得满心的惊惧、后怕。她小的时候，多少回在村落里疯跑，迎头撞到硬石栏，硬墙壁，或猫腰从荆棘丛里钻过来，刺条刷地一下，从睫毛前弹开——多少回的死里逃生，才活到今时今日！还保全了一双眼睛。

假山筑着两间小屋子，是物业工人们放工具的，日常清洁工的推车也推到这里来，将那些黑塑料袋进行再分类。荷荷看得多了，也渐渐地看清，凤凰台的楼宇公寓生活空间之外，另外的一种生活方式：边边角角，尽心尽力地，捡拾过剩的布头角料，靠劳作得来的温饱。譬如，每日凤凰台楼门前的生活垃圾，看似埋汰的另一番淘捡里再一次各个分门别类，许多的丢弃物都是有用的：易拉罐、塑料瓶、废旧电池、报废小家电、电线，这些都可回收，变些小钱的；纸箱、鞋盒、书报、牛皮纸、牙膏皮子，这些也都是可以卖给废品回收站的，论斤两，价钱还不错；被主妇们扔弃不用了的旧沙发、旧衣服、磨损的箱包、坏掉了的鞋子，这些洗刷干净，拆拆剪剪，缝缝补补，也都是日常里凑合着用得到的。心细一点的家庭主妇，会特意将旧衣服收集成一个包裹，搁在垃圾箱旁边的万年青灌木带上。还有花木，过年以后，盆栽的福橘、牡丹、菊花，应过景，元宵节后，便依次出现在垃圾箱畔，还有那些被主人嫌弃的不开花的花、不长叶的树，不定哪一天，连盆连钵，自惭形秽地出现在垃圾箱前。这些，也都被清洁工捡回去，在工具房外的树底下摆放着，日子长了，也是旺盛的一片花木。并无人特意照看，不过是园丁拖着水管子满园子浇灌时，经过时略停下脚，扑上一片水。一草一木的，也都旺盛地存活下来，一如岭南的阳光下，旺盛的万物。

还有泉水，山上的清泉引下来，涓涓地从假山上淌下，小小的一道白瀑布，汇聚在池塘间，碧幽幽的一塘，日常的太阳晒着，日常的蓝天上的云朵在水里映个倒影。节省的女人们会到泉边洗衣裳，洗抹布。园丁呢，则拿来浇灌着社区里葱茏的草木。

荷荷喜欢凤凰台的花园，那么多那么多花呀！簇簇地开在花坛里，缀在绿茵茵的浓荫间——海棠花、桃花、天竺葵、神奇的三色堇、孔雀草、黄虾花、凤仙、蓝色鼠尾草、金鱼草、藿香蓟、大丽花、银叶菊、紫罗兰、蜀葵、白晶菊……每一朵花都有鲜艳的、娇媚的、纯粹的、唯独它才有的颜色，荷荷目不转睛地看着，常常地，她就屏住了呼吸，花多么美啊，美得钻心蚀骨，无来由地，她看着花朵，就揪心得不知如何是好。这精灵的花瓣，轻盈的颜色，蓝凝凝的，粉是轻绯的，紫得那么艳，一朵殷红胜过了千万朵火焰……在这风雨飘摇，大风大太阳的气候里，原本只有大树，才可皮实地百年千年呀。那些，绿得透不过光的大树，是岭南的空气里，打底的绿。

荷荷最喜爱的小花，是叫荷包花的。一株小小的多叶植物，枝干上生长着黄色的，一只一只蚕豆形状的小花朵，鼓鼓地开着，咧开了小口，像神了一只可爱的小荷包，怎么会有这么调皮的小花呢？她蹲在花前，瞅着小荷包们，忍不住地就会撅起嘴巴，耸着鼻子，冲花扮鬼脸，自言自语地嘀咕：怎么会有这么调皮的小花呢？怎么你这么可爱呢？这么可爱，如何是好呢？风吹过，每一只小荷包花，都是向她撒娇的小手，招摇着，娇憨地招着手——我们就是这么可爱呀，就是这么可爱呀！怎么办呢？

正午宁静的时光里，一个男人匆匆地走过花园，他穿着麻布短袖，布裤，懒佬鞋，面色沉郁，倦怠，带着宿醉的疲乏。偶尔顾盼之间，他看见那个小姑娘流连在花丛前，脸痴痴地向着花。阳光灿烂，这天真烂漫的景象，人面桃花相映红的娇痴……这一幕，叫他感动，不由得多看了两眼，脚步温柔地经过花园——经过。

岭南的夏天，漫漫长长，像一条去往远方的河流，哗啦啦地流淌。每日的太阳是烈的，树叶是绿的，山是青苍的起伏，八月的中午，还会哗啦哗啦地下起一场白雨。远方的爹娘在电话里告诉荷荷：晚稻谷收仓了，菜园里的茄子、辣椒、豆角，都被霜打衰了，果子摘下来，吃不完的都腌制装坛了。早晨母亲去河边洗衣衫，木梁落了一层薄雪，好滑，失脚滑了一跤，落在了寒水里，回家躺了好些个日子才能起床。荷荷寄回家的钱，一半给了大哥，一半给了二哥。白露天气了，几场夜霜打过，菜园里的甘蔗甜了，可惜今年的甘蔗荷荷吃不到了……荷荷如今是个有分量的大人了，父母亲对她说话，都是和蔼而牵挂的口吻，很是恭敬。荷荷听来也很满意，很受用，觉得自己如今很有作用。家乡已经打霜了，深圳的空气里，依然是白天阳光晒过后，郁郁莽莽的热。她挂上电话走回去，山坡上吹拂的夜风是盛夏的风，凛凛地打在手臂上，小腿上。她小声地唱着歌，想着上楼睡觉之前，再去看一眼荷包花。

3. 牵藤的一天

牵藤的一天，最早是在城中村的亲嘴楼里醒过来的。窗户外投进来一点晨曦，窗台上晾晒着衣衫，在晨风里吹拂着，在瓷地板上投射出摇曳的花影。牵藤睡在双层床的下铺，铺着艳艳的牡丹花凤凰的棉布床单，布枕头里塞满菊花，旧到褴褛的蓝花薄被单，这一套被褥，都是从家带出来的，用了这么些年。躺下来挨上旧棉布，就扑入了睡梦里。起床时亦倍觉踏实，格外依恋。因为再见到这套床褥，就是夜了。

楼里的人早起来了，都是急急忙忙的，洗漱，收拾，在厨房里热早饭。牵藤快手快脚地去浴室接了一盆水，洗过口脸，从枕头底下摸出一把梳子，飞快地梳好头发，擦点面霜，整整床褥，便扬声招呼一句，出门去。楼下的小巷里充满了黄鱼车，摩托车和行人。沙县小吃店里一片蒸腾景象，开笼的蒸饺、小笼包，白雾腾腾，汤面锅里水花翻滚，长竹勺子装了米线、河粉，点水式地伸到水花里，转瞬起锅，装碗，送到客人的桌面前。门庭下做肠粉的小摊，一只电饼锅，一篮鸡蛋，一桶米糊，装在小车里，随时泊下来，做生意。巷弄里充满了食物的气息，豆浆的豆腥气，炸油条、油饼的油气，鸡蛋细葱花熟了的香气。

牵藤脚步飞快地步出巷弄，经过城中村的高大牌坊，便上了车水马龙的深南大道。她上下一道过街天桥，别进一条浓荫蔽日的林荫大道，凤凰花紫红紫红的，在绿的枝条间大朵大朵地开着。林阴道两端的公寓楼，静静地泊在晨光里。牵藤笑眯眯地和楼门保安道过早安，就上了电梯。这是她一天里的第一个笑容，那种带点羞涩，拘谨，脸红红的笑容。一个得体的家政工的笑容。

她的随身小挎包里装着一串钥匙，一把钥匙打开一扇大门，门里的家家户户都是人去后的景象，玄关的鞋柜前横七竖八的都是换下的拖鞋，餐桌上摊着早餐后的杯盘碗筷，卧室里的被子堆在床头。浴室的衣篮里，堆满一家大小换下来的脏衣服。牵藤在玄关处褪下鞋袜，顺手将那些大大小小的拖鞋，排进鞋柜里，直起腰来顺势挽了袖子开始忙碌，脏衣服投进洗衣机，轰轰转响的声音里，她叠被，洗碗，吸尘，擦桌子，干净的衣衫熨烫过，洗衣机的衣服拿到阳台的晾衣架上，上架，她也该锁上门，去往下一家了。

光景已近正午了，是牵藤该烧午饭、吃午饭了的时候了，这两样都是在一户人家一并解决的。她先到菜市场，一样一样地买菜，鲜鱼、贝壳、蔬菜，而后去超市，买些日用的洗洁精、卫生纸，油盐酱醋糖的作料，塑料袋牙签盒等等，都是日常家用的，不是短了这个就是短了那个，看似不起眼，却一样都少不得的。要买什么，她心里都有底，这一户的日子，基本是她在过，在日复一日，年复一年的维持。无论哪一个中午，无论是刮风落雨的天还是艳阳高照，她打开公寓门，里头都是一片窗帘深垂，深睡的安宁。卧室的房门深锁。唯有客厅玻璃鱼缸里的热带鱼在游动着，在窗帘筛过的蓝光里，缓缓地甩动彩色尾巴，好似梦呓。房间里很洁净，看起来和昨天她离去时一模一样。浴室里的水盆里照例泡着几件衣衫，内衣、裙衫，都是丝薄的质地，轻轻地漂浮着，也是摇曳的姿态。

牵藤在水里倒上洗衣液、柔顺剂，用手洗过那几件丝薄衣衫，拿到阳台上晾好，顺势将昨天的衣衫收进来，叠好，放在沙发上。为花瓶里的鲜花换上清水，而后进了厨房，掩上门，令动静尽量地小，不吵醒卧房里深睡的人。她洗菜，淘米，烧饭，打开灶火烧菜。牵藤做饭的风格，都是平原家乡的那一路风味，浓酱，大油，酸辣味重，她烧的菜几乎都是为自己烧，每天爱吃哪样就做哪样。电砂锅里煲上汤，是为熟睡的女孩准备的，她每天都会喝完一整只砂锅的汤，这锅汤是不敢率性的，牵藤照着一本广式煲汤食谱，药材，主料，一样都不敷衍。

牵藤烧好饭菜，舀汤的调羹也体贴地搁到电砂锅的锅盖上，餐具一并在餐桌上摆好，筷子一只酒杯，最是必不可少的。她从碗柜里取了自己的一只碗来添饭。碗大，形似一只剖半的大西瓜。碧绿的蔬菜，清蒸鱼，粉蒸肉，她将自己吃的份数一并拨到碗里，免得夹菜败坏了菜式的看相，夹过菜后，将盘子一律蒙上保鲜膜，在微波炉前摆好。她习惯吃辣，一方腐乳，一勺子牛肉辣椒酱，白米饭打底，那只西瓜碗，填得丰丰满满，很肥硕。

牵藤还打开了电视，调到每天必看的一个电视剧场频道上。她沏了一杯冰茶，甚至从冰箱里取一片新鲜的切片柠檬，丢进水杯里。她端碗坐在沙发上，开始吃那一份肥硕的饭菜。午后的电视节目很精彩，连扫兴的新闻和广告时间也少有，都是一集一集连播的电视剧场。所以，中午的这餐饭，牵藤吃得很慢，她还追看着一部电视剧，在这个时段连播四集。然而，她只看得到一集，今天一集，明天一集，之间相隔了中间无数的恩怨，剧情全凭她自己上下连贯起来的。杯中的冰水续上两回，房间里开着恒温空调，温度总是刚刚好，窗外的大风吹拂着椰子树，树影婆娑，牵藤爱惜这午后舒适的，略略倦怠的时光。远方的风正在吹拂她家乡的原野，热热的风，辽阔的麦浪。

西瓜碗里的饭，依依不舍地吃完。牵藤洗过了碗筷、杯子，放回原处。若是有事,她就会在桌面上留个纸条。她穿好鞋,拿上包,依然锁好门,走入下午溽热的阳光中。这一刻的市景看上去:白亮的大高楼,恹恹的绿榕树,如蝼蚁一样的拥簇人群,全都是叫人心里起腻,发烦的。这汗津津的溽热的城市,蜂巢似的窗户,得投到大海里,好好洗一洗才得干净的。

下午必要去的一户人家,就是荷荷的东家。每天下午,夕阳照着滑梯,秋千架,椰子树上的叶片流淌着脉脉余晖,荷荷看护着小孩在荡秋千,看见牵藤,敏捷地在晚风余晖里,从凤凰台的大门口一径走进来。头几个日子,荷荷一见牵藤,就眼巴巴地跟过来,也不说话,只迅即地眼泪汪汪地,亦步亦趋地随着她,叫牵藤也难过起来,她高声大气地问候这家的爷爷奶奶:荷荷听话么?不听话可要告诉她,她来管教!她是她的大姐,对她是要打要骂的,荷荷有不好调教的地方,两位只管说,由她来调教。她高声大气地嚷嚷着,嘱咐着,担当着,也抑制了她和那孩子之间,满当当的叫人鼻酸的柔情。

这一层楼的卫生,是先从老人们的家里开始做的,吸尘,擦灰,擦地板,繁琐的一整套工序。老人住的房子,无来由地,室内光线就是暗一些,空气里有一层老人气,东西也琐碎,无数的琐细,水杯,药瓶,老花镜,要捡要摆。牵腾凭着一股劲,手脚并攒地做,她觉得眼睛有些发花,困倦,太阳穴在作痛,是这下午直射的太阳光,一日里的漫长劳作,最是看不到终点的时刻……

太阳落山了,老人家的儿媳也下班回家了,她家没有给牵藤钥匙,公婆家也没有。务必得等她回家来抱孩子,牵藤才可进得门去做卫生。

这户人家的儿媳妇,小宝的妈妈,总是踏着钟点回家来,日复一日,几乎像钟摆一样的准确。她驾车进入车库,泊好车,出地库,出现在花园的游乐场,抱上小宝,这时间正是夕阳余晖。一道雷同的金光照射在秋千架上方的一株影树上,她出现在树叶筛下来的花影小径间。小宝妈妈将孩子从荷荷手里接过来的神情,微微蹙着眉,带着一点质疑,还有一点不欲掩饰的嫉妒,她的孩子和这小姑娘,共处这么多时间,而她,必须和孩子分开这么久。她将宝宝抱在手上,看他的脸,他的胳膊,脚丫子,手抚过他的背,摸一摸他的肚子,仔细检查小宝的身体,有没有磕着碰着,肚子有没有吃饱,手洗得干不干净,总之,她不说话,手势却充满了对这女孩的挑剔。荷荷呢,收拾小宝的玩具,小铲子、小摇铃、拨浪鼓、搁在他的小推车上,随着母子身后,走回家去。小宝在妈妈的肩头,向她兴高采烈地笑,咿咿呀呀地挥舞着小手,打着手语。荷荷也笑,她步子很慢,落后母子半米路,夕阳光在地面上撒着金子,将她的影子,头上的两只羊角辫子,拉得老长老长。

回到家,开门放进家政工牵藤。小宝的妈妈将小宝抱进了浴室,洗澡,浴盆里满满当当的一盆水,水面漂浮着凫水的小鸭子小球,宝宝咿咿呀呀地说话,蹬水,这是母子之间快乐的亲子时光。小宝暂时用不上荷荷了,她瞅着空闲来帮牵藤姐姐,客厅里开着吸尘器,轰隆隆地满地吸着灰尘。这套房子是风格摩登的一户新人,两口子住了百来平米,房子格调是疏阔而华丽的,家具摆下去,都不显眼的。更加看不出这是一个有孩子的人家。书柜,健身器材,整架的唱片,酒柜里是货真价实的收藏,射灯照着样式考究的洋酒、清酒、白酒的瓶子,琉璃溢光。厨房很大,灶具设施也齐全,却从来不开伙的,房子里一点烟火气都无,像个摩登的家私陈列室,时尚杂志上的彩色家居的一页。这是一对小夫妻的家,不像公公婆婆的这一套公寓,摆得满坑满谷的,沉甸甸的红木家具,雕花繁琐。再加上老年人的性情,什么都念旧,旧电器,旧家什,书画,老照片,墙上挂的,多宝架上摆的,茶几上放的,阳台上存的,满满当当。又养着个宝宝,满地都是孩子扔下的玩具。又都是在老人这边开伙,厨房里天天盆满钵满地发着干菜、海货，灶上小火炖着汤，厨房里腻着一股三蒸九煮的烟火气，满满地溢出来——那套屋子真是热闹的，这套屋子，华丽又冷漠，谁来了都没打算久坐的意思，很像小宝妈妈给人的感觉。

牵藤在下午的满室西晒里，擦玻璃，拖地，她出着大力气，做得挥汗如雨的，荷荷站在她身边，她热乎乎的肉气，扑面而来，中年妇人，熟透了的肉气，带着汗水发酵了一日的味道，令荷荷觉得亲，还有种，近乎沮丧的难过，她心疼她的劳苦，陀螺似的一天运转。她母亲从田里割稻子回家，在暮色里也散发着这样的汗气。

牵藤铺床、铺沙发的时候，荷荷就在一边入神地看着，看牵藤拍打着沙发的靠枕，抚平沙发套上的褶纹，她有着一双神奇的手，手过处，床面平服得像熨斗熨过的一样。她再折好四角，掖在席梦思下，铺上枕头。她做完，拽一拽床单，服帖帖地拽起一条痕，松开手，依然是整张平展滑顺的床单。她得意地向荷荷看一眼："怎么样？学会了吧？"

荷荷呢，光是抿着嘴笑，她佩服牵藤姐，笑容里全是服气。她们将遮阳窗纱和一层层的窗幔放下来，房间里幽暗而静谧，犹如洞穴。牵藤将工具归置原处，用驱蚊香氛水朝房间角角落落都喷洒了一回，关上门。

小宝一家人围在一张大桌前，吃饭。饭桌上坐了一家子，老少三辈人。晚餐是奶奶最用心的一顿饭，因为一家人都在晚餐桌上相聚，家常饭菜也是晚宴，荤素凉菜盛在各色的小菜碟里，酒，酒杯，砂锅煲汤另搁在竹片上。餐桌上，每个人的一套餐具，碟子，筷夹，汤碗，饭碗，餐椅前铺排着餐巾。连小宝也有一张餐椅，高高地，人搁在里头，被圈起来，面前有小桌板，搁饭碗。牵藤笑眯眯地来打招呼，将钥匙亲手交回给女主人。小宝妈妈端着一只碗，舀饭往小宝嘴巴里喂，母子俩都围着兜兜，桌面上，地板上都抛洒着饭粒，她头也不抬地接过钥匙,装进兜里。这家的男人,也都是不和佣人招呼的。只有奶奶,好心地挽留牵藤也上桌一起吃——都这么晚了,一个人也是要吃的不是么?

牵藤哈哈地爽朗地笑着摆手,又嘱咐荷荷听话,哈哈笑着告辞出了门。她看见荷荷坐到奶奶身边,姿态怯怯地,生怕出错地,拿起一双筷子,端起了饭碗。

外头的天黑下来了,凤凰台的房舍里,四处都点燃了灯。风从梧桐山背后浩浩荡荡地翻卷过来,满山的草木,林阴道上的花木,在风里飒飒作响,翻成涛声。牵藤汗涔涔地站在风口里,她嗅得到风里带着海盐的气息,新鲜的,泛咸的。海风的气味是刚刚炒过的黄金的气味,浩浩的,凉凉的,透透的吹拂着人,若是乡间,这样的一场好南风在盛夏,是最叫人欢喜的。炊烟袅袅里,等着大人从田里回来。灶锅里的绿豆粥,下午就熬起,夜风里粥面起了一层膜,她期望大人快点吃,夜快点深,村庄睡着她的夜生活就登场了,谷场上云集着村子里的年轻人,邻村的年轻人。那时候她还是个十几岁的小姑娘,她的男人,其实是谷场上的小伙子之中最不声不响的那一个,但他会吹笛子,笛声在玉一样的月光下,他有一双晶晶亮的黑眼睛……她走在风里,闻得到的是自己的汗垢味,觉着饥肠辘辘的饿。

她走下山坡,到公车站坐车,四五站路,又回到了深南大道。夜色里,花雨漫天的灯火城池,牵藤熟悉夜色里的深南大道,一如熟悉晨光里的这条长街。她在天桥下的小摊上买了一点吃食,这城市的路边摊从来都是膏腴丰足的,烤红薯,煮玉米,炸臭豆腐,烙葱油饼,韭菜盒子,西北牛肉面,沙县小吃店的蒸饺、拌面,麻辣烫小摊的水煮,都是三五块钱就吃得饱,吃得香的。夜色里灯火明亮一如白昼,那些推车的档口,是牵藤所熟知的。她坐在小桌边,歇一歇脚,吃上一碗麻辣凉皮,一串辣极了的烤韭菜或一个鸡翅膀。喝一杯冰凉甘甜的甘蔗汁。

这时辰要做的人家是一户单身公寓。一个写字楼的白领小姐，独身一人。照例是八点钟左右，她下班后吃过晚餐，回到家的时候。写字楼小姐一开门，依旧是牵藤见惯了的，却又怎么都见不惯的一张笑脸。白净的，假假的，眉毛提起来，嘴角往上咧，笑纹像石膏，僵的，硬的，白的，她在办公室年复一年日复一日地这么笑，笑惯了。牵藤进门飞速地褪下鞋子，光脚去拿抹布，顺手就擦起门把手来了。果然，写字楼小姐闻见小时工嘴巴散发的食物气息，浑身的汗垢气，顿时皱了皱眉，这回是真实的，无论如何也掩饰不了。她的洁白的，充满了音乐、姜花香、文艺愁绪的房间里，来了这么个一身彻底的底层气息的妇女，还不得不开门，放开进来——她对牵藤油然地充满对待进犯者的那一种抗拒、敌意。

牵藤呢，她的殷勤、活泼、本分的笑容张罗了一天，此时也累了，笑不动了。平着一张脸，平着手脚，也没心劲再收敛动静了，她打开水，哗啦哗啦地淘洗拖把，擦过地板，家具擦擦，碗洗一洗。写字楼小姐盘腿坐在沙发上，膝头搁着一只笔记本电脑，上网打发着时间。她火眼金睛地监督着牵藤，不时地说一句："阿姨，沙发底下钻进去扫扫吧！"、"书柜顶第一格，好久都没擦过了，您自己摸一摸好了，保管一手的灰。"、"裙子也得顺着样式熨的，瞧瞧您，不管大小，不管样式宽窄，什么裙子都给我烫成一块台布。"她的指示，总是在情在理的，她的抱怨，也是言之有物。这女孩凡事都是准确的，有效率的，绝不言之无物，浮皮潦草。她很寂寞的时候，话就格外地多，指示阿姨用丝柔剂洗睡衣，用漂白水擦玻璃，将油烟机也擦一擦。她唧唧喳喳地说着话，语速飞快，目的明确，是毋庸置疑的口吻，无非是希望阿姨在这屋子里多留一会儿。然而，有什么用呢？她晓得她马上就要走的。又有时候，她的电话会响，朋友约她出去泡吧或喝茶，这样的时刻，她就忙起来，更衣，化妆，拿电吹风心急火燎地吹干头发上的水，打开衣柜门，配置合适的那一套衣裙，鞋子，一边不住嘴地催促着牵藤，阿姨你快一点快一点，不要磨蹭，请多点效率！我要锁门的呀！

她总是这样，身上有一种心神不宁的气场，期待着夜晚会发生点什么，然而，牵藤在她家年复一年做下来，眼角里瞟来瞟去，目睹这年轻女子的生活，着实是清寡的。她还晓得，市面上对这样的女孩子，有一个特定的称呼："剩女"。自己有工作，有钱，有能力，却没对象的女孩子。老姑娘么，千年不变的定律，越是和自己独处的年岁越多，脾气必然越来越怪的，因生命里没个别的托付，空档没个填补。这姑娘，也是剩女队伍中的一员，频频地打扮好了，去参加各种婚介派对，由好心同事、出嫁女友充当红娘的相亲，她带着她的准确、干练，白皙的石膏一样的笑容，彬彬有礼地出席。这样的机会，撞到牵藤眼里，一年也有个三五七回，然而，也只是，相亲罢了。她始终没能嫁出去，或者获得一个像样的男朋友，这套单身公寓连一双男人的拖鞋都无。牵藤想着玫瑰，围绕在她身边影影绰绰的男人，给她供楼的男人，买车的男人，送珠宝首饰的男人，和她遨游欧陆的男人，邀她一起晚餐，听音乐会的男人……都是不同的男人，个个都谈情说爱，出手阔绰，只是玫瑰的男人，也没有一个是她自己的男人。牵藤从来不曾见过玫瑰的寓所里有男人，一如这个，自食其力的职业女性，她的一个个单枕独眠的漫漫长夜。

写字楼小姐，日复一日地刻薄嫌弃牵藤嘴里的气味，身上的汗味，擦地时虎虎生风的样子，一律粗鄙得叫她入不了眼，然而，她却是离不开牵藤的，因为牵藤做家事细致，手脚干净。再叫她从这不可靠的、谎话连篇的城市里找出一个值得信任的家政工来，她是没这份信心的。好的家政工和好的男朋友一样，稀罕得很呢！虽然牵藤内心里一点都不喜欢这个乖戾的，充满优越感的老姑娘，受够了她冷冷的白眼，冷冷的刁难，她在这户小姐面前，打着回家的幌子，辞过好几回工，每一回都被写字楼小姐气鼓鼓地挽留住了，留住她的手法，无一例外地是给她每个月多加工钱，五十块一百块的。牵藤也就耐着性子只好留下来了，有什么必要和钱过不去呢？时常地，临到她出门，写字楼小姐拿出一套要手洗的衣衫、床单；或者，想起来要阿姨将冰箱清理一遍，过期食品通通扔掉——她晓得贫穷的小时工眼里没有过期的食物，什么只要给她，她都有本事吃下去，吃了也无病无灾。过期食品扔进垃圾袋，待会儿她悄悄地翻出来也说不定。虽然从来没有见过小时工翻她的垃圾，但被她指挥着一样样扔食品，小时工脸上那副油然的痛心疾首，忍住了不吭气的穷人的卑微、愁苦，落在她眼里，无一例外地，有一种油然的快意。

她的那副老姑娘脾气，看得见的日益乖张，日益乖戾。牵藤不是不可怜她的，打心底里可怜，然而从不表露出来一点点——她若是胆敢泄露出自己的心声，她这么一个家政工也敢有泛滥的同情心，这份好心还不把孤高的写字楼小姐气疯掉？到底，这份潜伏的同情令牵藤受气之余深明大义，她可怜这女子孤苦，没着没落，在这个城市一年年熬过去，只落得个孤孤单单的坏脾气……她晾完最后一件需要手洗的衣衫，直起身时，阳台外的万家灯火明灭了一下。她已然累得眼前发黑了。这户人家的门，碰着牵藤的脚后跟关上了，这一天的劳作，才算结束了。

夜晚的车辆从光带里撒着欢儿驰过，身姿是放任的肆意、对于寻欢作乐的欢快奔赴。这城市的夜，从来如此风情。牵藤的身影，在橙色光照的街道下走，如一只老实巴交的小蚂蚁。她走过城中村的牌坊，巷落里灯火通明，人来人往，摩托车攒动，水果摊明亮。她奋手奋脚地，像一只累垮了的蜘蛛，奋拉着四肢往窝里跑，终于，走进一条僻静一些的窄巷，在楼道里就闻见炒菜的香气，轰轰烈烈爆油锅的动静,大人在教训孩子,夫妻之间在老言老语地理论,都说着一口的乡音。是寻常的,日复一日的光景。牵藤的眼皮也沉沉地,再支不起来四周招呼。

4. 玫瑰的故事

牵藤才来到深圳的时候，是个心高气傲的小媳妇。有许多事是她不肯做的，譬如，捡破烂，太埋汰；进工厂做流水线，太单调；去趁着青春赚大钱，热闹是热闹，可是她有了长兴啊，怎么可以那样呢？牵藤喜欢自由，由着自己做主，有自己的时间。苦和累，她倒不嫌的，在乡下种地，风吹日晒，弯腰驼背，春种秋收，哪一样不苦呢？所以，她来深圳，一开始就是做走家串户的家政工。年复一年里，泼洒的乡下小妇人磨锉到了中年，她劳苦、知趣、收敛，脸上布满细碎的皱纹。说起来，她也算得上将青春献给了深圳。然而，这城市的吞吐量太大，好似天若有情天亦老的那一种无情。遭际的冷暖，全凭自己来领悟的，在她织起来的一份小空间，螺蛳壳里做道场，也有着她自己的一份小小收成。

譬如，她来深圳时做的第一份人家，至今叫她诉说起来，仍然津津乐道。这城市是一个精彩的连续剧，一开盘就给了她一个合不上嘴的惊奇。这份人家是一个单亲家庭，一个母亲带着一个十多岁的女儿过日子。母女两个都是书蠹，平日各据沙发一端，展书阅读，互相指使或者央求对方为自己去煮杯咖啡，做点吃的。等到家政工进门,一切当务之急的擦地板、洗碗、锅碗瓢盆的困扰都迎刃而解了。咖啡机运作起来,洗衣机轰轰作响,厨房里传出饭熟菜香的烟火气,床呢,各自收拾出了闺阁的样子。这母女两个虽然一点家务都不擅长,却都是有洁癖的,看不得一点儿杂乱。当娘的是个报社记者,跑社会新闻起家的,分析起时事政治、天下走势,头头是道。牵藤听过她看电视时对着女儿分析,打电话对闺蜜分析,在家请客吃饭时,在餐桌上拎出一件国家大事来,当作话题。这是个知识妇女,令乡下女人牵藤很是生怯又生敬的类型,妙语纷呈、英姿飒爽的,很有几分丈夫气,尤其是离婚独居,一家人的衣食生计都是她赚来,就更出落得阳刚磊落。剪了一头短发,抽烟,连口头禅都和一个爷们差不多。她的女儿呢,许是耳濡目染,在缺乏父亲的岁月里逐渐成人,这小姑娘也是一点脂粉气都无的,行动爽爽利落,风风火火,行为粗莽,去厨房取一杯茶,所过之处瓶倒水洒,一片混乱。坐下来看书,倒是可相安无事大半天。母女两个很是脾气相投相知,坐在沙发上,足抵足地看书,聊天,谈起什么来兴高采烈,互相抢着说话。当女儿的急起来,对母亲大呼其名,要求先发言。做娘的不但不恼,反而甘之如饴,高兴起来,拍着女儿的肩膀称兄道弟地叫她哥们姐们。将家政工牵藤在一旁雷得人仰马翻。太没规矩了,太没规矩了,她心里激动地慨叹着——当娘的没个当娘的样子,做女儿的不像一个女儿。家里没一个男人,活生生将孤寡的娘俩逼成两个老少爷们。她当作连续剧一样地,晚晚给乡亲们播上一集。吸引者甚众,人们为这摩登而处境堪怜的母女俩,极为关注,议论纷纷。隔了两年,女儿去欧洲念书,将当娘一并弄去陪读。这是牵藤在深圳做的第一户人家,带着这城市的自由、没规矩、没上没下、自由自在的和谐,基调一样烙在她心里。

她后头遇见最多的,皆是平常的市民家庭。老实本分的柴米油盐、三餐一宿的生计。通常的,一户职员人家,夫妇二人带着一个孩子生活,照例的,这样的家庭总有着几架庄严的书柜,面目和蔼言辞温和而精于算计的男女主人,按着钟摆上班、下班的生活。用一个阿姨就是帮忙分担家务的。这样的家里,卧房门、书房门总是随手关的,抽屉都是带锁的。冰箱,厨房,水杯,主卧的洗手间,一律散发着警惕的洁癖气息,这些私人空间,都是家政工最好不要碰的。这是一种界限分明的雇佣关系,客客气气,账目分明,就已然是最好了。那一份殷实的,酱油醋茶,骨肉情深的家居生活,是牵藤熟悉的,见得太多,丝毫不感兴趣,也丝毫插不进去的。然而,他们便是千家万户,是这流光溢彩的城市打底的基石,调和着这城市的飞扬跋扈的激越气质。令这城市,也有着一种殷实、严谨的家常面貌。

又譬如,玫瑰。在牵藤的眼里,这个玫瑰,并非只是玫瑰。她是一个集大成的倩影。玫瑰是幢幢的艳影,长长的金色鬈发,姿态娇慵,穿着长绸睡衣,走在幽幽的室内光阴里的女子。大抵是对着一个阿姨,她们的那股魅力全都暂时偃伏了,娇媚亦收敛了。因着无关紧要,不生兴趣,她们从来不曾正眼打量过一个做家务的阿姨的脸。然而,牵藤却记得她们每个人的脸,一律的小圆脸,尖尖细细的小下巴,大眼睛,长睫毛,烟视媚行地,永远睨视地看人。个个都美,亦性情迥异,然而,不约而同的喜怒无常,不约而同的脸谱相似的一张脸,似乎注定的一种脂腻粉艳的宿命。

牵藤日常的话题,就是向乡亲们津津乐道这些花枝头的人儿,她们的吃穿用度,交际的男人。若是不来到深圳,不做家政工这一行当,她是走不进这些深锁的门里,触及不到这一类狐妖的女子,和她们旖旎的活法。牵藤打小就是个爱热闹、爱看戏的活泼女娃,如今有份参与这份香艳和繁华,哪怕只是在故事里擦擦地、洗洗衣,看个一鳞半爪,她也很满足了。

玫瑰都是娇弱的,依赖成性的,对阿姨有一腔情意,一份指望的。

离开了阿姨，日子没法子维持的。丝绸如何手洗，毛线、羊绒如何晾晒，皮草如何保养，煲的一手汤，什么汤是醒酒的，什么汤是滋阴养颜的，什么汤是调理内耗的——这些统统都是阿姨们的私房秘诀。日常的衣衫、裙子要熨要烫，皮包、鞋子要保洁上油，窗帘、床单、枕套常洗常换，花草要剪枝，施肥。瓶插、热带鱼要每天换水，离开阿姨，即便只是一个人的日子，也是没法维持的。因这份依赖所产生的感恩之心，她们还不约而同地慷慨，大手大脚，不穿了的热冷衣衫，看不上眼了的裘皮羊绒，绫罗首饰，皮鞋长靴，就吩咐阿姨带回去，免得碍了她的眼睛，占了她的衣柜鞋柜。用不了的化妆品、手机、购物卡、名牌手袋，也轻描淡写间就施舍给了阿姨。一冬一夏，换季的时候，都会有个迫不及待的大赠送。这些玫瑰们，个个都有喜新厌旧的个性。

多少回牵藤心情激动地怀抱着得来的施舍，走在回家的路上。她满怀感动，眼睛都由衷地泛潮——若是搁在平常她帮佣的那些殷实的市民家，怎么可能呢？怎么会舍得呢？怎么会发生这样不靠谱的施舍呢？过日子的人家，一条毛巾洗旧了，破洞了，实在挂不上架了，会拆成条来做抹布，抹布更破些，不要紧，和平日积下来的抹布攒在一起，可扎一条拖把，淘得勤，晾得勤，用个一年半载没问题。这样的人家，一个螺丝钉，一颗纽扣，衣牌上拆下来的线头别针，都要分盒子收集好；十年前的家用电器产品说明书，发票单，照旧收得好好的。旧报刊，日用过的瓶子罐子盒子，一律积下来，假以时日卖小钱；电、水、煤气，火眼金睛地盯着计数表，看它到底走几格，电话费若是多出平均，要质疑是不是技术故障，他们还一律精通顾客投诉和声讨。就是划一根火柴，也定然要使得它发出三分光来，且一分有它一分的用途——牵藤在肚里嘈杂地声讨，一路露出斐然的微笑，嘴角撇着，带一丝鄙夷，一丝气昂昂。她自己何尝不是这样过日子的呢？过得比这模式还勤俭十倍，拮据百倍？沾上玫瑰们的富贵奢华气，她也就应景生情地，带了三分虔婆子的势利心。

和玫瑰们的缘分，无一例外的，一户人家做个二年三年，那一份浓墨重彩，已经覆盖了所有别的际遇的寡素、寒碜。而后，玫瑰们就不做玫瑰了。牵藤忠实地记着她们的去处，远走高飞的，纳入富豪门下的，留给牵藤的最后一面，都是富贵景象，都还不曾落魄。

所以，她看见这一个玫瑰时，无须去探究来历。她经人介绍来上工的那天，玫瑰也刚刚才搬进来，她走动在辽阔的公寓里，穿过厅堂去往阳台，风吹着她袅娜的头发，她细声地讲着电话，手指不时地拂过房门口垂帘的珠子，人掩映在珠帘中的样子，立刻，叫牵藤认出了她。将她和从前的那些玫瑰，脑子划一根红线，对等地串起来。

房间里堆了一千只一万只盒子，大盒子是新家具，中盒子是床上用品，家用电器。门铃不时响起，盒子还在源源不断地搬上来。人在盒子中间，芳魂一缕似的走动。看见牵藤，玫瑰微笑着，伸手指着一堆鞋盒子，示意她。牵藤呢，熟门熟路地蹲下来，将那些漂亮的高跟鞋，一只只地托在手上，拿干布掸灰，用刷子刷鞋底，擦鞋油、抛光，做保养。一双双在鞋柜里上架。

女孩自己呢，电话完毕，则从冰箱里捧出一只木瓜，顺手打开电视，施施然地坐在沙发上，吃起来。她拿一只勺子舀着橙红色的木瓜肉，吃相很好看，眼睛看着电视。客厅里兵荒马乱，她却心无旁骛的样子。看起来，是不操心的。

牵藤擦完了鞋油，看看厨房，一派碧青，空落落的什么都没有。锅碗瓢盆，吃饭的家什一样都没有。冰箱里倒是玲珑满目的存储品，一格一格，一架一架的依次排列。香槟酒，红酒。可乐，凉茶。面膜。丝袜。牵藤见怪不怪地合上冰箱门，还是长长地叹息了一声，觉得女孩子可怜。到卧室里一看，也是空空荡荡的，梳妆台前，倒是配了一张小沙发，镜面前堆满了香水瓶、化妆品、首饰盒，在空落的房间里兀自珠光灿烂。牵藤自家具的木料里,费力将一张席梦思拖到卧房里,擦过了地,将床架子搭起来,席梦思覆上——好歹让这不食人间烟火的女仙子,夜晚有张床睡吧。那女孩听见剪刀刺开塑料套的动响,走进来,诧异地说:“阿姨,你怎么把包装给撕掉了?以后搬家的话,会弄脏的呀。”这一句嗔怪,倒又露出她的底子,显出漂泊的熟练来。

隔天再去,房子里就焕然一新了,白色漆面镶嵌绿色大理石条的家私,长长的电视柜,八张椅子围绕的大餐台,晶莹的玻璃门酒柜,里头满得像个老练的酒吧。地板上铺了洁白地毯,隔着落地窗,几架深灰色健身器材停在玻璃花房里。天花板上枝形水晶吊灯的灯光,晶莹斑斓地撒下来,房间堂皇地浸在光里,是富丽的,华丽的,自由自在的寂寞。液晶彩屏挂在壁上,那女孩盘坐在沙发上,蓬松着头发,捧着一台粉色的迷你小电脑,正在玩游戏。她仿佛变了个魔术,一夜之间,有千军万马来为她效劳过,然而,她那样安静,寂寞的样子,长长的脖颈,精致的蝴蝶锁骨,肩上细细的两只黑色吊带,吊了一蓬轻雾一样的薄纱。她盘腿坐在沙发上,很乖的样子——这又是一株成了精的玫瑰!

牵藤心里深深叹服。这一幕令她从此对这女孩子有了一种高看。在牵藤从一而终的乡村女人的生活经验里,从来没有过和长兴之外的男人打过交道,这么多年,走进一户又一户人家,门后日子里那些私密的情节,无非是男男女女的红尘烦恼。她从花叶从中经过,也得出了一二自己的见解。譬如,女人之中,泼妇、悍妇、哭天喊地、自忖劳苦功高的黄脸婆,都是人群里常见的,反倒不稀罕。如玫瑰这一类的女子,娇滴滴的老辣,漂泊无根的精致,才真的是,女人花!

这一段雇佣关系持续已二三年时间。这数字你可别小瞧了,一千个日子呢,在深圳流沙一样的人山人海中,太多变数,太多欺骗,太多消失不见,太多一挥手便余生不见,这二三年的相处,牵藤寻常见到的玫瑰,都是熟睡的。她难得是醒着的,清新的。牵藤和她的沟通,全倚赖她留字条,家里的油盐酱醋、洗涤用品缺了哪样,生活费是如何开支,每日的小菜一笔一笔都有细账,一周列一次单子给她。翌日桌上,有玫瑰留下的钱,供牵藤支出。她会给牵藤发手机短信,照例地,总是在午夜,这是玫瑰联络她的短信时间。这城市的夜生活正酣畅的时分,彼时睡醒了的玫瑰出门了,投入到她熟悉的声色靡丽中去。她在另一种为牵藤所陌生的生活当中,繁华、遥远。从城中村的高处望出去,城市的灯火铺天盖地,马路上的车灯速如流萤,扑入眼帘的是漩涡,漩涡,色彩斑斓的漩涡,玫瑰就是漩涡深处一个发光的星子。

一个深夜,玫瑰打来电话,微弱的声气,唤她快些来家。牵藤二话不说,答应一声就挂上电话,从酣沉的睡梦里起身,穿衣就走。下楼去打车去往玫瑰家。这不是省钱的时候。这份钱都在交给玫瑰的账目明细里。

进得门来,玫瑰倒卧在从卧室爬往浴池的途中,她的身下汪着鲜血,血还在缓慢地、温热地淌着,她几乎是浸在血泊里的。牵藤的记忆里闪过曾经的记忆片段,如此相似的场景:凌乱的卧室,血的气息,情欲、伤痛、意乱情迷残留的气息,男人是不在场的……她将女孩子抱进浴室,热热的水冲去血迹,是一具洁白的滑腻的青春的肉体,留着吻痕,淤青,情欲扫荡过的印记。叫保守的乡村妇女,怵目惊心地起腻的。她关上了浴室门,去卧室里换掉染血的床单、卧具,一概的狼藉都当垃圾扫掉。拿漂白水泼过,拖把走一遍。再点上香炉里的熏香。玫瑰依然在热水里泡着,她走到客厅坐下,打开电视,今晚是陪玫瑰耗完了。这些女孩子的房间,气息都是相似的,鲜花的香味,凋败了的腐气,肉体的热烘烘的人气,还有香水的味道,不是幽幽的暗香,是打翻了,倒空了,泼洒出来的那种香味。灯光照例是昏红的暧昧，照着什么都影影绰绰的，连打开电视看见的画面也是艳情男女，从这小空间里度身的人世，是由金钱供养，男女二者的关系所组成的。这样的画面，她是领略过的，从前的日子里，经历过的那些影影绰绰的玫瑰们，喝醉了酒，吃多了药，她开门时，疯笑着扑到她的怀里——这些情景，于这拘谨的乡下女人而言，是叫她晕眩的，被某种迷醉所蛊惑。然而，也是伤害她的。这些，美丽的女孩子，再是美成了妖精，任着性子发癫，作怪。这样的玲珑剔透，这样的拿作践当快活，越发地，是个小玩物。在一个个昏昏然的深夜里，癫昏的血迹，凌乱的黑发，神志不清、放逐的面容，再是不关己，到底，伤着了牵藤的心。

城中村里做工的人们，也有闲情的时节，客堂上开了两桌麻将，打到三更半夜。牵藤坐在上首，一上场就忘记了时间，夜半，手机响，提示有短信，她拿起来看看时间，已经是午夜三点半了。短信是玫瑰发过来的："我想吃海带煨汤。明天记得买些手工汤圆。"

邻座一个乡亲抽过手机："看看牵藤的情人给她发短信了，午夜相思哩！"众麻友嬉笑着，她平着声音将那条短信念完，还给牵藤，嘟囔一句："真有闲情呢，不体谅人家眼睛一睁开，竖起来一天跑多少地方擦多少地板？手工汤圆？啐！"

"还是从前那个小姐么？"

"换了！这行当哪里有做长的？你当作房东呀？"

午夜的麻将桌上，更漏声里个个人都手指利落地起着牌，只是口舌乏起来，遇见这个话题，个个都来凑趣。

"食汤圆有乜嘢？牵藤得了她多少好处？不要说跑腿买个手工汤圆，就是要吃她的肉，怕牵藤也巴巴地，拿刀割给她。嘁——"一边说着，嫉妒地叹："天煞的，我们怎么就遇不上那么好的一户人家做一做呢？"

“你肯有牵藤的那份心思？也不瞧瞧人家多会巴结，多会奉承！多肯风里雨里，言听计从！”桌子对面的脸，淡眉淡眼地挂着三分笑，像是帮牵藤说话，又忍不住地讥讽她。这汤圆和海带汤还是轻省的，多少回牵藤睡下了，半夜接到电话，赶去陪宿——人家可想不到翌日她还有一天的事物等着呢！

可是，桌上人人都觉得值得的，牵藤从她那里得来的月薪几乎抵得上一个白领的工资了。她家乡老人看护着孩子念书，哪一样少得了钱？牵藤用的衣服、鞋子、化妆品，都是那户小姐给她的。一回还给了一台大冰箱，搁在出租屋的客厅里，全屋的人都沾光。做家政的阿姨，最惬意的莫过于一个阔绰又大方的东家，你管她的来历是什么呢？在这世上，漂亮女人有漂亮的活法，平常女子有平常的活法，各有前因莫羡人。

只是，座上的那些劳苦的妇女们所不知道的是，在那样的一个午夜或者另一个午夜，玫瑰给她发短信，细细指点第二日的菜谱，她并非是载歌载舞的欢乐里。在阔朗的大房子里，灯火通明，睡醒了的玫瑰在午夜里白着脸，披着发，游魂返还人间似的，在一间间屋子里游走，哭泣，抓起电话遍寻着一个明知道抓不到的人，风吹着，几乎是劝告，是一双手拉着她往阳台下扑过去的。她报给阿姨的菜谱，想吃的一点甜食，不知是儿时妈妈曾经喂给她吃过的，还是和在意的人一起，吃过的最美的一顿饭。大冷风里，她一个字一个字的都是呼告，是伸到明日的一双手，好挽住今夜捱不上头的自己。这样的凄惶，是牵藤所不知道的。

5. 此生初见

是盛夏七月，凤凰台的孩子们格外多起来。放暑假了，平日里难得出门的，被爹妈钉在桌子前念书的孩子们，都齐齐地在游泳池里冒面了。更有各家各户，衍漫四面八方的亲戚们，那些小孩子也来深圳看海了。牵藤呢，在凤凰台又多了一份活计：给一户人家烧午饭，照顾两个来深圳过暑假的小孩子，收拾屋子。

近午的光景，她就忙完别处，来了。先给这一户人家做了，然后再做荷荷的东家那一户。荷荷抱着那个娃娃，站在婆娑的榕树下，等着牵藤来到。影树开着火红的花，树阴下的小石子路宁宁静静。她们进了一幢电梯公寓的楼门，在一层停下来。应门的是一个八九岁的孩子，眼睛怯生生的，带着欢喜，面色黝黑，手脚也黝黑，穿得崭新，整齐。另一个孩子正坐在沙发上看动画片，黑眼睛，黑脸蛋，穿着簇簇新的恤衫短裤。桌上摊开着作业本。

牵藤用家乡话，亲热地问候两个娃娃，肚子饿了没有？舅舅上班去了么？早餐带你们喝早茶了没？那两个孩子，也详细地回答着她。他们记得她呢，去年的暑假，她也被舅舅请来做钟点工，烧一顿午饭，收拾屋子。这老姨娘，和乡里的母亲没什么不一样，只是对他们极客气，较比母亲，更为尊敬他们的人格。

荷荷呢，也抱着小宝，面不改色地随着牵藤登堂入室。并不把那两个小孩子怯生生的打量放在眼里，自顾自地在屋子里走了一圈。客厅、房间的墙壁上，立着壁比着墙的木头书架，满满登登都排着书。木头地板，很心血来潮地刷上新绿和墨蓝的两种色调，踩在脚下很慑人。另一间大卧房里，有一张宽大的木头床，面对着一张阔大的书桌。桌面摆着电脑、毛笔架，摞着报纸、杂志，凌乱而丰富。扭成奇形怪状的镂空铁艺架上排列着影碟，墙壁上贴着电影海报。大玻璃窗前垂着木叶窗帘，将阳光筛成一条一条的，投在房间里，地板上，显得很静很静。房间主人的气息都在屋里，男人的气味，还有淡的，并不浓郁的香烟气息，书报纸张的那一种独特的墨香气。

牵藤进进出出，晾衣服，熨衣服的时候，也会和他们说话，问些家常，他们回答得并不踊跃，因为，总是那么几句，浮现在表面的家常：写完作业了么？舅舅带你们去哪儿玩了？她常常问，他们常常答，未免觉得无聊兼无趣。牵藤天天走家串巷，她的家常对白，对准了谁家，都是那么几句，关于天气，吃饭喝茶，去哪儿玩——反正这几句拿出来，永远没错的。她熨着衣服，耳朵里听着厨房锅中的菜的进度，无暇理会那两个孩子回话的怏怏。电视里，黑猫警长，唐老鸭，奥特曼们在轮番上阵，两个孩子耗在电视机前，不时地轮番起身，去换一张影碟。好寂寞的样子。

日光潺潺地，午间的困意一阵阵地袭上来。荷荷手上抱的宝宝也睡着了，她就将他搁到书桌上。她翻着书架上的书，一本一本地，一目十行地。她还看见一本剪报，都是一个叫文星的男人的。他写的诗，发表的文章，接受过的纸媒专访。荷荷并不爱看诗，她爱读的书，都是小说类的。可惜，这房间里的书，都长了一张晦涩难懂的脸。《卡拉马佐夫兄弟》、《夜行人》、《看不见的城市》、《史记》、《楚辞》，还有各立门派的哲学书籍:《沉思录》、《理想国》、《精神现象学》、《逻辑学》、《存在与时间》、《西方哲学史》……荷荷认出这些字都觉得深奥,哪里有兴趣翻开书?这屋子,令她心里敬畏起来。

其实,她是见过文星的。在这个社区里,她和他,曾经打过许多个照面。

文星也是看月亮的,他和月亮的遭逢从来不期而遇,常常是他酒宴散去,回到凤凰台的时候,一抬头,夜晚的蓝色夜空铺排着白棉花一样的云朵,低的,柔的,月亮在云朵里穿行。看不见月光,遍地亮汪汪的,然而,凤凰台的社区外的山谷,感觉得到是青苍的,亮着一层暗哑的光。他信步绕着山谷,走上一圈。劳乏一天的醉意里,全是疲沓,沉甸甸地叫他头疼,然而,他感觉得到月光,风浩荡地,吹拂着山谷里的草木,波涛一般地,飒飒起伏。

他从来不曾在意,路遇的那个小姑娘,就如同忽略月亮下的风,暗夜里也烁烁盛开的红花。同样地,荷荷也从不在意他。不过,她一双乡下女孩的眼睛,记性是好的。月光下那双晃荡的脚步,轻逸的背影,她是略略认得的。大风吹着他白色的亚麻布衣衫,风鼓鼓地灌进衣袖、裤管,在月光下,有着格外的一种出尘之感。

下午的光景,荷荷时常在游泳池边的游乐场,遇见那两个走亲戚的孩子。他们俩都光着脊背,穿一条小泳裤。大点的那个,脖子上挂着钥匙,手上还抱了个比人高的充气游泳圈。他们午睡过了,醒来下楼玩水,热带的下午,光阴漫漫,金色的阳光散漫地照射着,纹丝不动地照着城市、大海、山峦,凤凰台的青青山谷,一半阳光闪亮,植物光亮,另一半则落在巨大的阴影之中,形影苍青。金色的光还落在游泳池的蓝色水波里,椰子树和艳丽的勒杜鹃的花叶上,是涣散的金光,炽热、茫然。岭南的夏天,就是这样,长日无尽的。

所以,这两兄弟和荷荷,在游泳池边再碰见时,双方都觉得亲切。

已经分别太久了，中午时分牵藤在厨房里敲着锅铲炒着菜，大着嗓门说话的情景，在这金色的大风吹拂的下午，想起来是悠悠然的遥远了，很远很远，远得像去年夏天的中午。

泳池里的孩子们在水里欢活地大喊大叫，一个水球在空中飞，个个都揎了胳膊来挡，这些都是凤凰台里的家养孩童。这两个外来的小客人，不免就怯怯地，不敢下水。荷荷呢，就大着声音，催促他们两个：下去，下去，别人玩得好，你们也好玩得好的，都搬了游泳圈，何苦不下水？她在岸上，赶鸭子似的驱赶那两个孩子。怕乜嘢？有乜嘢好怕的？我这么大的一个人站这儿看你们呢！她老气横秋地给两个孩子壮胆。

兄弟俩合力抬着那个游泳圈，脚下的水滚烫，游泳圈有千钧重，举步维艰，期期艾艾，到底下了水。水浸到他们的脖子，两个孩子的表情欢喜起来，抬起眼睛看着荷荷。荷荷就冲着他们笑，脸上还气鼓鼓的。

因为家里多了两个小客人，文星遇上办公室事情少，便提前走人，赶回凤凰台。两个孩子，一个是妹妹生的，是小外甥，另一个，是侄子，文星二哥家的——这两个一年一个样的孩子，清晰地记载了文星离开家乡的年数。文星离开家的时候，侄子尚且在襁褓中，外甥，还没有影呢，临盆时期的姐姐蹒跚着步子送他去坐车，一手扶着大腹便便的腹部，一手频繁地在脸上揩着眼泪……他和故园的感情，就如同和这两个孩子一样，寡言少语的，略觉生疏，然而，脉脉情深。这舅甥、叔侄间，都是不善说话的。

文星走近游泳池，看见水里的两个小男孩，正攀着栏杆，和一个女孩子说着话。他笑眯眯地走近去，两个孩子对那少女描绘着，眉飞色舞地，高声嚷嚷着互相抢话。看见文星走过来，顿时不好意思了，松手放开栏杆，哗啦哗啦，倒入泳池的蓝色水波里。在水花里又冒出小脑瓜来，脑门上贴着头发，看一眼舅舅，见他笑呵呵的样子，愈发地手快脚快地，划着水，迅速地游开去。

文星笑笑地收回眼光，看看方才和他们说话的荷荷。这女孩十六七的年纪，个头娇娇瘦瘦的玲珑。满面飞红地，眼睛看往别处，乌溜溜的大眼珠，在清澈的眼眶里。样子很灵的。

另一些日子，他还在家里遇见过这个小姑娘，是周末，牵藤做饭时一起来的。才晓得，是楼下一户人家的小保姆，牵藤婆家那个村庄里的，那么，离他的老家，也不过隔了一条河，十八里地，文星家是牵藤娘家那个村子里的。

他在房间里，坐在桌前看书，房门开着，两个孩子在客厅里写作业，厨房里传出饭煮熟了的香。油煎茄子，虎皮尖椒里的蒜茸炒香了，上汤苋菜，沙茶酱炒花蛤，油炸大虾，还有煲糖水的清甜，椰汁西米，银耳绿豆汤。菜肴一碗一碗地烧着，炒菜锅洗了一遍，又洗一遍，油香味来不及漫出窗外，先弥漫在屋子里。穿堂风吹着，还有个看孩子的小姑娘，在风里走动。她被牵藤指示着，去阳台上收衣衫，叠叠好；两个孩子都和她熟悉了，跃跃然地和她说话，一来两往地童声切切——这场景，人物，炒菜的香，仿佛儿时，在炊烟袅袅的村庄里……文星心里静静的，细细地享受着这夏日的光景。鲜明地，响亮地，是用冰蓝，粉红的水彩笔，细致描画出的日常场景。和真的故乡，隔过一层，情感是提炼过的。

书桌前的玻璃窗外，是客厅外平行伸出去的阳台。他不经意地抬头，看见阳台上有一双眼睛，炯炯然地打量着他——他在桌前，凝眉发呆，睡眼耷拉的样子。他有点不好意思了，窘迫里换了个表情，掀掀眉头，向那女孩子微微一笑，她本来是在晾衣竿下专心地偷窥着他，见他回过神来，反倒身子一扭，黑丫丫的一把发辫，唰地甩过他的视线，从窗外消失了。

房间里充满了她的动静,声响。她的来到,打破了屋子里的那一种,寂寞的乏。她在阳台上晾衣衫,湿衣衫在空气里啪啪地抖着,还熨衣衫,大声地请教牵藤姐姐,衣服如何熨出衣领;莴笋呢,是切丝还是切片,黄瓜和蒜头,是拿刀背拍拍还是拿木棍敲敲,连两个孩子也插科打诨地学她发问,猪是拿刀杀一杀还是拿棍子敲一敲?她呢,站在方桌边,手下伶俐地忙碌,嘴上和两个孩子饶舌,很厉害地,寸步不让地斗嘴,一句将两个小伙子的反扑利落地顶回去,很是好胜的。她是这样生动的一个女孩子。一回,他在桌前写文档,她合着双手,笑眯眯地踱着步子走进来了,径直地走到书架前,上下逡巡。他觉出她的羞涩,然而,不怕生,这便是一种趣味了,他就搭起腔来,问道:"丫头,要看什么书么?"

她则摇头:"你这儿什么书都没有。"

他不服气地伸出手指纵横道:"这些,这都是书啊!若是想找小书看,这里倒是没有。"他的几近鄙薄的语气,指的那类小书,大抵是地摊文学,女孩们的时尚杂志,教你如何梳头发修眉毛,如何长褂子配短裤子的。

"《简·爱》也没有呀,《苔丝》也没有呀,《嘉莉妹妹》也没有呀!"她排比出一列书名来反驳。

他则好奇了:"这些书你都读过么?"

她不屑地嘟起嘴:"念书时都读过了好不好?"

他肃然地对她生出亲切来。这样的读书郎,他是熟悉的。虽然,这些书籍在读书人的世界里,算得上过时的常识了。然而,在乡村,在信息闭塞的小城里,这些名声纯良的书籍,在爱书人的河道里,依然航行。在乡村的昏黄的静夜灯火里,在学校拥挤的八人、十人共用的学生宿舍里,壅塞着咸菜味,浓郁体息,脚臭,汗味的架子床之间,在粗鲁的摩擦,喧嚣夜谈里,在架子床的一角,不合时宜地在被窝里揿着手电筒照亮一页书的，就是那少年郎的读书灯。那些有头无尾，来去萍踪的书籍，伴随的是不合群，敏感，纤弱的心灵，在粗鲁、保守、少见多怪的校园里，经历的创痛的，被排挤，被世俗的空气所伤害的少年时光……之后的人生会有许多的转折，爱读书的人，后来有了自己的书架，自己的书桌，后来，有了一间小型图书馆的书房。然而，最初，在闭塞的乡村中学读书的日子，是一生里最初的生发之地……文星对着窗外的绿树恍惚了片刻，回过神来，语气温柔地问屋子里这个小读书郎，问她，如今还读书么，都读些什么书？

荷荷反而不好意思答了，只说，主人家的书橱里有什么，她就读什么，自己连口箱子都没有，不买书的。读什么呢？托女主人的福，这一年读了一整套的亦舒，近百本小说。文星起身打开一面书橱，取出一册《安徒生童话全集》，一本凡尔纳的《海底两万里》，温和地说："你读的那些书是好书，是教你防身术，教你如何行走江湖。趁着如今年纪小，读这些书吧。这些书会帮你在心里做梦。小姑娘要做梦的。"

荷荷听着，脸全都绯红了，发着滚烫的热，她不去接他递给她的书，只是直不起腰地嬉笑着捂着脸，她咯咯咯的笑声打铃铛似的，掩饰着她的羞怯、受宠若惊、感动的心。

文星对她说，看完了这两本书，再来找我借。以后，这些书都可以借给你读。他追着补了一句：但是，必须要还哦！

"不还又怎么样？"荷荷骄横地一撅嘴，很不稀罕的样子。

"不还？不还呀？"文星笑眯眯的，想不到法的样子。戏弄她："不还，就再也没得借啦！"

是寻常的白天，夏日的大南风猎猎地吹，文星从小花园的花坛前经过，脚步匆匆地向大门走。一个小姑娘扶着孩子在花丛前玩耍，那孩子握着一辆小汽车，在花坛上的平面上，来回地磨着。看孩子的小保姆呢，一只手护在那孩子的后背，揽住他不让他跑开，不让他摔跤。然而，她的脸专心地向着花，沉思默想地看着眼前的一千枝一万朵的花枝灿烂，荷包花，朱槿花、九重葛，仙客来。无限地和花儿相看两不厌的样子。阳光热烈，风呼啦呼啦地吹，人面桃花相映红，这情景里的娇好、憨痴……文星温柔地放轻脚步，悄没声地走了过去，忍住了没去招呼醒发痴的荷荷。

那个花前的小姑娘，在他心里一直搁着，然而，不知为何，那份天真烂漫回想得多了，只觉出不忍想——这么心思细腻、善感的小丫头，在这个城市，在这个人世，她得遭多少罪，比平常人多遭多少磋磨呀！那些剧烈的，将心灵磨损到血肉模糊、碎成齑粉的酷烈，是他曾经一一身历过的。

冬至的那一日，牵藤特地来给东家奶奶告假，为荷荷请一天假，去过小年。她带了荷荷下山，在马路边的月台上，等公共汽车。这是荷荷第一次在深圳上街呢，车流如川的街，街边鳞次栉比的楼和厦，那么多的人。荷荷随着牵藤下车，走过过街天桥，又走过黄琉璃面嵌长对联的石牌坊，就进了村了。村落里的楼矮些，更密了，前胸贴后背的样子。荷荷头一次来，只见满目都是水果摊，鲜艳的衣服档口，摩托车遍地，见缝就钻，比人走路还灵活。空气里充满了气味、声音。摩托车突突突的，汽车喇叭嘀嘀嘀乱揿；音像店的大喇叭唱着振聋发聩的情歌；水果档的榴莲、香蕉、芒果、山竹、甘蔗汁在阳光下蒸腾的糖水份，熟透了的果香，香过了头。还有颜色，果子的颜色，榕树，影树，紫荆树开花的颜色，鲜艳的衣服飘舞在风里，一层一层的阳台，一径摞上去，斑斓满目的颜色。荷荷兴奋地紧随着牵藤，走在她身后，这么热闹啊，又亲切又拥挤的热闹，这符合她记忆里的赶集和上街。她随着牵藤穿过曲折的小巷，进一扇门，径直上楼梯，满屋子的人都在说话，切切入耳的，都是乡音。

冬至的那一日，牵藤带了荷荷下山，在马路边的月台上，等公共汽车。

房子是岭南式的阔达，宽大的客厅，敞敞的大阳台，地板是浅色方块大瓷砖，然而，给这群老乡住成了腌菜坛子。卧室里，客厅里，靠墙放的都是架子床，上一层，下一层的，一层架子一户人家。客堂上布满张开的折叠式桌凳，桌上堆了丰富的装着瓜子、糖果的塑料袋，几个中年男人坐在桌边抽烟，笑容祥和地拉着家常，手里捧着装了热茶的塑料杯，杯口的烟雾袅袅。开了牌桌，一桌扑克，一桌麻将。

看见牵藤领着荷荷进门，居然有人认出了她的脸，亲切地叫出她爹娘的名字，说，这家的女儿这么大了呀，哎呀这眉眼，像她爹爹。周正，好看哩。荷荷发着怔，还没认出人来，眼眶里迅即地蒙上一层泪。

厨房里的大锅上，蒸笼里分格里蒸着霉干菜扣肉，鲜鱼，南瓜，冒出浓郁的白色的蒸汽，洗碗池里泡着青菜、辣椒，电饭煲里煲着龙骨汤，还有刀咚咚地剁着砧板上的葱姜蒜，浓郁的，芬芳的香，来自切破了的果仁。

牵藤一进屋就被几只手热情地拉住，要她坐下来讲话，要她接手打一局，更有厨房里的，和她商量菜单，何时开席，酒和饮料够不够。你若是看见牵藤此时的落落大方、顾盼生辉的派头，真的好难想到她平日的样子，那个笑容卑微的家政工阿姨。她风尘仆仆，身体散发着汗水的酸，她走在暴烈的热带阳光下，高楼峡谷间的一片阳光，投射出她伶仃而忙碌的影子……

阳台上早汇聚了一群时髦少女，穿了珠片绣花牛仔裤、毛衣，裹着她们骨骼结实、丰硕的身体，是青春的、活泛的，处于劳作和生长之中的身体。此时看见荷荷，便一齐向她打量过来，那目光都不是望，也不是看，只是瞥一眼，带着各自的轻描淡写的好奇，面容也一齐是矜持的，正色的淡淡然。

荷荷呢，手里抓了一把瓜子握着，被牵藤在背上一推，便喜气洋洋地汇入女孩们之中。笑眯眯地，你看着我，我回看你，那气氛，温柔而矜持的，显得大家都不是村子里没心没肺的丫头了，是见世面的淑女呢。一会儿，嗑瓜子嗑出了颗坏仁，呸的一声，连连地吐，就个个都笑了起来，就彼此问候起，你在哪儿做事？哦，工厂哦，可辛苦了，你呢？我，没你好，我是做保姆，看孩子的。怎么不好，保姆工资高的，就看遇的东家好不好。还有在玩具工厂做事的，专事给布娃娃套上衣服，巴掌大的小裙子，小西服，还安眼珠子，好玩吧？还有在服装厂串珠子，看着像玩意活儿，可是，一天串一万颗，眼睛都要瞎掉了呀！较为神秘的，是在珠宝厂里做首饰的，铂金项链、玉器、沉甸甸的纯金大手镯，一个二两重，都是昂贵的物件，你若是问起来在珠宝车间的见闻，不外是轻描淡写的两三个字：细细磨，细细凿！怎么个磨法——人钉一套小桌椅前，眼睛凑在金器上，在金面的方寸之间，一点点地凿出花纹，凿出线条，凿出镂空来。金条金元宝，就堆在案头筐子里呢。可惜，只准你做，不关你事。你做一年都买不起一大件。说得诙谐，都咯咯咯笑起来。

兜转至此，大家都活泼起来，自自然然地互相说起自家的芳名，家住哪一个村落，哪一台人家，并掏出手机，留下了彼此的联络号码。说说笑笑间，饭桌摆好了，招呼男人们坐，酒杯斟满，余下的座位是女孩儿们的。伺候客人的，都是牵藤这些，中年妇人们，她们敦厚的身形，宽宽的笑容，朗朗地，在酒桌间穿梭。男人们粗鲁地赞美她们，越老越宽啦，宽得像老家的磨盘，像老屋的一扇门板！啊呀，要犁你这么一垄田何其费力！不正经的，喝你的酒罢，糯米蒸牛肉还塞不住你的那张嘴！这个蒸肉做得好呢，记得当年我们挖大河，你在大堤上烧伙，煮出来的汤和洗脚水一个颜色一个气味呀！当年你可是没如今这么能干！我记得的。厨艺这么好，再好吃如今也只吃个心里悔，何事错过了你呢？不曾娶回家？你心里也后悔无？后悔你说话！

菜是大钵大碗，油荤充裕的。男人们围着桌子喝白酒，饮料也很丰盛，橘子汁，雪碧，可乐，椰汁，王老吉凉茶。荷荷们文雅地夹着蒸肉，小心地将海鱼的鱼刺吐在纸碟子里，捧着纸杯子喝着饮料，她们红着脸，互相递着眼神笑，津津有味地听着这些妇人和汉子们，老不正经的调笑。

在这酒桌上的一张张风霜里挣扎求生的辛苦面孔背后，是那被他们抛荒了的春种秋收的原野，是那敞敞的天地里，已经抛掷了的家园，菜地，庄户人家的耕作岁月。这酒桌上欢笑一刻的背后，是多少的心酸遭际，生计的磨难！收旧货的，工地上出苦力的，踏三轮车送货的，摆小地摊的，修鞋子的，做皮匠的，疏通下水道的，没有哪一样活路不是劳苦的。更不论那些没走成正路，不明不白偷的盗的。他们在城市里过的生活，都没有获得在乡村生活里这把年纪理应获得的尊重。所以，他们的脸上的风霜，都是苦的。可今天，是个高兴日子，过小年呢，这么多乡亲相聚，菜肴也这样可口，酒也这样贴心，可不和在家乡时一样的热闹，一样的有情意？他们很兴头，喝了酒更是好兴致，妙语连珠地，说话时四字成语连串儿在笑容里蹦。还吹起了口琴，唱起了老戏，有一个，还从架子床的上铺，被褥底下，摸出一支竹笛，悠悠扬扬吹了起来。你可别小看这些，弯腰折背、神情畏缩的老民工们，在乡下，可一个个都是能人呢。灶头前拽出一个门板一样宽而笨拙的老大妈，在服装厂里捡布头的，千推万托里被人们扭送到桌前，一个知根底的老汉，递去两只筷子让她伸手捏着，做个道具。门板大妈推托不过了，她面红耳赤地扬起两只手，略略摆了个姿势，斜过了腰肢，扭着胯，矮下身子，双手扭了兰花指，款款地从下颌递出去，眉毛一扬，眼珠也连着活起来。当即满屋子就止息了声浪，看，好娇好俏的一个花旦！她脆着嗓子，咿咿呀呀地唱起来，是春深似海的杏花天里，一个伶牙俐齿的丫环，出门为小姐叫一个算命先生，好给她讲解昨夜惆怅的春梦。那伶俐的丫环，遇见了一个饶舌的老苍头，二人在花枝下,春风里,没完没了地吵起嘴来。虽然没有那个算命瞎子陪着斗嘴——这种古戏文里的唱腔不是座上人人都来得的。那花旦也柔着手腕,用筷子在空中指指点点,神态娇憨地,一嗔一怪,一跺脚一扭身子,漾在这虚拟的古代的春风里,待她伊呀呀地唱完了,一搁筷子,回身退进了厨房,半天里桌子上回不过神,那门板大妈,倒又听得她粗着嗓门,呵呵呵地为自己笑出一串粗放的解嘲……

又有一个补鞋子的老汉,唱起一段秦琼卖马。他亦红着脸,高亢着嗓子,从喉咙里挣出苍老的唱腔来,音调起得很高,唱词也很铿锵。自古英雄磨难深重,走着走着就遇见一条末路,人生在世,谁人没有个落难的时候呢?老汉用一根筷头敲着酒杯,叮叮地清脆的一声声做伴奏,他的唱腔又沙哑又笨拙,荷荷听得鼻子一酸,眼泪迅即地蓄满了眼眶,她赶紧低下头,泪水落进了面前的雪碧杯子里……

在这幢楼的另一间屋子里,走进来文星。今天冬至,是个团聚的大日子,这城中村里的房子,一幢里头就是个小世界,是将故园缩微过来的,团聚起来,也是合村,合族。

下班了的文星,肩头挎着一只包,姗姗来迟地到了。在烟酒、菜肴的香热,人们的讲述里,人们已经先谈论起他的名字一百遍一千遍了,这时候,他终于来到了,清秀的脸上架着一副近视眼镜,像个文静的女孩子那样,但笑不语,一如既往的那么缥缈、不好定义,然而,他这副打小的模样,是人们见惯了的。那么多粗粝的、清脆的、风霜的嗓门,男人女人的嗓门在招呼他,呼他的乳名。那么多热情的手,不由分说地拽着他,来自己的身边,有话要说。文星被人扯到左边桌子前站定,话没开口,又被另一只手扯到右边凳子,按下,端上茶,点上烟,话只起了个头,旋即又被一声吆喝扯将起来,到远远的一桌前去招呼。照例地,文星来了,乡亲们的酒便喝得瓶见底了,烟盒子也空了——文星放下包,笑笑地,转身下楼,到楼下的士多店,叫送两箱子香烟和啤酒上去。又去隔壁卤水店里，装了陈醋鸭掌，泡椒凤爪，卤猪手，卤豆腐，都是下酒的好菜。他结了账，两只手臂抱满了，往楼门里走。突然，听见头顶有人唤道："哎——你——哎——"是一个女孩子清脆脆的声音，拖腔拖调地叫着他的名字："文——星——！"

他闻声抬起头，满楼的灯火，每个窗里都是鼎沸的欢声。六楼上，一只阳台静静地泊在黄昏里，冬日的暮霭弥漫在灯火里，那淡黄、淡绿细碎瓷砖铺成的小阳台，如一只小舟，在暮色里穿过。那个女孩在阳台上探出半个身子，她小小的腰身，发光的眼睛，两只羊角辫探在暮色里，两只手探在空中，急切地向他招着摇着，她雀跃地叫他的名字："文星文星文星！"

"文星也是你叫得的吗？没大没小！"他驳着她，笑了起来。在山上凤凰台之外，这平原上老乡们汇聚生息的城中村，看见荷荷，真是亲切的！他一瞬间充满喜悦，比惊喜更多的一种欢喜。

荷荷很白痴地嚷嚷道："原来你也在这里呀！"

"是呀是呀！我也在这里。"文星笑眯眯地搭腔。

"我们真是太有缘了！太有缘了！"荷荷在那远远的阳台上，欢叫着，欢喜雀跃。

"你什么时候回去？"

"吃完了就回。你呢？"

"我要打一场牌的。你也留一会儿吧。我打完了叫你。你坐我的车回。"

"好！"荷荷答应着，头一缩，不知哪根筋回过神来，人就羞没了，似乎要坐他的车回，这会儿得撇清干系，显得男女授受不亲才是。文星再抬起头，只有那只孤零零的淡黄淡绿细碎瓷砖的小阳台，悬挂在灯火通明的楼外，一副萍水相逢、无心无情却又地老天荒的样子，在这岁暮的街市上，凄惶又温柔，不知为何，几乎要叫他喉头哽咽的。

6. 文 星

最初,他来南方的时候,是个十七岁的少年。刚刚从课堂上退下来,背着一只书包回到家,是余晖脉脉的下午,村庄空寂,爹娘还在水田里插秧,不曾上岸。阳光照着敝旧的老屋,木叶门上贴着财神像,单薄地挂着一把锁。门扉两端还贴了对联,是过年时,他写下的。和财神像一起,在漫长的梅雨季节和暴烈的六月阳光里,旧了下去,斑驳了。黄狗睡在杏树下的沙坑里,围着几只呢喃饶舌的家养鸡。一辆独轮木头车停在门口,歇息了几圈稻草绳,是田里捆秧苗把子要用的。

他从鞋子里摸出钥匙,开了锁。去厨房里舀了一碗凉茶喝下肚,阳光又热又亮地照在客堂的地中央。他踌躇了一番,要不要脱了鞋袜,打赤脚下田去,默默地插上一垄秧苗——让爹娘对他的辍学,有个贴实的认账。他的脑海里浮现出今夜:父亲将一言不发地,狠命地用鞭杆抽打着那头老水牛,娘呢,也加入进来,将那头无知的水牛,咒天咒地地骂。他们不能拿他怎么样,只有将那头牛当作他,打他,骂他,恼恨他不争气。而后,夜晚来了,昏暗的灯火,父亲在门檐下沉默地坐着……乡村的寂寞,一天一地的寂寞,不是一朝一夕的黑夜,而是千百年的无声而烦琐的黑夜,垒实了,压在头顶。

他踌躇良久,将书包倒过来,抖干净里头的课本、文具、纸笔。装进去几件衬衣、长裤,还有袜子、鞋垫,背到背上,重新出了门。

这个失学的少年,背着离家的行囊,穿过七月郁郁苍苍的庄稼地,大南风热热地吹着,田野里翻滚着绿浪。他掉头往城里走,他要去搭车,搭车去南方。没别的路走了。家中爹娘那两张愁苦、怨气的脸,就足以令他没有好日子过。只差一年就高考了,就是身子滚在钉板上,也要将这钉板滚到头呀！爹娘的哀求他不是听不进去,他听得难过死了——可是学校里实在待不下去了。

离开家进城念高中,是这个少年人生里的灭顶之灾。他少年离家,头一回进城,这个城说大不大,因为地处闭塞,缺乏见识,于是,也缺乏胸怀。对于乡下人,有着一直流传下来的傲慢风范。这个离家的少年,在生疏的校园里头一回遭遇到的,便是这样的空气。他所处的班级是一个由录取来的最高分学生组成的特优生班级,一部分是乡下学生,更多的,则是由走后门,走关系塞进来念书的城里学生,出身于特权阶层的。所以,这个班级的气氛,是很古怪的,由十多个拘谨、沉默的乡下读书郎和一群风尚时髦的城市少男少女所组成。那些书墨香、咸菜坛、寒窗苦读的气氛里,混杂着特意的骄奢淫逸,因为面对的是一群没见识的乡下少年,这股空气便愈加挥洒放恣,充满了形式感、戏剧性、表演欲。

文星太会念书了。初次离家出门,他性情太孤傲,太自闭,成绩又好,穿得又差,衣衫不合理到几近滑稽,人家不戏弄他戏弄谁?关键他太没有幽默感,人家一开玩笑他就发怒,起初这取笑还是带着好奇和玩笑的,后来,在他面红耳赤的反击和怒斥之中,这取笑就渐渐地成了挑衅。他这样不合作,不肯被玩笑,可不要激起公愤么?

这个性情孤傲,眉目清秀,时常傲慢得两眼朝天的农家少年,他也是家里的宝贝呢,父母含着捧着的宝贝儿子。他素来吃得起苦,愿意读书,书本再如天书,也在椅子上钉得住,一页一页地仔细读下去。然而,他是受不得屈辱的,受气是无论如何也不行的。他是认真而没气量的一个孩子,所以,他眼里所有人,这城市中学里轻佻的男男女女,遇事不肯公正裁决的老师,都是他眼里的对头。他没兴趣和他们斗,他只是瞧不起他们,也很不耐烦理会他们。

渐渐地,他无法定心念书了,四周都是敌视。课桌里他埋头读书,后脑勺会被人拿弹弓射击,回过头去,只是一片恶意戏谑的、毫无愧色地等待他发作的无聊嘴脸;他的穿着、埋头走路的姿态,会被画成漫画,出现在走廊的黑板报上;甚至,他需要保卫自己课桌里的那一只酱菜瓶子,床底下穿了洞又补上补丁的球鞋,他的作业本常常莫名失踪,出自乡村裁缝之手的西装外套,出现在实验田的稻草人身上,让同学们很是欢乐。

在一次次被奚落被围攻以后,他气红了脸,含着满眶的眼泪,愤而出走,离开正在上课的教室,离开熄灯就寝的宿舍。这个敏感而孱弱的少年,走在异乡城市里灯火疏落的街道上,偶尔,他去录像厅、游戏厅里消耗一夜,过后又心疼爹娘给他的辛苦钱,被他这样挥霍了。于是,常常地,他在避风无雨处的大楼走廊间,深宵的旅馆、电影院、消夜店大门外的灯光下,拿一本书,静静地读,打发他身外漫漫的饥寒长夜。他委屈又无以投告的求学际遇,令他想起来就恐惧。至此,他患上了终身未愈的神经衰弱、失眠症。在他一生中几乎所有的深夜,他都是醒着的,他沉醉于阅读,醉心于深夜时分,这严酷世界的片刻沉寂,不找他麻烦的清净时光。照例地,对翌日的清晨,他头皮发麻地恐惧。

校方解决不了校园暴力,解决不了城市学生对乡村学生的取笑、欺辱、围殴,但对于逃学生倒是有办法惩罚的,校方通知了家长,打算联手起来，惩罚这样不守规矩的坏学生，他们声称这样叛逆的学生，在学校是教育不好的，不能因为他一个人，坏了一个班级的学风。他的那一双在田野里劳作得佝偻苍老的父母，搭车来到城市，昏昏然出现在气派的学校，教导主任的办公室里。面对着不争气的儿子，说不出什么来，只会一个劲儿给校方领导和班主任赔小心，点头哈腰地鞠躬。一转身，伸出枯藤一样的手来，当众捶他、打他，厉声骂他——好让老师们看见，他们作为家长，真的是尽心尽力在配合校方的，只要不把这败家子开除，他们家长怎么打他，怎么骂他，将他当众往死里揍，都是乐意的。

他们心里也诧异着这孩子来到城里之后的种种逆反，却将这个被学校和同龄人所伤害的孩子，再打一顿，伤筋动骨地骂一顿。有什么办法呢？他们天生是弱势的人，只会服从那些看起来无可挑剔的大道理。文星心疼他的父母，他们为了他，口朝黄土背成天地劳作，一年里，一天劳作都不曾省过，自打他呱呱落地，累了这些年不曾直起腰。他们还那么老实巴交，面对校方的推脱责任，他们反驳不了半个字，也不敢找半点不是，就会连连称是，连连道歉。他心疼他们——在陌生的城里人面前，因为生了他这么个不听话的逃学生，他们充满手足无措的惊慌、自惭形秽的羞愧。他和他们一起站在教导主任的办公室里，低下头眼睛注视着地板上，爹的那双腿，他光脚穿了一双球鞋，古铜色的黑皮肤，脚面布满了虬曲的青色静脉，因为心情紧张、忧心，他的腿一直在裤管里轻轻地打战、发抖。那条裤子，那酱色的有点女气的腈纶布料，膝头上的每一处褶皱，都是他打小就眼熟的，熟到心里去了。他心里一疼，哭了起来……为着他们，他其实是很愿意做好的。

然而，环境不给他做好。他到底待不下去了，一天也待不下去了。高二学期结束的暑假的第一天，他就这样，背着一个书包，不辞而别地出走到了南方。他厌倦了学校,厌倦了那些恶毒的捉弄、挑衅,不安宁的课桌,也厌倦了父母的担忧,不明就里的一味指责。哪里有道理可以讲清楚呢?可以讲清他这被欺辱被毁坏的在人群之中不得安宁的人生?一个少年弱小而悲愤的人生……

他初来南方,是在东莞的一个厂里,在仓库里做搬运工,一个下苦力的活计。一下子掉进人山人海里了,人口密度大起来,也容得这么一个沉默愤怒的男孩子,眉头嘴角长期挂着一抹对世界轻蔑、不耐烦的浅笑。一个月的苦力做下来,钱寄回家给父母,他十七岁了,头一回补贴家用,无需他们操心着收割了早谷给他交学费。他做打工仔的命运,就这么,成为了现实。

念书时的那一种,少年的单薄、孱弱,还依稀存留,然而,他的个头蹿了起来,骨骼结实,走路时习惯地双手攥成拳,扛着肩膀。穿着厚厚的夹克式样的工厂服,蓝色的。脚上套着系带的白球鞋,洗刷得旧旧的,很合脚。养活自己的经历令他逐渐地见多识广,他学会了照顾自己,理财,将那点积蓄分期储蓄起来,还学会了泡图书馆,泡书店。只要放工,他就会钻进图书馆,或者工厂的阅览室,在里头一待就是一整天一整夜。浩瀚如烟海的书籍,孜孜不倦的阅读,他好似一头白鲸,在书籍的海洋里,多少的海水都可任意吞吐。这样的阅读将他原本敏感、纤弱的灵魂,培育得更加善感,更加的多思,多虑,多忧患,在他身处的环境里,更加的质变,成为一个人群里的异类,陌生人。

只有这孩子自己心里知道,他在这人堆里,活得多么吃力——这种鲁直、不费脑、使蛮力的生活。他对他的工友们,那些粗鲁的劳作者们,怀有至深的同胞兄弟的情感,然而,却无法和他们中间的任何一个人,同处一室,集体生活。蹲在路边吃盒饭,脚边放一瓶酒,在路边随遇而安地晒太阳。公用的集体宿舍、浴室、厕所——依然,他对集体生活怀有生理性的厌恶、不安。依旧不可避免地运气不好,没有招惹任何人,他也时不时会遇见群起而上的斗殴事件。头破血流地,去工厂区的诊所里包扎,鲜血滴落在他安静的蓝布工衫上。往往旧伤还不曾痊愈,又遭遇新的战局。他不擅长进攻,然而,他文弱、沉默的气质,奶油小生的娟秀的脸,在鲁直的工厂区里,那么的异样,特立独行。尤其是他太过干净的衣衫和球鞋,扎在人堆里蹙着眉头的嫌恶神情,也是叫人忍不住觉得他是欠揍的,该被揍的。

他安静的外表下,隐藏的全是对人的恐惧、倦厌。打了半年工,他开始有了一点点小积蓄,不多的一千块钱,然而,对于他一个人,算得上是一笔财富了。够得上他一个人,租一间小房子,自己居住。他在工厂附近的民居里,摩肩接踵的亲嘴楼里,找到一间木箱子大小的小房间。推开门,一手臂外就是窗户,窗户外是人家厨房的排风扇,一天到晚呼啦呼啦地,向他的小房间扇着油渍麻花的热风,呼呼呼地,将他笼在一层烟火霾里。屋里狭窄,墙上安一个水斗,容一张床,一桌一椅,然而,是他一个人的房间,一个人的天堂!他在这个世界上存活了十八年,跌跌撞撞的都是人,每一天都必须在空间里和人共处,被人推搡,被人伤害。现在,他终于拥有一个人可以独自呼吸,不言不语不发音的自由了!他去买了一只电饭锅,一只塑料开水瓶,瓷杯,一罐红茶和一盒烟,从宿舍里背来的书包里,早已不再是离家时瘪瘪的贫穷,有他的衣服鞋袜,半年来熟读和积攒的书籍,他将书在窗下排起来,衣衫和袜子叠在抽屉里,烧开水,泡了一杯红茶,独自对着那扇油渍麻花的窗户,久久地、幸福地坐着。不干活的时间,他都待在这个小屋子里,躺在床上一动不动地,凝视着天花板发呆,或是读书,同样一动不动地。电锅插着电,按钮上亮着一个温馨的红点点,锅里煲了一只清远鸡,锅上坐着的蒸笼里,蒸着几只馒头。他还常常趴在桌前写字,不知为什么,渐渐地就觉得有无数的心思要在纸上写出来——无数的呓语、倾吐、诉苦、呼喊、反抗、不忿、厌恶、眷念，要在纸上描画成句……电锅里的鸡煮熟了，香气弥漫在他的小屋里，如一种贴肤的慰藉，他将鸡装在一只铝碗里，蘸着酱油，慢慢地吃，翻着手边的书。窗外人家厨房的排风扇呼啦啦地转着，将煲汤、炒菜、炒辣椒的香味吹进来，五味俱全的人世都在窗外头，他很安全，心里很安静。

他开始写诗。写好了打印在 A4 纸上，复印几份，照着期刊的地址，各自寄出去。他寄出的信，仿佛大海上随波逐浪的漂流瓶，是一个少年写给海的信，写给贝壳和海鸥的信，他写城市上空的落日，夕阳里从海面上吹拂向城市的大风，那风里全是未曾实践的等待，他期待着文字可以遇见灵魂，然而，文字却为他带来了人，另外的一些人，对他表达赏识、赞美，将他写在漂流瓶里的文字，变成铅字，印在堂皇的报纸上，刊物上。

发表文字，令文星有了新的履历，有资格做些斯文点的工作。譬如，公司文员，报刊编辑。这个打工仔里头冒出来的诗人，终于，离开了工厂，嘈杂的人群，热汗淋漓的劳作。他得到过的第一份工作，是为一个搬迁的图书馆整理书目。将书籍一一记录在册，一份需要极致耐心的工作。然而，在他的半生里，懂人事以来，这是最令他满意的一段岁月，他可以昼夜盘桓在图书馆，幸福地瘫软在书架与书架之间，手不释卷地，读随手翻开的任何一本书。空气里泛着书卷间飞出的细尘、书页老旧的气息、被烦乱的世界所遗弃了的那一种墓穴般的清凉气。灯管老旧，钨丝泛红，嗡嗡地在天花板上轻微地响，光洒在颓朽的书架、积满灰尘的地板间，漫淹出沁人心脾的清凉。夜深人静，听得见虫蚁在咬噬木头窗框、木头地板、木头书架的动静，也是细微的，一如书蠹噬着书页。他坐在地板上，沉迷地读呀，读呀，读得眼睛累极了，会不知不觉地合眼睡去。他幸福的手指软软地握着书脊，惺忪地感知着它在指间一页页滑落下去，终于，啪嗒一声，书跌到地板上，他也顺势滑下去，头枕着一摞书，身子蜷在地板上，深睡过去。在梦里，他焦急地站起来，拍打睡着了的那个自己，拍着他的肩头，急促地催促自己——快醒了吧，快醒来！读完图书馆的每一本书！要好多好多时间啊，不要再睡觉了！

饥肠辘辘时，他走出图书馆，很不情愿地去吃饭。步出室外总有恍然隔世之感，清朗的长风吹拂，远远近近的楼群稠密着灯火，连接着漫天的星斗；又或骄阳似火，空气仿佛点着了大火一样，风摇扶着椰子树、凤尾竹、紫荆树的花叶，汽车在车道上川流不息地流过，街道上充满了人的密集度，然而，不再有从前那种直接的人施与人的伤害，眼前这文雅、森然的人世，令他惶然奔走的青春，终于可以弯下腰，扶住膝盖，喘息起来……

这个阶段的他，陡然现出了他被灰尘、劳作、油汗所覆盖了的青春，避开了日晒、风吹、强度体力劳作之后，他一度单薄、佝偻的身板舒展开来，发育中的四肢有了一种修直风度。他白净的面色，忧郁的黑眼睛，眼睫长长地养护着黑色的瞳仁，眼神清澈，高鼻梁，红唇，是一张清俊少年的脸，他很少笑，偶然开心时，笑起来的样子，看在人的眼里，就格外地灿烂，感染人。

打工文学的热潮里，从工厂里冒出来了很多很多的写作者，写诗的文星理所当然成为热潮里的受惠者，他开始获奖，在政府设立的名目繁多的奖励打工文学的奖项里，脱颖而出。

然而，真实的文星，太不相容于他的出身，他的阶级。他太秀美，太敏感，白皙俊美的面容，时常微微脸红的羞涩，令他迥异于那群从车间流水线间冒出来的兄弟，他彷如一个被贬斥在尘世间的王子，恍惚、沉默，永恒地将他和环境之间，隔上一层，四周的兵荒马乱，时常惹得他遗憾地一笑。你看见他面目俊秀、忧伤一笑的样子，会油然地为让他身处这样的环境,而深感抱歉。

风头最劲时,他的诗集得到了一个全国性的重头文学奖,这次获奖,彻底改变了他打工者的命运,令他从这个族群中脱身出来。待到乡村少女荷荷在凤凰台遇见文星的时候,他已经是一名在政府喉舌部门工作的公务员了,在深圳这城市有属于自己的房子,属于自己的书桌,他看起来,是颇为镇定的了,且深深具有镇定的资本。

谁也不知道彼时他内心的惊慌,连他自己也是质疑的,因为经过了这么多年,今日的所有,都是他努力攀爬的结果。然而,置身其中,每天的生活让他只觉着惶恐,四周充满了虚妄的虚空感,仿佛经过一道千军万马拥堵在前的森严窄门,得以穿过窄门的,只是人海中的菁华,然而,窄门里头的世界,原只是一曲荒淫的盛宴,歌舞正酣,酒足失态,令他乡下人的见识,只余瞠目结舌。

每天都在吃,吃不完的宴席,饮不尽的美酒,饭局摩肩接踵地排列,将时间挤得满满当当的,分不出四季,分不出寒暑、分不出工作日和节假日。从前他在街头扛包,羡慕着街边店的一份烧鹅饭,干活时计件算钱,一衣一食都看得见来路,可是如今吃起山珍海味来,一顿一顿吃得满脑肠肥,却每一顿都来历含糊,不知所以。还有会议,每天都开,有大型的,有小型的,有公开的,有加密的,他写会议记录,为上层写讲话稿,连篇累牍地累到手软,在写字桌和电脑前累出了一身的办公室病,肩周炎,脊椎疼痛,坐骨神经疼痛等等。写出来的字山字海,没有一句有实用性!没有一句不是在强颜作笑,公然撒谎!抵不上他从前伏在城中村里暗无天日的小屋里,写过的一行诗,一个陈述句,甚至句末的一个感叹号。

他从前高中辍学,看不见任何前途,周围的那些乡下人嘲笑他,推搡他,白眼待,他们和他的处境都是一样的,没前途,出苦力。他待在他们中间,浑身不自在,无法呼吸,内心苦闷极矣。可是,如今看见街头走过的蓝布工服，他没有想当然的复仇的快感，他心里充满了疼痛——他背叛了他的来历。他一看见他们，就忍不住地鼻子一酸，心头充满泪意。

还有他生活在乡村老屋里的爹娘，依旧口朝黄土背朝天地每日劳作，春天里播种、插秧；夏天里耕耘、除草，烈日炎炎、赤土千里，他们戴着斗笠穿行在植物苗棵之间；秋天里忙于收割，冬天在冻土上撒种，种下麦子，栽下油菜，一年四季佝偻着面对土地，难得直起腰来。一粒种子生一棵苗，一锄头锄去一棵草，他们和土地的交往，一来一往清清楚楚。粮食种出来，低价卖出去，供养着另一个阶层——如他这样的生活。这境况比空虚更加折磨他，令他恐慌。

生活在他成了一个不可解的沙盘，所有的声响和流动，衍生出的符号，全是没意义的喧嚣。

7. 还　乡

冬至过后，一年的日历就被风翻书似的，哗啦哗啦翻到末尾。凄风冷雨，岁末的深圳是让漂泊者断肠的城市，雨水里的木棉花开了，鲜艳艳地，殷殷红地，大朵大朵，结结实实地开在淡墨色的雨天里。雨一日一日地滴落，雨季里的雨水渐渐变得温暖起来。岭南那灼热的，阳光直射的，漫长到十一月的夏季，就是在人们对雨季的苦熬中，真心实意期盼来的。

雨季正绵密时，牵藤夫妇就离开了深圳。原因是牵藤的男人长兴，在工地上干活时，从高空作业的吊车上失脚摔下来，伤了一条腿。受伤的理由总离不开一个祸不单行，假如也是万万千千个：假如那时候不那样——结果就不会是这样。然而，结果只有一样，长兴被从高空下迎接他的水泥地面上拾起来，转而送进了洁白的医院，全身铺的盖的一律温柔软和，连断掉了的腿也一并打上石膏——从此，再也干不了体力活了。男人从此少了一条腿。

牵藤板着一张灾难中的脸，如常地在按着每日的路线图穿梭，照着时间表准时出现在各户业主家，上工干活。她是个不哭的女人，在这个城市，流泪有什么效果呢？有什么用途呢？她才来深圳的时候，就懂得这道理。谁哭赢过这个庞大无情的城市？她还真没见识过。灰冷冷的风雨里，深南大道车如流水，霓虹灯光在雨季里繁华地绽开。她的长兴留在病房里，不用在这天气穿着潮乎乎的工服、胶鞋去爬高攀低了。照例地，忙上一上午，在玫瑰家里才可以歇口气，她给自己倒了杯热水，没有干净杯子，凑合用茶几上的一只水果茶的杯子，热水在隔夜的木瓜牛奶的角料里过了一遍，恶狠狠地喝着。然而，杯子里那杯说白不白说稠不稠，取之于奶茶然而又不曾取得半点奶茶精华的灰蒙蒙的热汤，一瞬间就刺激了她。那种腥的，生的，发馊的变质了的牛奶和木瓜的气味，比刷锅水，变质的牛奶，烂熟的木瓜更加难闻的气味，叫她恶狠狠地喝下去，又迫不及待冲到洗手盆前，恶狠狠地吐出来。

浴池里，照例地泡着几件待手洗的绯薄的内衣，轻得像个死了的淫妇浮上了水面。牵藤发出了破天荒的大动静，随即很觉醒地竖起耳朵，听一听屋子里的动静。门后边照例是静谧的，连翻身和被惊醒的梦呓都无。她推推门，原来只是虚掩着，里头的窗帘低垂，薄被横陈，大镜子前的地毯上，扔着打开的脂粉盒、香水瓶，从柜门里拽出来没被放回去的衣衫。玫瑰昨晚不曾回来，或者是大清早就出去和什么人约会去了。

牵藤绕过那些无处不在的镜子、瓶子和盒子，刷刷刷地，大力拉开落地长窗的窗帘。一天一地的雨水，在绿色玻璃窗前织着雨帘，房间里，那种一如气场的虚空，带着些些的甜蜜，娇慵，伤感。还有一些，潜伏在壁角门后的，异样的情愫，毛茬茬的，惹人心跳的激素，那是情欲，风一样地回旋在这个玫瑰色的房间里，处处都是昨夜风月的遗情。

牵藤光着脚，恶狠狠地掠过地毯，操起吸尘器，开始清理地板，她擦过了家具，地板打过一层蜡水，整理过沙发，洗过了浴池的衣衫。

进了厨房，打开马甲袋里的蔬菜，开始烧饭。她昨天烧的菜，还原复原地摆在餐台上。筷子、汤勺的位置上，还看得见她昨天精心的手势。天气是暖暖的甜酒酿一样的雨天，菜在常温里摆了一宿，葱姜蒸海鱼变味了，青菜呢，黄皮老叶地卧在菜汤里，粥呢，散发出类似米饭馊了发酵了的气味——玫瑰不在家。根本上她昨天就不曾在家。

她没通知阿姨，给她留一张纸条，或者发一条短信。根本上她不在意，即便阿姨老老实实地买了菜，烧了饭，浪费了，那又算得了什么呢？什么都算不上，妨碍得了什么呢？玫瑰得到和爱人把臂同游的机会，太得意了，什么都不记得招呼了。

牵藤面对这一桌子馊了变质了的饭和菜，方才喝过的那一口变质了的木瓜奶茶的味道还留在她嘴巴里。她擦了四五家的地板，洗了四五家的衣衫，此时，汗淋淋地站在桌前，突然，就撑不下去了，陡然地决堤了，崩溃了。她魔魔怔怔地转身，满屋子乱走，推开玫瑰的衣帽间的门，地板上扔着无数件衣服。她揭开枕头开始铺床，从床单里滚落出的情趣用品，用于房事的那些，床头柜的抽屉里，装满了这一类的性用品，不必打开，打开了也不会得出意外。她见怪不怪地，霍霍然抖开床单，洁白地将一切都覆盖。然而，心里就是崩盘了、决堤了！她在这房子里，那房子里，烧了多少顿无人理会的饭，整理了多少回，情欲涤荡后的床铺，手洗了多少腥气的龌龊的内衣。洗女人内衣，在乡下人眼里是多么晦气的一件事！染指了要背时一辈子的呀！尤其是这些，不正经做女人的小婊子们，在乡下人的传统伦理里，是要装在笼子里沉塘的！洗她们的内衣，老的小的搁在家里，进城来给她们擦地板，熨衣服，烧那顿没人领情的饭！她伺候了这些小婊子们这么多年！一身不干不净的晦气。所以她这么倒霉！这个城市还了个瘸子给她，余生的苦就在脚底下铺着呢，漫漫地延续到路尽头。

她的长兴，一个能干的男将，心灵手巧，会做木工，瓦工，在这城市走过多少工地，盖了多少的楼厦，装修了多少房子，伺候了多少木料、油漆、砖石，如今断了一条腿。她的男人，当年十乡八里之间，上哪里挑比他更俊美、更热情、更讨人喜欢的青年？他会在月光下吹笛子，那样的笛声是夏夜水边的蝴蝶，蹁跹在她的青春年华。过年的时候，一台人家都是他写春联，毛笔蘸墨水，落墨在朱红长笺上。他还是个通情达理的男人，当年她脾气可大了，要横撒泼的时候，一伸爪子照着他的脸就抓起来挠起来，还要跳到窗口，伸长了脖颈去骂老不死的公公和婆婆，长兴总是握了她的手拉到床头坐下，一双好看的眼睛，忧心忡忡地求她息怒，他好声好气地给她讲道理，逐条儿逐条儿地将道理捋平坦了，解给她听，只说到她决定重新贤惠起来。来到这城市，蓝布衣一套上，人就没了身形没了名字，就成一枚民工了。她的多情的俊美的男人，百里挑一的男人，在城市里这么多年，过着何其不恰当，不符合他的一种生活——牵藤想着他年轻时，宁静的眉眼，唇红齿白的模样，高兴起来眉开眼笑的样子，心尖尖都是痛的。

她油然地，恶狠狠地朝手边的床单啐了一口，朝镜子、地毯、内衣，装满性用品的床头柜，这间放荡的、淫邪的屋子，啐了又啐。她心里烧着火，熊旺旺的大火。这城市将她榨干了。她哭不出来，一滴泪都没有，也从没有过要流泪的冲动。眼泪是她唯一的纯情，她的私房钱，是她自故乡的麦田、花朵、荷叶上露珠，采集，凝结，随身携带的那一点晶莹、清凉。她宁愿啐这城市，啐得口干舌燥，也不流一滴泪，糟蹋她的泪，糟蹋在这么无情无义的地方。

这天，牵藤离开玫瑰家时，将抽屉里，桌面上，玄关台面上的零钱、角子，以不经意的手势，一律扫进一只鞋盒里。这些浮皮潦草的零钱，是平日里玫瑰打车、付外卖时的找零，五块、十块、硬币，扔得哪哪都是。反正，玫瑰也从来不曾将这些角子当成是钱，抛在桌面上只嫌碍眼,搁到哪儿都嫌不干净。牵藤站在电梯里,将鞋盒里的硬币拨出来,一路数着出了电梯,坐在大堂里,聚精会神地接着数完。她将硬币用纸扎起来,十个一筒;纸币呢,一张张理好,大小排成一叠,拿橡皮筋一扎,绑绑好。这鞋盒子里的钱,全都理出来,有六七百块呢,等于玫瑰付给她的一个月工钱的一半。她大义凛然地抱着那只钱盒子,回到城中村。这钱是她的了!

顺手牵羊,顺藤摸瓜,小偷小摸这习性仿佛人的本性里的一种禀赋。裁缝偷布,厨子偷油,长工藏谷——这世上样样的好,都是摆设给穷人看的。看着看着,就看熟了,熟到心里去了,然而再熟也不是自己的,踮起脚来也够不着,眼巴巴地久久瞅着的姿势,着实太心酸!唯有生发了偷摸拐带这个小动作,这界限分明的世界,才顿时生动起来,摇曳起来了,有商有量地富于刺激性了,边边角角地掖着藏着,小偷小摸,巧取小夺,有悬念有期待的日子,过得何其有滋有味,有期盼有补偿!愿望从不落空,打折了兑水了也能兑现一点点,有了这份贴近胸口的殷实暗喜,这份累得伸不直腰,还得时时冲人感恩戴德的日子,就有了一份暗暗的滋润,贴心贴意的添补,这样,就合情理了,过通顺了。

牵藤在玫瑰家开了头,得了个大利是,自此便破了戒,每一户东家的家里,她都施展她小偷小摸的手,四下游走、轻轻搜寻。房间的桌子抽屉、沙发底下、收集硬币的储钱罐,这些都是发掘财富的固定地点。至于偶遇呢,则是更高潮。小孩子书包里的零花钱,晾衣服时,主人家疏忽未掏兜的口袋,女主人随意扔在沙发上的手袋,那里头只要打开,自不必说,都有收获。她敏捷的身手一如她做家务的利落,心到手到,犹如武功绝技里的飞花摘叶,一点延误都不曾有的。她收获得盆满钵满,偷得恨心都上来了——这帮好吃懒做的杀胚,饶过他们这么些年!这些肩不挑手不担的懒胚,从来都是他们坐着她站着,人家端居高堂吃饭喝汤,她跳高趴低地匍匐打扫,人家端着架子、爱搭不理,而她累得折了腰,还得一律赔着小心贴着笑脸——这么些年她太该得到补偿了!这些精明得要死的城市人不会有良心地补偿她的,这些人都没法子讲道理的,可是,别忘了,她牵藤也是这城市里闯荡的冒险家,也擅长利益的折中,没有人赔偿她,她自己动手!

一时间,每一户东家都在失窃的阴云里,数目不大,然而,过日子的人家,再随意的零钱,也是心里有数的,的确是常常在丢钱呀!只是不大敢怀疑到阿姨头上来——多可靠,人品多淳朴的一个阿姨呀!有孩子的人家,得空将自家的小顽童抓来拷问偷窃案,一边问一边揍得半死。

一回,牵藤在一户人家的阳台上,晾晒主人的衣衫。在男主人的裤兜里,掏出水洗过的驾照,随手掖在驾照夹里的一叠百元币。她将驾照搁到洗衣筐里,湿漉漉的钱币裹在收进来的干衣服中间,抱进屋来。照例以她欢乐的、村气的、没心没肺的大嗓门叫道:“哎呀,驾照怎么没捡出来呀,驾照洗坏了可是不得了的呀!”男主人和女主人都闻声围上来,捧着那只湿淋淋的驾照,又庆幸又互相埋怨地,喜笑颜开地感谢阿姨。牵藤厚道地微笑着,执著熨斗熨着衣衫,那叠湿淋淋的钱就在衣服里,她等着他们发问,搜身,叫警察,然而,他们都糊涂了,只有男主人狐疑地将装驾照的皮夹子打开,又摸出钱包看一看,到底没有发出疑问。牵藤冷静地做完家务,将垃圾归类到一个大黑塑料袋里,提着告辞出门。女主人的感谢在她的身后,像一个热情的鹦鹉,死有余辜地呱呱叫,重复对阿姨的谢谢。她出了楼门,将垃圾搁到垃圾桶。她的心怦怦乱跳,满脸的热红,还有一种,近乎狂喜的放纵感!怎么着?她偷了!就在东家眼皮底下偷了,没抓着!

心里有了主意,一天天地收拾行李,隔天去出事的工地上,泼天泼地地声讨个说法,她只等着病床上丈夫的伤好,他们夫妻之间已经商定好了主意:一出院就回老家去!一旦决定离去,她谦卑的灵魂顿时昂扬了。多少年来她一直期待着,有一天会得返回故乡,出来的时候,她的娃娃才会满地爬,如今已是一个自闭的少年了,孩子和他们不亲热。那时候走成风了,无心播种,无心腌坛子里的咸菜,无心过日子了,非出来不可,如今想一想,家乡的日子有那么难过么?饱足总是够的罢,不外是田地收上来的谷子麦子,样样都贱,换不到钱。而抛下田地、老的小的,出来了,丢了胳膊瘸了腿,就是值当的么?牵藤恨上了,愈发要偷了!

长兴在医院休整了两个月,这两个月是他进城来,过得最清洁最忧心的日子,这两个月将他贤惠要强的老婆变成了一个偷儿。

辞工时的主人家都没有给牵藤好颜色了,她偷得太猖狂,犯了众怒。玫瑰家里,她三天前荐去一个同村大姐,已经上工了。玫瑰坐在沙发上看电视,她穿了一件长长的针织袍子,裙摆依依拂过洁白的脚面。在牵藤的记忆里,玫瑰从没有这个时候现身过,所以,看见她衣冠整洁地坐在客堂上看电视,这情景于她,实在是稀奇。她白色的手握着遥控器,指间戴着一排玉石戒指,纤细白净的手打底,那排戒指很轻盈。她很美,只是,好单薄。她第一次看见玫瑰的脸,还是她刚刚搬进这套公寓时的日子,只是一瞥,玫瑰标致的眉眼迅即地汇入从前她伺候过的那些玫瑰们留下的影像中——脂腻粉浓,眉目影影绰绰。然而,尖尖的鹅蛋脸,眼尾上翘,尖下巴,这是她们宿命性的一个符号。牵藤是不怕死的,那么多门庭下犯事,她都全身而退了,凭什么紧张这么个风尘女子?牵藤笑眯眯地向玫瑰沙哑着嗓门招呼,说自己要走了,来辞行的。玫瑰款款地站起身,将茶几上一只绛红色的钱包拾起来,那钱包鼓鼓的,殷实的厚,玫瑰细声细气地说,听到新来的阿姨说起,才晓得她家的男人出事了。牵藤要回家,她是最舍不得的,她对她,早已不是雇佣之间的好,这么久以来,牵藤仁义贴心地照顾她,是她在这个城市的最知己,最依赖,别的男人对她说什么,她都不相信,唯有牵藤说什么,做什么,她都信。每天中午,不管她是好是歹,牵藤都风雨无阻地,如时间老人一样,出现在她的房间里,带来生息和动静——不知多少次她觉得活不下去了,听见这声息,她又还过阳来。如今,要和牵藤分手了,她万般不舍,赠这笔路费给她,是自己的一片真心意。从这里分手,山长水阔,各走各路。她终究也是要走的人,然而,此生,她都记得牵藤,记得她待自己,如姊妹般的好。

牵藤咬定了牙关,立誓要一滴泪不流地离开深圳。然而,到底她哭了……她推着坐在轮椅里的丈夫,轮椅上搁着箱子,她的背上背着背包,夫妻俩离开了深圳。南方依然淫雨霏霏,然而,家乡却是春回大地的艳阳天,春阳普照,油菜花铺天盖地,播种过的原野上,春麦茸茸地绿了一层。河滩边的荒草上,牵藤和丈夫的三只脚印,一步一步地印在霜草上。

隔了几天,荷荷打个电话回村子里,没有先打回家,而是打给了牵藤家。接电话的人,正是牵藤,隔着千山万水的,高声阔气地一声:“喂——哪个找我?”

那声音明朗朗地、力大无穷地充满了话筒。荷荷听得见村子里的夜色里,才天黑就夜阑人静的动静。牵藤明快地叫起来:“荷荷打电话给我呀,好有良心的囡呢!”

荷荷嗯了一声,瓮声瓮气地问她,家里好不好过?过得习不习惯?她站在路灯下,树木清芬的山路,黄黄的夜雨在路灯下,如织地飞。牵藤在那头的电话里,爽利地问候老东家,小宝宝,都安好么?荷荷是不是打电话给妈妈,才晓得她新装的这个电话号码?荷荷细声细气地答,照例两个字三个字的木讷……细雨里的山路,她看到的是去年夏日,她抱着小宝在山路上等待牵藤的样子,牵藤沿着阳光照耀的山路,哼着歌儿一路上山来——从今往后,她再也不会沿着这条山路来到凤凰台了。

荷荷的泪汹涌地夺眶而出。她哽在话筒前,悲伤得连那一二字也说不完整了。而后,牵藤听出来,荷荷她哭了。

在电话那头,她也火速地流泪了。

荷荷觉得,自己被牵藤留在了深圳,一个人留在了山上的凤凰台。小宝会走路后,就上幼儿园去了,荷荷将牵藤的那份家务承担了。时间还是多了起来。她常常去找雀雀,即使是去超市买瓶料酒,买块生姜,她也会去雀雀的柜台前张望一眼,趴在她的柜台前,说上几句话。在雀雀的要求下,将女主人书柜里的那排亦舒小说,依次偷出来给她读。雀雀读得也快,不去麻将桌上凑趣,一个打盹的午梦时分,就可读完一本。这宁静的山谷,养育的都是女孩儿好高骛远的梦。

缠绵的雨季里,绿沉沉的草木,偶尔的阳光晾晒着暗沉沉的绿。傍晚的时候,雀雀又去山坡上忙她的那方寸之地,培植小菜苗,除草,唠唠叨叨地抱怨着雨水太多,她们蹲在菜地里,一棵一棵地施肥,潮湿的红土黏在手上,被雨水浸泡过的大地散发着来自地心的气息,植物的气息也在暮色里散发出来,茅草的气息是葱茏的,芥蓝的气息是清爽的,鱼腥草的气息是鲜气的,辣椒的气息是沉郁的,青葱的气息呢,一派明媚。方寸之地的那一棵棵菜苗,她们伺候得犹如绣花一般的细致、周到。昏暗的暮色在山谷里沉沉地落下。凤凰台的家居灯火,次第地亮起来。黄昏的山道上,汽车川流不息地从山道上驶入社区大门,驶入地下车库,遵循着某一种无言的森严秩序。大抵,这就是山谷外,深圳那个城市的气质吧——繁华、灿烂,有距离,高密度,彼此漠然却又属于集大合成里的一分子。这是雀雀喜欢远眺的景致,她出神地立在山坡上,一千次一万次地慨叹道,好美呀!好辉煌呀!好热闹呀!在广袤的万家灯火之上,地王大厦的楼顶,两道远远的蓝色激光，凌驾所有，无论多么遥远、偏僻，蓝光都详尽地照拂过。在雀雀的眼睛里，每一道光都是这城市慈悲的照拂，听得见她所有的许愿。雀雀说：那里一定会有属于我的一盏灯，每天晚上亮，每天晚上亮，三十年，四十年，五十年，那时候我变成了老太婆，还是亮着我的一盏灯！

荷荷笑微微地，听着伙伴不厌其烦地表白志向，她总是说，雀雀你这么能干，这么足智多谋，你想做什么一定做得到的！

雀雀并不谦虚，她胸有成竹地赞同着荷荷，攀着荷荷的肩膀，亲热地许下愿望：那个时候你也在，好不好？我们永远都在一起。也一直在深圳，好不好？

荷荷的心愿是什么呢？夜色里的凤凰台，千灯万盏，她只需轻轻瞄一眼，就看得见，自己愿望中的那盏灯，有没有亮起来。文星家的客厅阳台是看山的，站在菜地里看得见那一格里的明暗。通常文星都不是天黑回家的。

她时常能够遇见文星，早上八点钟，在他离家上班的路途上，在花径或大门口。若他没有出差，没有离开深圳，这个时间点，总是对的。不知昨天晚上他何时回到凤凰台，何时进的家门，经过一天一夜迢远的等待，清早时分看着他，清新的一个男人，他的头发，刚剃过的干干净净的下巴，他的嘴角，他的微笑，还有他整个人，他走下台阶的样子，都是美好的。荷荷尚且不懂得男人的性感，只是觉得，文星好看。她读他写的诗，他写的文章，在夜晚望他的窗户的灯光是否亮起，此时，晨光里，又在路边眼巴巴地迎送他，她亦向着他笑，她的笑容是一个哑女的笑容，热烈、饱满，深情，因为不能言说，于是笑得满满地。

她依旧从文星家里，拿书来读。每回只能借一本书，六天后按时还回来，文星会给她另一本书，他喜欢按谱系给她书，一个作家的著作,一本接一本地给她读。荷荷这些日子,在主人书房里悄悄地读亦舒,早就历练出来了,一本书握在手上,就会一口气从篇首读到末尾,一字不离。因为这一次不读完,下一次也许就再没有机会了,但凡书拿到手上,就会一口气读完。

还书是荷荷的节日,她红扑扑的脸,抱着怀里的书,压抑着她的雀跃,好端庄地坐电梯上楼来,按响文星家的门铃。带着她哑女一样饱满、羞涩的笑容,将上回借的书,恭恭敬敬地给他过目,还回书架。这样的周末,文星都是在家里待着的,他在桌前写毛笔字,用一方镇纸,压着宣纸的边角。窗外是满窗的在风里的绿。他将荷荷当成了客人,笑眯眯地请她坐下,又去厨房给她拿饮料,他总是拿水果茶给她喝,芒果汁,椰子汁,当她是个孩子,在杯口上方,很周到地插一支吸管。她坐在沙发上,捧着沁凉的饮料杯,将麦管含在嘴巴里,不由得,就做成了一个小小的小姑娘。

文星接过她还回的书,总拿在手上,翻一遍,问起来,这些书里都讲了些什么呢?若是荷荷流利地回答出来,他的笑意就会浓郁起来,很有借书惠人的成就感。有时候他很惊讶地问:“《包法利夫人》一周就可以读完?你东家不让你干活的么?”

荷荷细着声气回答:“我中午读一读,夜里读一读,不睡觉的。”说着,脸就绯红了,她觉出了自己的穷,处境的不美好、捉襟见肘的窘迫。她这么快读完一本书,为的是名正言顺地,每六天就好再来一趟,借书,还书。为了在这个时辰里多留一会儿,她天没亮就起来了,先将东家家里一天的卫生都做了,浇花,洗衣,算准小宝发困的时间,哄得他在奶奶眼皮底下睡着了,顺势就留在老人身边了,如此她才能省出这半个钟一个钟的空闲来。为这一趟还书和借书,她的头发上还结了彩带,她的小花衫子,小裙子——再尽力她也只有这样的棉布小衣衫了——上头开满了拘谨的紫色小花,小朵小朵,花中绽开明黄心蕊，馨香、繁蔓的一片，在他的客厅里，轻轻地开。

和他说话，总让她紧张，讷讷地，吃吃地发笑，笑过了，她更羞，更觉得自己笨，蠢死了。所以，进得门来，她便不闲地手忙脚忙，一个单身汉的家总是需要收拾的，地板擦一擦，窗玻璃擦一擦，衬衣熨一熨，遍地的书、纸、杂志理一理，放回橱里。文星家被赠阅的杂志和报纸太多了，不拣不扔的话，屋子不久就会成为仓库。好在他不在家里开伙烧饭，保持了一份没有油烟气的疏阔、亮堂。她轻快地忙碌，在厨房里快乐地洗茶杯、酒杯，水流哗哗的声音，也是唱歌的。文星在桌子前做自己的事，不妨碍他抬起头，招惹荷荷。他们之间，很奇怪，就是有一种轻快的恬静的空气。他喜欢惹一惹她，逗一逗她。因为荷荷是他熟悉的乡村少女，憨憨的，有着泥巴一样任人搓圆捏扁的软和，低着头，她紫色的小衣衫小裙子，羞羞地，净净地笑，看得见她的小小的酒窝，她的颌尖……她那么羞怯，温良，几乎不叫他意识到，她是个女子。文星本来是个抑郁的人，然而，看见荷荷，就会油然地有那么一刻戏谑、风趣。是夏天的气温了，他寻常穿一件棉布短袖衫，露出皓然的洁白手臂，清爽的平头，在椅上端坐，有一个很好的后背。这一刻，无论窗子外的天色和晴雨，她只觉得世界这样好，挑剔就是没良心。这人世待她客气的，圆满，叫她感念，叫她幸福得要掉眼泪的。

荷荷在山路上的一次次蓄意等候，还送上门去做家政工，落在雀雀的眼睛里，简直是不可理喻，不靠谱极了，明目张胆地变态。有几回，荷荷忧伤地对她诉说文星，居然拿了工资给她，一次又一次，说按月算工钱的——这把她看成了什么了？她去找他借书，顺便举手之劳地做点家务，是应该的。为什么要算工钱呢？在她心里的文星，是青春送来的礼物，是她在漠漠人世里唯一的寄托。

她眼泪汪汪，为了文星和她如此见外，难过得心碎欲死。雀雀呢，听着听着，就怒发冲冠起来。她才不陪着荷荷一起犯傻呢！做梦吧，在这个等级森严的深圳，一个赤贫的来自乡村的少女，有怀春做梦的权利么？有这个闲情么？人家给工钱，你就好好地接着，接过来了，彼此都安分守己！要不然你想要怎样？存奢望都是犯贱！你想看着他的书擦着他的地板，有一天就登堂入室做了女主人，书呀地板呀房子呀男人呀，全都归了你荷荷?！她瞅着荷荷走在她身边，神情恍惚，忧伤如梦，一路揪着花叶摸着树，时时抬起眼睛，脉脉望向楼上窗户的样子，不由得就看不过去了，老气横秋地警告道："你这样子，注定会吃苦头的！你苦死了都是活该，自己挖坑埋，自己讨苦吃，哭死活该！"

"不是我说你，人家和你一样，都从乡下来不假，对你好也是不假。可是，你总不奢望他喜欢你吧？你要是有这份心，那就光剩下折磨你自个儿了！往后受不尽的苦。人家晓得你的心意么？再说了，晓得了又怎样？你凭良心说，他会看上你？"从雀雀的角度看荷荷，尽管充满了友爱，然而，荷荷的确只是一个穷苦、羞怯、相貌平平的女孩，实在缺乏灰姑娘的娇媚资质。

她滔滔不绝地教训她的时候，荷荷的小脸上挂着她那一副特有的，无法言说的，高深莫测的哑女的笑容。雀雀骂得性起，就揪住荷荷，质问她，这些话可听进心里去了？荷荷也赞同雀雀，说的极有道理！然而，她那害羞、耷眉耷眼的外表下，偏偏就胆大包天，明知故犯。在雀雀看来她不止是哑，还是聋的，枉她深明大义分析透彻，早早晚晚磨破嘴皮，荷荷总是个置若罔闻。而且，她依然告诉雀雀，从文星家拿了什么书，文星最近又写了什么文章，文星新买了一双皮鞋……这些，都是顶着雀雀的狂风巨浪的厉声打断，执意说给她听的。雀雀总是在骂她，敢不自量力喜欢文星这件事，然而，但凡和文星沾点边的话，她就愿意听！骂的话也没事。她觉得这些话，因为有文星的名字,于是,有着一种特别的宁馨气氛,叫她依恋。

多少次雀雀看见荷荷站在山道上,痴痴地抬头望那扇窗。山谷里的风吹着她贫苦的小花裙衫,乌鸦丧气地飞过,山谷里的茅草长长地在风里飒飒摆扶。荷荷站在山道上的样子,格外地孤苦伶仃,可怜巴巴,做着不该做的攀高枝的梦。叫雀雀看着,又怒又气,她鄙夷她,看不起她的不切实际!然而,满山荒野的长茅草,风吹着她小小的一个人,这样子刻在雀雀心里,叫她疼荷荷,疼得心就揪起来。

天黑了,雀雀骂足了,便气呼呼地下山回窝。荷荷回到东家,给小宝喂饭,洗澡,擦地板,不声不响地做完一概家事,便躲进自己的小屋子里,在灯下读书。文星交给她的书,每一本书,字里行间,她都读得极刻苦,用心,有一个字不认识,都会立刻查字典,一行字没读懂意思,翻页时都会掉过头去读。读到后来忘记了前头的人物谱系,于是翻回去重读。有一回文星随手从写字台上拿过一个牛皮笔记本,送给她,说,读书时记一记笔记,有好处的。是无心之举,那只笔记本,也只是会议上的纪念品。然而,他赐予的,他说过的,于荷荷都是圣旨。她从此每天都记起笔记来。

塑料台灯在床头撒下一小片的光,落在枕头上。书里的世界那么宁静,辽阔,她心里清清的。白天的地板,酱醋,残羹剩饭的盘子,洗不完的杯盘碗盏,雀雀对她的怒斥,这些都留在了河对岸,她眼下身处的逼仄环境,像一出大戏的前景,叫她忍不住就跃跃然地,想要跳到未来去——未来那些激烈的情景,动荡变幻的风云,世事的颠沛、冷暖炎凉苦相逼,人情的无常和颠倒,她和命运对弈时的胆战心惊、小心进退……男主角是谁呢?文星的脸,顿时浮现在她脑海里,她的眼眸前。在这个世上,她什么都没来得及经历,他日,她会苍老,一切都已经历过。然而,文星是不变的。是她的宿命。

文星的面容是镌在她心里,她的呼吸里的,他每天换了什么衬衣,荷荷瞅一眼他阳台上晾晒的衣衫,登时一目了然。有几天,他没有回家,阳台上空空荡荡的,他在哪里过夜?——这样的问题,揪心地熬煎着荷荷。会不会有一个女人?会不会去那个女人家里去做客了?这样的妒忌和猜疑,是沉睡在每个小姑娘的血液里的念头,一旦开始爱恋,便绽放了,盛开了。荷荷被这样盛放的嫉妒、惦记,折磨得死去活来。待后来他回来了,问起来他这几天去哪了,得到的回答,都是出差的地名,荷荷心里又平伏下来。下一次,她就老练地问他:你是不是又出差了?还去得不短呢,去了五天!

“你怎么晓得我出差五天?”文星很奇怪。

“看你窗户上有没有灯光咯!”荷荷依然是气呼呼的,那些黑着灯火的窗口,几乎夺去她生的乐趣。一个纯粹的,漆黑的下半夜是多么的漫长啊,她一趟一趟地悄悄溜下楼,去凝视楼群里,繁复的灯火阳台和窗口之间,文星家漆黑的窗户。一夜又一夜,他始终没有回来,凝望着窗口令她流下了一次又一次的眼泪,哭过许多回,天还没有亮,哭过许多夜,文星还没有回来。

有一天,爷爷奶奶陪着小宝在楼下沙坑里堆沙堡,荷荷呢,忠实地站在沙坑边,手里提着一只小桶,里头装满了色彩缤纷的大铲子小铲子,以备小宝不时之需。她的手肘间还挂了一只马甲袋,装了洗手液,湿纸巾盒,矿泉水,小水壶,小遮阳帽,痱子粉,爷爷的报纸,奶奶的钥匙零钱包,等等。爷爷坐在树阴下的长椅上,奶奶呢,陪着小宝运沙子。荷荷忠诚地站在沙坑边,犹如一棵树。无人理会地微笑着。

这时候,她看见了下班的文星,背着一只公文包经过。他的蓝色衬衣在树林间的光斑间迤逦经过。一瞬间,游泳池上空开出一朵洁白的莲花,是梧桐山顶的那一朵最柔软的白云,从空中冉冉坠落下来,落满一整个游泳池。空气里到处充满了鲜艳的音符,香花的气味……

隔着老远，依然可清晰地望见，他温文的面容，疲惫的神色，永远有一丝恍惚，一丝若有所感的走神。他沿着台阶走上来，眼看着走过来了。慌乱里，荷荷的脸涨得通红，耳朵热热的，心房里、耳膜里传来远方的万鼓齐鸣，仿佛故乡平原那么辽阔的远方，一径擂响的鼓点……向她逼过来。是她一生的命运，一生的大事。

"荷荷！把湿纸巾拿来给宝宝擦擦手！宝宝口渴了，要给他喂水。"鼓声停了，是奶奶在叫唤她的名字，她瞥见文星听见了自己的名字，也油然地朝这方向望过来。她拿着那个巨大的手提袋，在里头兵荒马乱地翻纸巾盒，翻水瓶，那只马甲袋丑死了，她一只手拎着袋口，一只手探在袋子里胡乱搅和的样子，更加丑死了，那只翻来翻去的手，蠢得像钉耙，没头没脑的小花衫子，两条胳膊无遮无拦地露在白花花的阳光里，也粗得离谱。她的人生，本来就没什么美感，没什么仪态，至此，全毁了，全毁了……全完了。她伤心得泪花模糊了视线。

"找个水瓶找那么久，这小姑娘怎么一下子笨起来了？"奶奶不满意地开着玩笑，这个老太婆，这个冷酷、没人心的老太婆，荷荷无声地淌着羞愤的眼泪，哭了，马甲袋被她淘得人仰马翻，那水瓶凭空里不翼而飞，掏出来的每一样都不是，爷爷的老花镜和一沓报纸掏出来了也不放回去，趁着混乱全落到地上。

"哎呀，你看看你，那是水瓶吗？叫你找个水瓶，咋把香蕉掏出来了？这香蕉是水瓶吗？你是没长眼睛还是没长耳朵？你这丫头，脑子真是笨呢！地上脏死了，啧啧，那眼镜盒你还不捡起来？……"奶奶平着声音，很祥和地念叨着，对荷荷一下子如此不机灵，伙同着老伴，很是诧异。

荷荷被她念叨得耳朵根已经烫成红铁了，浇一瓢水，就会嗞啦嗞啦冒白烟，她万难之中还从脚指头上方瞥了文星一眼，只见他正在她身边，详细地路过，怜惜地看着她，对她面红耳赤的窘迫、手难脚难的慌乱,一目了然。荷荷绝望地抬起头,眼睛里全是泪花,什么也看不见,耳朵里只听见他略显诧异,同情地,呵呵的一笑,形同一种安抚。他走远了,他遗留在现场的致命一笑,是将荷荷这块炙热火红通透的生铁,径直浇透了,一阵滋啦滋啦的白烟里,荷荷什么知觉都丧失了……

后来到底找到了水没有,宝宝又如何喝的,荷荷完全不记得了,生不如死的一个下午。经历完了,意志力恢复过来了,她居然还顺利地给小宝宝喂了一碗肉糜粥,阳台上洒满了落日的金光,那灭绝人性的老太婆,浑然不知自己打碎的是一个女孩的心,居然还在厨房里,蒸着鱼尸,又杀生无数,将水灵灵的贝壳,张牙舞爪的螃蟹,扔进沸水里,嘴里还笑吟吟地嘱咐荷荷切姜丝。吃饭的时候,那没良心的一家子团坐一桌,荷荷在后阳台上洗着小宝的口水罩,用脏的手帕,围兜。她依然发着昏,垂头趴在阳台栏杆上,风将花廊里的九重葛吹得沸沸扬扬,夕阳里的青山,薄薄地贴在她的梦尽头。午后发生的事,远得好像一生的最初。

枕边还放着未曾读完的文星家借来的书,这下可完了,什么都完了,还了书,什么都没了,多狼狈的情景呀,都让他碰见了。这情景,再不敢告诉雀雀了,因为,雀雀的脑瓜,是再实际不过的,她照例会一万个不耐烦地不要听,待听完这个故事,她就会彻底地不理解荷荷,彻底地断定荷荷该死,荷荷有臆想症,有神经病。文星本来就知道,她荷荷是个打工妹,跟着牵藤来到深圳,来到凤凰台,就是来做小保姆的呀！有什么羞得过不去的?做保姆么,就该被东家差使的嘛,当着文星的面,东家差使她拿水,她猪头猪脑地拿了香蕉,又猪头猪脑地将马甲袋倒控出来,不就是让他瞧见了自己的不利索么?有什么呢?怎么就活不成了?怎么就再也没脸见文星了?你就是羞死了,也只是一个神经病,一个异想天开的神经病的罪有应得——雀雀就活灵活现地坐在她对面,掀着眉头,呲着嘴巴,对她进行蔑视。荷荷心里还有更说不出口的:要是自己不是个小保姆,该多好——发什么痴呢?没天良的东西!你还谋划着你不要这个出身,这个来历?你还指望着你家不是你家,你爹不是你爹,你娘不是你娘么?——荷荷慌乱地惩罚自己,待自己认罪了,该杀的心思伏法了,平静了些,一想到文星,想到他一目了然地微笑的神情,那念头就又冒出来了——自己要不是个小保姆,该多好!

她熬煎得如生如死,最后终于从被拆穿的大祸临头里,勉强重整旗鼓,穿上小花裙衫,握着书,敲开文星家的门。依然是亲切的,然而,文星对她,明显地淡了下来,许是那一幕里,小保姆荷荷被主人差使时,抬眼看他时,那绝望的,发癔症一样的但愿自己不在场的昏怔,满面涨得通红,眼神里无限的慌乱、争辩、哀恳,都让他顿时一目了然:荷荷的羞骇,她在为她的身份她的处境所羞骇——这羞骇令他难过。难过极了。

由于了然,他亦是羞骇的。他对于荷荷,这个小花小朵,羞红着一张小脸来来去去的荷荷,满心都是故园之情。她是他在乡下熟悉的那种女孩,他对她,油然地充满手足同胞一样的亲昵。眼下,荷荷的心思逼到他眼前,令他有犯法的感觉,乱伦的恐慌,还有嫌恶感——他是村庄的逆子啊,这来自村庄姑娘的情感,叫他生气,气得什么话都不想说了。

荷荷还了书,又挑了一本新书,沈从文的《湘行散记》,浴室里搁着几件换下来的衬衣,她默默地手洗过,晾晒好。是一个大风吹拂的好天气,满室都是静默,文星仿佛不曾意识她的来到,起初在写毛笔字,后来一直在接电话。荷荷要走的时候,通红着脸,握着书走到门边,他也只是对她看一眼,手上移动着电脑鼠标,嘴里对着话筒说着一连串的话,百忙里意识到她要走,斜着身子挥了挥手,这繁忙里的一注目,一挥手,反倒叫荷荷长舒了一口气。他忙,不是么?——他不是故意不理她的。

隔一天,夜晚,因着女主人起意要吃榴莲和烤生蚝,男主人便嘱咐荷荷下山去。是十一点多钟了,明月高悬,荷荷一路走下山坡,去水果店挑了榴莲,看着伙计切开,掏出榴莲肉,一块一块地装在保鲜盒。烧烤档炭火明亮,她提着榴莲袋子,站在炉膛前,专心地等着那一打生蚝。此时,她听见了夜风里文星的声音,这世间唯一的,他的声音——他在笑,听起来,心情很好的那种笑声。他一路笑一路说着话,荷荷不敢回过头,只是面对炭火,默默笑起来。文星和另外两个人,在月色里走了过来。烧烤档饶舌的伙计招呼着,文星在商量着他们要烤哪些食物,豆腐,鸡腿,脆骨,扇贝,茄子,金针菇,这些名字被他徐徐地商量着念出来,都那么好听,和气,存在得再好不过。他还提议来两瓶啤酒,冰的金威。

三个人,两个男人,一个女子,在简易的桌椅前坐下来。荷荷没有回头,余光里去瞟见那女子的腿,穿一条雪纺长裙,洁白的小腿,坐在椅子上不一分钟,便伸手轻轻地拍下小腿:“哎呀,有蚊子!”将脚伸到对面文星的膝上,搁着。此时是另一个男人在说话了,长长的正经的一句一句,说的是工作上的事。文星柔着声,嗯嗯地应着,手在空气里赶拂着,既怕蚊子叮上来,又怕女子冷,油然地将那双白色的小巧的脚,揽在他怀里。伙计在擦桌子,倒酒,端上来一盘烤好的辣豆腐干,他捡起一支,很自然地递给那女子,另一手托着,生怕烤串上的油滴到她的衣服上。是一对亲密的恋人,平常的动作,做熟了的。旁边的那个男子在不停嘴地,情绪很好地端起杯子,三个人一起举杯,轻轻地碰一碰杯口。那女子自己喝一口,又喂到文星的嘴边,他顺路放下自己的杯子,凑过来喝她的,那女孩子后悔了似的,笑着缩回杯子,自己再喝一口,摇一摇头,冒出一句:“酒冰得太凉了耶。”文星笑起来，无油无盐地道：“怕凉你还喝！嘴馋！”伸手将她连人和杯子一起搂到怀里，那女子咯咯笑着，又躲开他，她似乎是从厚厚的啤酒杯泡沫里冒出来的小仙子，在夜风里，娇媚、轻灵，整个人比那啤酒杯还要娇小。

不知什么样的力量令得荷荷回过头，一声不吭地继续站在炭火前，等着那一打生蚝，蚝壳太厚，火力穿不透，得烤很久很久——原来，心摘出来，搁在火上，就是这样烤的。

痛苦这样的盛大，漆黑。茫茫的黑夜都是无明，她曾经目睹过太阳的陨落，绝望的漫天红云，光耀万丈的陨落，之后是宇宙洪荒的死寂、无明。太痛苦了，痛苦得连哭泣都不能够有，因为没有剩余的力气来咧开嘴巴发出哭声。她眼睛里仿佛落了一层黑霾，黑得整个人都远了，多少个日夜，该午睡的时候她睡不着，夜里该睡她也睡不着，通宵达旦地睁大眼睛，望着灯光，不敢闭眼睛——闭上眼睛就是伸到文星怀里的那一双脚，白的，肉肉糯糯的，温柔地，耍着赖，确认自己，拥有着文星全部的，百分百的爱——荷荷也赞同她的确认。

女主人那天晚上胃口很好地享用了一打烤生蚝，荷荷连她一并也恨上了。东家一家人谁都没看出她哪里不好，照常地使唤着荷荷做这做那，抱孩子下楼散步，跑跑腿买买东西。在乡下，牛生病了也得在牛栏里歇上些日子。荷荷多少天没了睡眠，不吃不喝了，也还得照常擦地板，擦桌子，抱孩子，去超市买姜买药，即便下一刻去死，也要把账目点清了交给主人，才好去死。她将眼见的那一幕，哭出来，哭给雀雀听，流下的眼泪一下子打湿了雀雀小园里所有的菜苗。她的力大无穷的痴情，乡下姑娘的憨厚、务实的爱慕，以为人世间的事莫不是种瓜得瓜、种豆得豆，哪怕她如此不匹配地爱文星，苦苦的一根藤，缠着绕着，在他的领地里，天长日久，也该生根蔓枝，多少他也会晓得，会领情……然而，什么都没有，仅那一双爱娇的脚，就粉碎了荷荷这一年里的痴心妄想。这一回,雀雀居然没有再骂她了,虽然照例撇着嘴蔑视着荷荷,听她结结巴巴地讲述那个女人,后来不知为了什么,她居然闭上时不时骂骂咧咧地插嘴讥讽的嘴,眨巴着眼,陪荷荷掉下泪来。这珠玉一样矜贵、无瑕的女儿心啊,再是谦卑,再是指望不多,到底是自己的一片真心,装在红绫绸缎的包袱里,捧出来——是天大的一桩事呀! 不曾被人在意就被忽略地碰落到地上,踩在尘埃里,能不觉着痛么? 能不伤心么? 彻骨的伤心,没法子找补的伤心。雀雀陪着荷荷蹲在田间,各自面前的红土都湿了一片,归林的鸟群一群群地飞过,在渐渐浓郁的灰的暮色里,黑压压地掠过头顶。荷荷静默了好久,说出一句话:"我想回家去!"

她被这城市伤死了。她想回家了,她对这城市,陡然生出力大无穷的反抗,这乡下人的戆直劲头,叫东家一家子,也领教了一回又一回,平时温顺得任由搓圆捏扁,要走时就必走无疑,说声要走时,行李已经收拾好了,当即只得开门放人的。一个个都是这样,牵藤,荷荷,还有这城市里无数的不通道理的乡下女人。

她出门的时候,小宝握着一柄铲沙的塑料大铲子,一起进电梯下楼去。他穿着一条蓝色的牛仔布背带裤,认真地提着挖沙的小桶,看着荷荷提着布包,就关切地问:"荷荷到超市去? 买东西去?"

荷荷张张嘴,没说话,她眼睛里含满了泪,脸依然笑容可掬,她看着这张宝石般的小脸,也许再也见不到他了,即使有一天见到,他估计长大了也不认得她了,不会记得这么一个小保姆了。出了楼门,荷荷要下山,小宝和奶奶要依然去游乐场。在奶奶温和、客气的告别声里,她握了握小宝软软的热乎乎的小手,满眶的泪到底纷纷地落下。

坐到火车上了,荷荷趴在窗前,脸埋在双臂间,哭得死去活来。火车在阳光里,疾驰过万幢高楼大厦之间,待荷荷终于抬起头,火车已经过了韶关,窗外一片漆黑,什么都看不见。她仿佛是被从凤凰台

荷荷跟随着爹娘在油菜田里，栽菜苗。她负责每道铲口撒上一捧肥，栽上一棵苗，拿脚压一压土。

的山坡上，烧烤档，雀雀的菜地里，直接穿越时空抛掷到此。她对自己坐在这茫茫然的夜火车上，充满了不能置信的震惊。她没有还书给文星，也没来得及给雀雀告辞——她怕雀雀哭。

老家在入冬的冬月里，照例是冷的，寒凛凛的风里飘荡着一层似有似无的金色阳光，平原上遍野是青郁郁的麦子，河瘦瘦的，水面托着枯的荷梗，爹娘更加老了，风霜苍苍的面容，两个人都还没佝偻，然而，不约而同地矮小下去了。她在炭火上被煎着烤着，翻着面儿，撒盐末儿、辣椒末儿的痛苦的心，在这寒天冷冻里，疼痛缓了一些。她随着父母下地去，脚下熟悉的小路在冬天里铺着薄薄的冰凌，棉鞋踏上去，吱呀吱呀，细碎地响在她脚底。笔直的水杉树红着叶子。空气里充满了烧树桩，烧木材取暖的气味，这寒冬的景致，是荷荷从小过熟了的。

她跟随着爹娘在油菜田里，栽菜苗。爹在前方铲口，娘负责施肥，她则负责栽下菜苗，每道铲口撒上一捧肥，栽上一棵苗，拿脚压一压土，这三口人的分工劳作，也是荷荷打小就做惯了的。寒风吹得手脸通红、发疼，偶尔抬起头，平原沃野一派静穆。想到深圳，已然隔世了。那些紫红的九重葛花叶搭在铸铁栏杆上，灼热的阳光，凤凰台背后蓝色的静静的山谷……

而今，这个村落里，唯有牵藤姐姐，是她心里有一份知己之意的。荷荷走过点灯的村落，去南头的牵藤家，黄昏的空气中飘浮着一种燃烧过木头稻草的炭火气，禾坪上跑动着一群孩子，有小女孩尖着嗓门指点她："荷荷！荷荷回来了！"

荷荷向她们笑一笑，是成年人的笑了，矜持地，远远地一笑。她深深含愁的双眼，小步行走的袅娜，在暮色里屋檐下目送的目光中，走远去了。女孩们愣愣地看着她，带着艳羡，被生分所制造的受挫感，唧唧喳喳地在她身后说起来："荷荷去了一回大城市，一点儿都没变漂亮。”

“她去的是深圳，牵藤带她去的，给她找的东家，她其实就是给人家带孩子当保姆。”一个小姑娘的声音，格外地见多识广，妇人似的见惯不怪。

“不好看不好看，咦——她穿的衣服可是一点都不时髦。”

“头发都没染成黄头发，人家出门打工的回来，个个都染了黄毛。”

“金头发也有，绿头发也有，染白头发也有的。她的还是黑头发。土气死了。”

“好不得了的样子呀！简直不认得人了。”悻悻地，受伤的语调。牢牢地记得和荷荷跳绳的情景。有一个夏日，荷荷从园子里摘了一个西红柿，温热地，青硬硬地一枚果实，送给她。

她们挑剔地目送着荷荷，她梳着马尾巴，穿着红花棉袄，蓝色牛仔裤的背影，一径走远。荷荷永远也回不到她们中间来了。

牵藤的家，是气派的三层楼房，大门口亮汪汪地，一室的橙色灯火，房前屋后都是青郁郁无垠的麦苗田，衬托得房子格外有气势。一家老小正在吃晚饭，堂屋的火塘里燃着一根树蔸，架着一只铁三脚架，坐着锅，热气腾腾地冒着香。牵藤夫妻，公婆，小孩子，一家人正围炉吃得热火朝天。她男人的面前格外搁了一只小几，让他搁杯子，搁饭碗的。他穿了一件棉外套，底下的裤管空了一条，鞋子格外地新。看见荷荷进门，一家人都招呼起来，争先恐后地叫她的名字，老人们缓慢地放下筷子，缓慢地作势起身，拿她当大人来迎的。小的呢，欢天喜地去端椅子。一副碗筷塞到她手上，是牵藤姐。她红着面，哈着嘴巴里的热气，筷子一点锅灶：“鲜牛肉火锅，菠菜、蒜苗都是园子里现摘的。好吃！你快些吃！”说话间，孩子搬来一张小木椅放在锅前，牵藤一按她的肩，坐下了。旋即，一勺子牛肉和菠菜，落入碗里，溶溶的红辣椒汤。

牵藤面色深情地打量着荷荷，腾出握筷子的手，摸一摸她的头发，嗔怪了一句："死丫头，我从深圳走的时候你哭什么？生怕见不到了？这不是见到了？"

她将筷子伸到锅里，准准地夹满一筷子，搁到老婆婆碗里，婆婆嘴里嘟嘟囔囔地感激着，说够了够了，牙不好，荷荷你多吃些。又准准地夹一筷子，搁到丈夫的碗里，夫妻俩相视一笑。一双儿女也响亮地嚼着肉，涮着菠菜，胃口好得很，一边吃一边嚯嚯地吐着热气，叹道：好吃！好吃！好辣！辣得满面通红，脑门和鼻尖都冒汗的样子。牛肉吃完了，牵藤又下厨迅即地切出一盘来，鲜嫩鲜红地下到锅里，蔬菜也是，菠菜、香蒜，绿油油地泡在清水盆里，捞出来沥了水就往锅里扔，蔬菜的魂还未远呢。

婆婆向荷荷解释和求证："这是你姐姐从深圳学回来的，肉都不炒熟，直接下锅里煮呢，菜叶子也不撕开不切一切小，一整片叶子扔下去煮。说是这么新鲜。"

荷荷则点头称是，举例她路过餐馆时的见闻，四川麻辣火锅，广东馆子的打边炉，都是这么个吃饭，无论荤素，一律新鲜，生的生，冷的冷，大叶片不切的，扔下汤锅里，煮。

"无论死活，扔下锅，格杀勿论。"牵藤的男人帮腔。他的儿女和老婆都笑起来，觉得这话有趣。只有公公，一直端着一盅酒杯，祥和地吃，绝不开腔，只时常眯着眼睛，喉咙里呵呵地，算是随声附和。荷荷也笑，快活地笑了一晚上，筷子也不曾停，笑也不曾停。

她一直在等待，在脑海里设想过和牵藤姐姐在一起时的场面。毫不迟疑地，她会流泪，会顺理成章地，绝不躲闪地想起文星来，对牵藤倾诉她这番无望的爱恋。因为在这个小村落里，唯有牵藤姐姐是认识文星的，也是她将荷荷带着离开家乡，去往深圳，带到凤凰台，也将文星带到她的面前。然而，在这间暖融融的房子里，屋外刮着寒冷的风，吹过台上人家的房顶，吹过干灰的树丫，结冰的鱼塘，落霜的菜园、麦地。回到家乡的牵藤，是老老小小的倚靠，房子的大梁，主心骨，不再是深圳城中村见缝插针的生存中，那个精明、百般算计的家政工牵藤；也不复是凤凰台的人家里那个笑眯眯，好脾气，大力气的中年阿姨，活泼的微笑里暗藏着卑微的谄媚、讨好，她的操劳和心力交瘁，心酸地映照在脸上。如今，在这个小村落里，她是个稳重的当家人，有格调，有身份的。寒风吹过冬天的平原，村庄像一只温柔的小盒子，小村以外的人世，真远啊。

吃完那顿又辣又热的牛肉火锅，荷荷满身热乎地告辞而去，牵藤在深圳的往事，仿佛大风刮散前尘，远得连荷荷也印象淡漠了，想不起来了……

油菜栽完的时候，外头的学校放寒假了，两个在外念书的哥哥，也都回来过年了。荷荷对待他们满腔仇恨，恶煞煞地，说起话来不为伤人不开口。

她孤单一人坐在禾场向阳的稻草垛前，太阳照着她的疏懒的麻花辫，暖暖的花棉袄。她脚踏着一个瓦火钵，静静地织着毛衣，手指翻花地织上一天，但凡抬头的时候，都会朝着屋子里翻一翻白眼，她手指间尖利的长毛线针，利器一样地泛着白闪闪的寒光，随时要戳瞎人眼睛的。她织的是一件藏蓝色的粗线毛衣，圆领，宽身，织出了一截厚厚宽宽的袖子时，娘凑上前来，赔笑着赞美幺妹妹好乖的，手又巧，这毛衣是织给哥哥的吧？给了大哥，二哥还不得气上三五天？她满面深深的褶子笑成一朵温柔的老菊花，然而，荷荷当即翻了脸，刷刷从整齐的毛线结里抽出长针，横几支竖几支地，全都刷刷抽将出来，好端端一个毛线绷子当即便被拆得干干净净，小指头绕着的那一根线头，在指间挽一个结，敏捷地薅起来，当场将一件成型了的毛衣拆短了一截。娘慌了,上来抢毛衣,不料,只鼓励得荷荷加速了罉的速度。娘心疼地双手攥定那件蓝毛衣,荷荷垂着眼皮,双手依然在使劲,拽那根线,娘也不松手,绷成了钢丝的毛线横亘在母女之间,勒着娘的心。荷荷不管,用蛮力一拽,线到底断了,娘就说:"你受了委屈,我晓得,你从小到大,处境比不上两个哥哥……谁叫你不会托生,要来我们这里呢?"

荷荷一听,眼泪就簌簌地落,落进手上那团蓝毛线里。娘说:"你在外头受了什么委屈,你告诉给我们听啊!"

"谁受了委屈!什么我们我们的?你的我们指的是哪些人?我干吗要告诉给你们听?"荷荷厉声地霍然起身,往远处走,将手上那一把银针一扬手,空气里扬过银亮银亮的抛物线,全落到了荷塘里,她硬着喉咙回嘴:"你不要假惺惺好言好语,你哄我就是为了叫我卖命!你放心好了,我不会给他们织毛衣的!你粗活细活都使唤我,他们是你生的,我晓得……比不上,我生来是为了给你们当丫环,做奴才,给你们当牛马使唤!"

娘不说话了,默默地收拾起地上的毛线团,和那件罉散了的毛衣,进屋去了。一家人都提心吊胆,一天过下来,不知卡在哪里,便被荷荷抢白很多句,谁又会回嘴呢?难得的,一门老小,儿女都在家里,爹娘很满足。他们这个家,小小的三间砖瓦房,门前一片小小的菜园,屋后一片小小的树林,在平原上的繁密人烟里,面目平凡,从来没有在村庄里发出个大声气,然而,荷荷,也是这小小一份人家里的掌上明珠啊!十七岁的荷荷,为这个家,是吃苦了的,立下了功劳。这么小就出门去谋生,给人家做小保姆,多么不容易的江湖生活,这份钱挣来得不容易,小保姆的生活,荷荷不诉苦也想得到的呀,林林总总的传说:看主人的脸色,吃残羹剩饭,伺候一个陌生的小孩子,行走、喝水、衣食,都是蹑手蹑脚的,还要提防坏心肠的男主人,这么大的女孩子了……所幸荷荷是待在老人家里,没有这门子当心——凡是虑及的问题,爹娘都问过了,荷荷也都回答了,大人也只得将好话都实话来听,来放心了。不然,能怎么样呢?

荷荷扔了毛线针,开始玩哥哥带回家的掌上游戏机,一玩也是一整天。低眉垂目地,手指飞快地翻着花,静静地散发着寒气。二哥哥和荷荷只隔了一岁半,自小亲厚,他在禾坪上绕来绕去的,又立定了站在荷荷身边看,手痒痒地,几次试图参与到游戏机前,和妹妹一起玩双打,然而,到底是怕,口都不敢开,晓得开口也是严厉的回拒,不能像小时候,兄妹嬉笑着打成一团,抱着头在稻草堆上打滚。而今,连这气场荷荷都给没收了。

太阳落山,稻草垛前的那点温暖没有了,脚底下火钵的炭也冷了,进屋是势在必行了。然而,荷荷偏不进屋,偏让自己在冷风夜霜流落。屋子里的那一家人,火塘里已经烧好了树蔸,两个哥哥在堂屋里高高大大地走动,一个个神气活现。娘在灶上烧好了饭,爹堆了笑脸,好声好气地来请她进屋,请她上桌吃饭:"荷荷,天光晚了,玩了一天游戏,歇歇眼睛好不好。"

她则凶巴巴地回嘴:"谁要和你们这些同桌吃饭?我不吃!你大肉大鱼伺候宝贝儿子,我在旁边搭双筷子算什么?"

爹厚着脸皮挨着骂声,牵起她的手,拽到火塘边给她坐下,她还嚷嚷道:"看见你们就心烦,你们这一家!"

哥哥们也都赔着小心,笑眯眯地,尽量不拿荷荷的凶巴巴当回事,他们好巴结她的,荷荷则断定道:"你们不过是晓得我有利可图,哪个稀罕你们的笑脸?别假惺惺地笑了,看见你们就恶心,就反胃!"任何事情在她那里,都有由头,扯出一篇话来说。娘烧了一碗好菜,端上桌,一筷子肉夹到哥哥碗里,换得她鼻腔里应声一声冷笑,是不出所料的意思;赶紧地,三四双筷子不约而同地伸到钵里,各夹一块肉给她,还是一声不领情的、鼻腔里哼出一声冷笑,是揭穿他们合伙儿笼络她的意思——不外是叫她实心实意地卖命嘛,这样的谋划还不是昭然若揭么?难为一家四口想到一起去了。

哥哥们看个书,温习个功课,端坐桌前的样子落在她眼里,照例地,又叫她触景生情地气起来,她围着桌边绕来绕去,赞美哥哥们会读书,头悬梁锥刺骨,二哥可一定要考上大学,大哥呢,一定要升官发财,都得念出个究竟来呀!不像她,蠢货一个,书拿在手上,倒顺都分不清,说着拿过一本书,颠倒地翻开,做演示——哥哥们战战兢兢地合上书,说什么都会得罪她,然而还是得说。大哥抢先对她许诺道,一定会努力的,出校门找一份好工作,将来要对得起妹妹,这扒心扒肝的话当即被妹妹尖着声气呛回来——"你考上大学是为你自己,将来出人头地也是为你自己,什么叫做你对得起我?何尝是你为我读的书?我是你的娘么?我要真的是你的娘,你将来出息了,好歹还孝顺点钱,过年时买点好酒好药好衣衫来孝敬我,算是报答。我比你还年幼,是你的小辈,你出人头地了想得到我么?"这样颠倒纲常的话,荷荷就这么平着脸,平着声音,不讲半点道理地道出来了,她这些天忤逆惯了,越说就越癫了:"你将来得了好处,享用最多的你的老婆。爹娘都排在后头了,还轮得到我么?我进门都不晓得手脚搁哪儿,是去做奴仆还是去走亲戚呢?走亲戚又怕攀附权贵了,谁知道你将来的老婆多嫌弃我们乡下人。"她眼前浮现出凤凰台山下,深圳如海的灯火,那双伸到文星怀里的,白白的脚,脆生生的娇俏,男人有出息了都会遇见这样的女人,能说会道,知书达理的,白白的脸,白白的脚……她嘴里越癫越跑调了。

屋檐下一片腊月的阳光里,爹娘蹲在一盆青鱼里搓粗盐。二哥塞着耳机在听英语,分明也听见了,摘下耳机,惊骇地望着爹娘,是询问他们,怎么不去管教的意思,怎么得了?爹呢,气狠狠地放下鱼,却一脸质问地看着娘,向她暗示,有女不教娘的错。

荷荷痛快地编派,豁出去了等着家法,等着挨打,然而,都没有。只看见爹娘蹲在鱼盆前,各自抬了袖子去擦泪的样子。荷荷一心一意的挑衅,仿佛旺盛的火焰,被这个白雪一样哀凉的姿势,浇灭了。一家人都退避到屋外,只有荷荷虎虎生风地坐在堂屋里,隔夜的火塘在阳光照耀里,烧过的灰烬是洁白的,叫人看出难过来。她住了嘴,如果不是文星,其实,她还是个快乐的少女,在深圳一趟,也有许多的见闻,想要和家人一起分享。她对文星的爱情,是一个疯子的爱情,因为智商不够,情景不够,太多的悬殊碾压着她富有自知之明的自尊心,她从来没有机会对他表白,只有像个褴褛、落拓的疯子一样,惨笑着,带着疯子的飘逸,从他面前,一趟趟在月光下经过,擦肩而过。

如果可以待在家里念几年书就好了,荷荷默默地发白日梦——过几年她再去深圳,就可以去找文星了,那时候她有文凭,有能力,有资格和文星对话了,不会只吃吃傻笑了……没人的时候,她就油然地到书桌边,随手打开一本书,读起来,哥哥们的课本原本是高深的,然而,她是文星亲手训练过的,一本书拿在手上,浏览的那一眼,就够掂量出内容。她读一读,就会读得入神,然而,一旦听见动静,看见哥哥们走过来,就虎着脸,转手将书啪地丢回桌上,扬长而去。

想到文星,他那双清澈、安静、很远很远的一双眼睛,表情散淡地垂着眼帘;他的漂亮的挺直的鼻子,殷红的嘴唇,笑起来唇红齿白的样子;还有他的乌黑的,清洁的头发,月光下的亚麻布白衣衫,夜风灌进袖子里满满当当的样子,他在风里,飘飘欲仙地走……那一种剧烈的,彻底失去的痛苦,那个人在她无望抵达的彼岸,她诚实的心灵唯有对他的想象、念记,依然在心头明灭,一种无望、极致的渴念。她想念文星家的书柜,那些妖冶的绿漆书柜的颜色,风吹着宣纸的边角,那些缭绕的,热烈的,带着花香、阳光、拂动着椰树婆娑的热情的风啊,吹拂他在云端在天堂的房子。他在桌子,好看的背影,回过头对她说话的样子,飞快地检索着书里的段落,打定主意要好好考考她的样子;还有,在城中村那个冬至的黄昏,如山的楼宇,辉煌的灯火里,他仰起头向她笑道:“哦,你呀!原来你也在这里呀!”这些旖旎的细节,边边角角地收集来的,到底,是荷荷自己的珠玉记忆。有这么多熠熠生辉的片段,终归,是叫人满足的。

她依旧安静地织起那件毛衣来,飞针走线里,冬日的阳光融融地笼罩着人,风依旧很寒,她心里有一种默默的认命。

8. 结小庐

荷荷再来深圳的时候，是隔年，油菜花金汪汪盛开成海，花海中停泊着沉船一样孤寂的村庄。村子里离家去打工的人们都走得干干净净。许多人都不再南下去深圳沿海，而是去长三角地带，上海、苏州等地。荷荷在家一日一日地挨着，心烦意乱地织毛衣、绣鞋垫，两个哥哥也都被荷荷骂跑了，回学校了。她不说走的话，爹娘也不敢再吱声，彼此愁眉苦脸地默默相对。雀雀一个电话打过来，荷荷便一刻也不曾停留，当天就出了门，去赶火车。

来深圳是她的宿命。

她投宿到雀雀门下，一抬头，就看得见春天的梧桐山，山顶上飘浮着白雾。雨季又要来了。凤凰台在雨季里，凤凰台里行走着她朝思暮想的人，然而，没有什么需要克制自己的，荷荷决计不敢再上那座山，再信步走上那条树木清芬的山路。

雀雀呢，照例是个壮志未酬的有志青年，她在干洗店劳作了两年，伸长了脖子想加盟大白兔连锁店，然而，就算是只赚不吃，兼把老家的爷娘卖掉，也凑不足第一笔定金。她为了这个目标做了两年最佳员工，临到自己开店的时候，那一笔加盟的预订金就如春天的河水一样,一直在上涨,一直保持着让她可望而不可即的状态。本来总店已经有了承诺,可是翻开一个新的年,加盟金又涨起来了,店面呢,也贵得离谱,和买房子差不多。她一怒之下,拍案辞职了。不伺候那些人气哄哄的肮脏衣服了,再贵也是要叫她作呕的,那些衣服都是在张扬富贵,都是在嘲笑这个为了一点务实的理想,忙得团团转的打工妹,她气势汹汹地辞了职,拎走一只干洗袋,去凤凰台那片菜园里,将种下的豆角、辣椒、麦菜、香葱,一一地采了摘了,薅个干干净净。那些青枝绿叶的果子蔬菜,装了满满的一口袋。雀雀沉沉地背在背上,一口气走下山去,头也不曾回过一次,然而,到底一路走,一路流下了泪。

她咒天咒地地痛哭了一场。荷荷也是,风尘仆仆,找了一天工作,冷雨里奔波一天后的疲惫。早上兴头里煮下的饭,此时只剩下一小碗,她们加了一大碗凉水,煮成热粥,就着一点橄榄菜,吃完夜饭。离开凤凰台又怎样呢?少了一个干洗店小妹,一个看孩子的保姆,那地方就缺憾了么?就不运作,乱套了么?她们只是两个傻瓜,不知有多少个荷荷和雀雀,此时已然活泛地填补上去了,谁会记得她们呢?

荷荷就劝她,在家歇一口气。雀雀不肯,一歇下来,就会专一地舔伤。她才没伤着呢!是她炒的人家!她雀雀做人,英明,有志气,在这城市就靠她自己张着一双火眼金睛,为自己谋划着前途,专拣高枝儿落脚。荷荷没有文凭,跑人才市场都怯,她给自己的定位很低,合适的岗位大抵都是服务员,学徒,等等。这样,她很快就在一家连锁的蛋糕店找到了一份学徒的工作。雀雀呢,上蹿下跳地找了一些日子,便去了国贸区一间高级成衣店做导购。是一间国际大品牌在深圳的旗舰店。进这个店做店员,需要许多要求:个头修长,相貌漂亮,会简单英文,有服务意识,会招恰如其分地招呼客人。

找好了工作,雀雀便说一不二地搬了家,利索地离开了梧桐山。

视野里再也看不见凤凰台了，眼不见心不烦！新公寓是在繁华闹市里，老城区的城中村公寓，两室一厅。那一种陈旧墙壁、宽阔客厅、瓷地砖的老公寓，多少的过客在此停泊又离开，积累下浓郁的漂泊气息，氤氲在空气中。于这两个女孩，却是无知者无畏。两个人拿刷子刷墙，拿扫把扫天花板，扫地，去夜市上扯了几匹桃红柳绿的花布，遮住那些敝旧的桌子、柜子，墙壁。房间门上挂了一排珠帘，拂开来是各自的闺房，单人床，棉布床单，蛋圆的镜子。荷荷传染了从前的女主人点薰香的习惯，习惯在角落里，静静地点燃一盘檀香……花色璀璨的棉布窗帘薄薄地遮住窗户，市声从楼下传上来。

雀雀每天穿着精致的品牌样板服，脸上化着精致的浓妆，待在金碧辉煌的大商场里，走动只在方圆间。商场里飘荡着柔曼的钢琴声，走动着衣冠楚楚的男女，咖啡座的下午茶时分，会看见临窗的卡座里，许多精致的绅士和淑女，充满形式感地，用银质的茶具，斟出红茶。这是个讲究的地方，雀雀受用起来，她的无产者的抱怨、紧张、计较、冤屈感，也在这样的氛围里，也渐渐地放松了，开始练习做一个漂亮女子。她穿裙子，丝袜，出门时会在手腕上习惯地洒几滴香水。寻常在家，在电视机前铺一块瑜伽垫子，看着肥皂剧，顺便做一做健身操，用来塑身。每天睡觉前呢，则全副武装，擦了护肤乳液，手脚又格外厚厚涂一层，手上套了手套，脚上穿了棉袜。脸上呢，敷一层免洗面膜，临躺下，往眼睛上贴一张眼眸。那架势，明早醒来，就立即明眸皓齿了。

她还时常拉着荷荷，用内部价去买些处理的品牌皮包，鞋子，化妆品。尤其高档的晚装、裙衫，虽然没有机会穿，也买回家，很珍爱地用专用的衣架挂起来，像搁一个珍重的梦，搁在衣柜里。

对于这些变化，荷荷很是吃惊、见怪，她眼里的雀雀，一贯是酷的，在她细皮嫩肉的外表下，精明、干练、当机立断，然而，现在的雀雀连一头青油油的黑发，也剪了，修了，订了一头焦黄的玉米须。这样时尚的一个雀雀，似乎柔情了许多，女孩气了许多，令荷荷觉着可爱许多。

荷荷呢，她做了两份工作。白天一份工做八小时，夜晚另一份工做七小时。她和雀雀的相逢，都是在夜里十点以后，雀雀下班回来，正逢荷荷出门去上工。客厅的餐桌上，为雀雀留好了简单的饭菜。她们在鞋柜前，一个脱鞋回家，一个换鞋出门，彼此打个照面。眼睛里，叮嘱里，都是相依为命，唇齿相依的温情与凄惶。她们在这个城市，有了这么一个小小的窝，可靠的三餐一宿——这光景，是她们自己挣来的。一个月交不上房租，就什么都没了。

夜晚，荷荷做事的地方是一间二十四小时书店，她做午夜更夫，看店，守夜。海边的夜晚，一律风很大。从玻璃幕墙望出去，看得见密集的楼宇灯火，上方的天空，白棉花一样的云朵，在风里疾走。有月亮的夜晚，明亮的月亮在云絮间，飞快地出没、滑行、游弋。

书架顶端的射灯照出的圆形光柱，落在沙发上，书架间。因为不开顶灯，这一束束幽静的光，令店内的氛围，格外确凿地，更漏深深。收银员坐在柜台内，惬意地低头瞌睡。荷荷坐在对着店门的一张沙发上，捧着一本书。有客人进来，自动门打开时，门铃会殷勤地响起，她就会抬起头，看一眼客人。令她满意的是，午夜的书店像一个私人的客厅，优雅、宁静、氛围清寂。满壁的书，温情的读书灯、软沙发，空无一人，收银员睡着了。午夜里唯一的动静是茶水间里琐屑的动响，热消夜时，微波炉叮叮转过的细碎音乐，热水壶重新加热时，小小的沸声，沸水注入茶杯时的噗噗声，还有，午夜的柠檬茶包泡开时，明艳的茶色，牛奶融入茶水，似乎都是有声音的，这些静好的小细节，慰藉着荷荷。犹如老鼠掉进米缸里，每三天她都会囫囵吞下一本书的字。这么多这么多书啊，浩瀚的字海，她读了大半年，才读完右边书架“诗词古韵"中的一层。

她值班的时间是午夜十一点至早上六点,和人交了班,走路回到晨光里安静的城中村,只来得及掏钥匙进门,和衣卧倒在床头,将身体摊平了,瞬间入睡。这七个钟头的睡眠,是一点水分都不掺的,一合眼就浸入了黑甜乡。

另一份工,则是午后二点上班,九点下班。面包房橙红的墙壁,安静的桌椅,插电的咖啡机、果汁机。静静的奶油,果酱,红色的尖顶小屋,独立于喧攘闹市,永远具有童话的色泽。荷荷系上一条白底绿条纹的围裙,戴上白帽子,转眼就成了童话里烤面包的女佣。然后,烤面包的香味浓郁起来了,黑铁烤架上一排一排地排列着菠萝包,甜甜圈,蛋挞。绿茶糯米糍,老婆饼,红豆草饼,本土风情的糖水:百合莲子羹,银耳红枣羹,温良地盛进白瓷盅,这些都是供应给前来买下午茶点的街坊。木头柜台上的一只粉色小盒里,整齐地摆放着一行一行的麦管、小叉、小勺,和鲜榨橙汁、新鲜豆浆杯放在一起.是一份居家街坊式的周到。

起初,荷荷是照顾店堂的小伙计,端着一只卡通的木托盘,跟随客人的脚步,按照吩咐,用卫生镊子取下肉松面包,奶油水果蛋糕,香蒜土司片……因为她乖巧清秀,好使唤,隔了几个月,被挑到玻璃房里,在大师傅身边打下手,她负责打鸡蛋,蒙着口罩,戴着手套,碗沿上轻轻磕开一只一只新鲜的鸡蛋,柔滑的蛋黄滑落在大缸一样的大碗里,手握着打蛋器,机械地将蛋黄搅得蓬松,打成蛋泡泡,送到炉前,交给配料的师傅。后来,又被分配去切水果,菠萝、芒果、西瓜、凤梨削皮,切片,雕花,融化巧克力,黑甜的液体倒进模子里,经过高温烘焙,做成各式各样的卡通小动物。如此,一年多过去,她也是个蛋糕师傅了,穿着白褂子,白帽子罩着头,大口罩盖住口鼻和整张脸,只露出一双眼睛。她立在工作台前,微低着头,握着刀片,捧过一个烘焙得蓬蓬松松，刚刚出炉的蛋糕胚模，削整一遍，在看不明显的平面、切面、截面，各个角角落落里，不经意地削上那必需的一刀。而后，握着奶油杯，挤出厚厚的奶油覆盖在蛋糕上，用奶油刀修正出妥当的形状，拼嵌水果，菠萝片，苹果片，香蕉片，黑巧克力做的小动物蹲在奶油上，点缀上樱桃珠子——一个美好的水果蛋糕做成了。荷荷在店里，专做水果蛋糕，甜品家族里最简易、最家常的一种，一天做上三百客。

奶油的香味是世界上最可爱的香味，柔软、甜美，打过泡的奶油，挖一团放进嘴里，像吃一朵云，吃棉花，吃秋天的雾……奶油融在嘴巴里，滑到胃里，也是说服人，包裹人的，叫人心里油然地，软下来。

荷荷喜欢做蛋糕。在她小时候，哥哥们带回家的，那些来路不明的，从图书馆偷的，找同学借的，书铺子里租的书籍里，就有一册世界童话大全。将格林童话、安徒生童话、瑞典童话，那些最盛产童话的，有森林、大雪的北欧国家出产的童话故事，全粗鲁地装订厚厚一册，排了小号的字，密密麻麻地，读得眼睛累到发昏。那荷荷喜欢那些甜蜜的字眼，午夜的钟声，南瓜马车，骑扫帚的巫婆，住在黑森林里的巨人，还有那些熊熊炉火烘焙的食物：苹果酥，馅饼，填一只烤鹅所需要的那些丰富的食材：蘑菇、栗子、李子、培根、奶酪……出现最多的食物，就是蛋糕。做一个一辈子做蛋糕的人——荷荷十九岁的时候，已经是个出门打工两年多的少女了，赚钱供哥哥念书的使命外，她终于确定了人生的理想——一辈子做蛋糕、烤面包。在这个世界上，烤蛋糕的人是最幸福的人，是住在童话里的人，白天的蛋糕给人们吃，夜晚的蛋糕则是供给童话里的仙女、大猫、巫婆、小木偶、蟋蟀和乌鸦、白雪公主、小矮人、白雪公主的后母一起分享。奶油是甜蜜的，蛋糕是香的，香草、色素的香味是叫人心软的，还有案板上的热带水果们的缤纷果香，在这样的一个柔情蜜意的小空间里，心里再苦再伤，再是没指望、没出路的一份爱情，一份注定坎坷的人生，也是调和得了的。

台风过境的时节，八月里，刮着很大很大的台风，呼啸着，铺天盖地，冲过这座海边的城市，一万扇窗户都在风里抨击碎裂，所有的椰子树、勒杜鹃都在风雨里摇晃成了神经病，披头散发，落红遍地，摇晃颤抖，喃喃呓语，胆寒心惊地预备在下一阵狂风里送命。在这样的一个雷雨夜，荷荷浑身湿透，握着一把被折断了伞骨的雨伞走进店里时，看见一面书架后，迅速漫开的一摊雨水，她拿着拖把走去，只见书架前站着一个水淋淋的男孩子，从头发到鞋子都在淌水，橙色格子短袖衬衣，淡灰色布裤，也都垂直地落着雨滴。他转而看看荷荷。这个湿淋淋的女店员，拿着一只尽职尽责的拖把，脚下也是迅即地积水——两个人同时笑了起来。

那个男孩子叫萧辉。他出现在二十四小时书店的深夜，每个周六来这里看书。他坐在阅读灯下的沙发上，身边搬一摞书，专注地一本一本读，偶尔起身，是抱着读完的那一摞书放回原处，另外抽取一些新的，回到沙发上。黎明，城市的第一班公车运行的时候，他离开了，带着买下的三四本书。基本上，他当这个深夜的书店是个不关灯的图书馆。他的样子，也是用图书馆的那种年纪，二十二岁多一点，刚刚毕业出来做事，时间比钱要多，所以用来读书。他是个清瘦的男孩子，高手高脚的，身子很单薄，瘦瘦的胸腔骨，瘦瘦的脊背，看着还是抽条的样子。黑黑的头发，深深的黑眼睛，面容清澈，略有些苍白。他穿着棉布衬衣，牛仔裤，球鞋。那条仔裤基本是永久牌的，衬衣呢，大半年是短袖，冬天的时候，则是同款的长袖。一见萧辉，荷荷就知道，今晚是周六子夜；他总是坐在同一张沙发上，在一盆滴水观音、一堵书柜之间的角落。灯光照着他的宽阔的额头，秀气的黑发，他凝神读书的样子，在那个恒久的角落里，像一只钟表，滴滴答答地悄悄数

萧辉坐在阅读灯下的沙发上，身边搬一摞书，专注地一本一本读。他凝神读书的样子，在那个恒久的角落里，像一只钟表，滴滴答答地悄悄数着时间。

着时间。

后来,他们开始说话了。荷荷在员工储物间用微波炉加热夜餐时,会将食物分成两份,用纸碟子端一份给他,碟子上盛着豆角米饭,外加一方腐乳,或者青椒炒肉白米饭,配一杯奶茶,是一份丰而俭的夜餐,荷荷和他面对面地坐着吃。萧辉说:“菜真香啊!每一样都很好吃。”

荷荷就启发地问:“饭香不香?”

萧辉笑笑地点点头,问:“是你煮的么?”

荷荷笑眯眯地:“饭是我蒸的呀,菜是雀雀做的。”饶舌地补上一句,“雀雀是和我一起住的女孩子。”

萧辉点点头,没有接话。他是个文气的男孩子,不说话的样子,很是镇定。荷荷很好奇,这世上居然有人对这么鲜艳能干的雀雀——缺乏好奇心——太奇怪了。

萧辉有时候会赞美道:“这次的牛肉好香,酸辣的。”

“是雀雀做的牛肉,饭是我煮的。”荷荷老套地回答。

“雀雀炒的茼蒿好吃,和我妈妈炒的味道很像,蒜蓉很入味。”

“雀雀今天烧的鱼好吃,只是醋搁少了些。”

“你怎么不赞美我煮的饭好吃?”荷荷玩笑地表达不甘。

萧辉就一笑,凡是文静、寡言的男子,笑起来都好看,双眼晶亮地,格外粲然。荷荷喜欢看萧辉笑,他笑的样子,像文星。这样寂寞的午夜守更,每逢周六的夜晚,荷荷就很开心。萧辉的赞美,对雀雀厨艺的评价,也全都被荷荷复制回去,播放给雀雀听。萧辉是个领情的人,偶尔也会带一份礼物给荷荷,好意也有雀雀的一份。譬如,一张唱片;一对卡通娃娃,结蝴蝶结的米老鼠小姐,是他的公司做新年晚会时,他抽奖得来的;两桶薯片,一包沙嗲牛肉干,炭烤杏仁饼,是他去澳门玩,带回来的“手信”。有一回随手交给荷荷一只手拍相机,也是他用不上的。

每一回雀雀看见礼物,都夸张地大笑一声:"又是那个吃白食的给你的?"

"他是个环境检测工程师。做化学达标检测,生态保护的。"荷荷卖弄着从萧辉言简意赅的嘴巴里,掏出来的一两句简介。

"那也是个吃白食的!"雀雀不屑地撇嘴,"白吃也罢了,还敢挑嘴,批评我的鱼?我看他不是想吃鱼,简直想死!"

对于萧辉,雀雀断定那个吃白食的小白领,尽管一周只来吃一顿,也该杀。欺负荷荷这么一个老实巴交的乡下丫头。她多傻呀,世界上有病的人都让她遇见了,她一句话都不讲,兀自里掏心掏肺地爱一个文星,已经是够叫人为之抓狂了,如今,又半夜照顾一个不知来路的小伙子吃一顿。老家捎来的风干野鸭和干竹笋,她临到周六的那天,赶急赶忙地蒸了一只。雀雀下班回家后,看见留给她的那半只野鸭,静静地在盘子里散发着美妙的湖水气、肉香气,气得差点一口气上不来。她坐下来,将半只鸭子拆开,慢慢地吃着鸭头的时候,想出了一个主意,她是个聪明惯了的人,见不得人在她视线内犯傻,尤其这么一个头脑简单的荷荷。

不出雀雀所料,子夜,荷荷正和萧辉坐在书店门外的走廊上,面对着月朗星稀的夜空,分享那只野鸭。荷荷自己也不肯吃,只说,你吃吧,你难得吃到的,我家乡的湖里满是鸭子,插秧的季节,撵着它们到处飞。我家捎来了六只野鸭呢,这是专门带来你吃的。

萧辉从鸭腿上拆下一片肉,填进自己嘴巴里。又拆一片肉,递到荷荷的嘴边,温柔地说:"你是我离开家以后,见过的第一个和我妈一样唠叨的女人,一样声称自己什么都不喜欢吃,好吃的留给我吃。而且,你的唠叨明显超过了我妈。"

荷荷被说得难为情起来,她嘴巴里含蓄地啃着鸭颈的时候,电话响了,是雀雀！雀雀在电话里头声气微弱地呼救:“快点,送住院费过来,罗湖医院急诊室,快点来。我急性高热,阑尾炎,啊——我快死了……”

“啊呀——”荷荷顿时就慌神了,“我马上来马上来,啊呀呀——你白天上班不是还好好的呀？一个人怎么撑到医院去的？……我马上就来了。”

电话里的雀雀听起来已经死掉了,还是发出了明确的指示:带三千块钱来救命！她掐算得比诸葛亮还心知肚明,荷荷是个穷鬼,为了在月黑风高的深圳夜晚守护好她的个人安危,她出门从来只带一串钥匙,一只饭盒,小包包里不超过五块钱的硬币。三千块！让那个傻姑娘慢慢地忙去吧,让她在午夜里为了三千块现金而频频借钱,频频撞墙,让她领教什么叫做深圳的人心炎凉,谈钱无义。

所以,雀雀稳笃笃地坐在罗湖医院急诊室门前的台阶上,眼看着荷荷从夜色里满头热汗热泪地跑了过来,荷荷一路跑一路紧紧地捂着胸前的包。然而,看见她身后追着跟上来一个年轻的长手长脚的男孩子——雀雀当即在意念里,如幽怨的周瑜那样,失算之余吐出一口口鲜血。她惊慌地催促自己,得点什么病吧,随便什么病都可以,出来时怎么不拿菜刀割破手指呢？流点血也可应付眼下的这一幕终身大耻！要不,干脆晕倒过去吧！闭上眼睛装死,总好过这么健康、富有谋略感,稳当当地在急诊室门前的台阶上坐着。

来不及了,荷荷跑到她面前,从包里捧出了钱,喘吁吁地,气急败坏地诉说:“见死不救的医院呀,这个钱是萧辉的,他带着卡在 24 小时银行取的。”她拽一拽雀雀,拽不动,更加大惊小怪了。

那个男孩子跑得一头汗,找 24 小时自助银行柜员机取钱,找出租车,牵制着乡下姑娘荷荷,制止她不看路不顾车流,小牛出栏式地乱冲乱跑。此时,他站在夜色里,嘴角挂着一抹戏谑的微笑,看着气色健康,一脸机灵的雀雀,他一目了然地观赏着雀雀露在荷荷肩头的那张气急败坏的小脸,面对着自己这陌生人,又气又羞,不知如何收场的表情。雀雀——他听了她的名字这么多回,这是第一次见到她的人,她的小眉眼浮在夜色里,是形肖雀子的一张脸,尖尖的。小小的下巴,弯弯的柳眉,细长细长的眼睛,小小的鼻子,括弧似的翘起来,嘴巴也是弯弯的,本来也似括弧,此时却沮丧地瘪起来——这张脸,太雀子了。她瞪圆了黑溜溜的眼睛,越过荷荷的肩,恶狠狠地瞪着他。生气的一只雀子。简直是从米老鼠、唐老鸭家族翻版来的,是从迪士尼乐园走丢的一只雀仔。萧辉被算计后的愠怒、气恼,亦在这生动的一瞬间,愉快地释然了。

他看着傻瓜荷荷还在招呼他,居然打算抬雀雀进急诊室去,她的笨实在令他同情,可以想见,平日荷荷是怎样被雀雀驾驭和欺负的。此时,他事不关己地摊摊手:“先别着急,等你的朋友坐在这里想清楚了,到底要生什么病,你再扶她进去也不迟的。”言毕,转身扬长而去。

他坐在夜行的出租车上,几乎想象得出,待他一消失,那只雀仔就会活过来了:好啦好啦,我是装的好不啦?我这个苦肉计是为了你好呀,用这个计策试一试你的朋友,好在你没交上坏人。你那么傻能叫我放心吗?你本来是一头猪你晓得不晓得?人家把你算计着卖给屠夫,你还好心帮着磨刀——我装病是为你好啊!你不是笨成一头猪,能令我这么操心吗?

下一周,萧辉来的时候,荷荷一见他,喜滋滋地从自己的柜子里抱出一只食盒来。打开那一只叠一只的饭盒:满满的一盒粉蒸肉,粉红的糯米粉上点缀着葱花,每一片都收过了油,酥亮薄透,下头埋着蒸得酥软的紫芋、土豆块。荷荷殷切地说:“这是雀雀做的,雀雀说做给你吃的。”另一只盒子呢,是一条蒸多宝鱼,用黄酒、姜片、陈皮、海鲜酱油蒸熟的,鱼温婉完整地趴在盒底,卖相好看。另有六只小粽子,也是雀雀包的。小巧玲珑的糯米粽子,青绿的蓑衣,扎着红丝线。小小的一串,拎起来。萧辉暖意地笑了。

“雀雀说,这些都是带给你吃的。她说你一个人大概是不会吃粽子,不会过端午节的。”

萧辉嘴角的那抹好意的,戏谑的微笑,又轻描淡写地浮上来,他戏谑地问道:“哦,她病得怎样了？好了吧?”

荷荷的脸就红了,她小声嘟囔着辩护了一句,说:“她都是为我好……怕我受伤害嘛。”

怎么说呢,她和这个文静的男孩子在一起,就是有一种,两小无猜、手足同胞的情味。会对他叽叽喳喳、唠唠叨叨、毫不设防地说三道四。萧辉微笑着,垂着眼皮静静地听她说话的样子,是荷荷习惯的。她家里有两个哥哥,打小就散布着这种温情、寡言的气场。然而,萧辉给她的感觉,原是个弟弟呢。惹人怜爱的,乖顺的弟弟,需要保护,需要照顾,需要好好呵护。

雀雀来过这么一场恶作剧后,也顺理成章地加入他们的友谊之中。萧辉和这两个女孩子,亲近地你来我往,在这个城市,走动得很频繁,蜘蛛织网似的确认彼此的位置。周末的时候,萧辉会来荷荷和雀雀在城中村的小公寓,奉命前来修电脑,修门锁,维修电视机、冰箱等小家电的运作,登了高换灯泡、修理晾衣竿、窗帘杆,等等。

一个星期三,荷荷有半天调休的时间,她坐车去了萧辉的公司玩。公车驶出繁华的市区,沿着宽阔的深南大道往前奔,出了关,进入了工业区。厂房,高楼,住宅区,街道上乱哄哄走满了人,只是天空仿佛灰了一些,树呢,矮了一些,是移植过来的,红绿灯也是新设的,摩托车呼啸来去,乌压压地。遍地都是卖菠萝、削甘蔗皮的小贩。巷弄口里跑出来一群灰糊糊活泼泼的孩子。荷荷的脸贴在窗玻璃上,看着街景。双脚还没下车,她已经喜欢这地方了,这里声嚣嘈杂、挨挨挤挤的热闹。卖气球的,削甘蔗的,太亲切了,那种,乡下人在一起的热闹。

萧辉等在公车站台上,白色短袖衬衣,淡黄色水洗布裤,穿球鞋。看见她隔着玻璃急促地频频摇手,欢天喜地地跳下踏板。他咧嘴笑一笑,头一摆,就率先往前方的街面上走去,荷荷就跟在他身后,大着嗓门,说着,好远啊好远啊,想不到这么远的,这里真热闹之类的废话。他们一前一后的背影,像一对姐弟。好脾气的,多话饶舌的姐姐,和孤僻的、听话的弟弟。

萧辉也请了半天假,为荷荷做了这样的半日游的安排:吃午饭,去一家客家菜馆吃潮州菜;然后去公园玩,从公园出来,就是萧辉公司所在的写字楼,带领荷荷参观他的办公桌,顺便也去宿舍参观,稍事休整,喝些萧辉爱喝的六安瓜片茶,便下楼吃晚饭,麻辣火锅,甜品店。而后送荷荷到公车站,坐上回城的公车,约八点半左右,挥手告别。

那一天结束,荷荷很满意这个安排,粤菜很好吃,公园呢,青幽幽的绿树、红花、清水湖,她很喜欢,他们划了船,还坐在游览车里,将野生动物园逛了一圈,看了猴子、狮子、豹子、大象。萧辉一路为她拿包,拍照,买雪糕。他上班的地方也很气派,看起来很高级。银色框架、灰色玻璃的一幢高楼,进门时要带卡的,萧辉在这楼里,拥有一间自己的实验室,里头陈设着无数的玻璃试管,弯的直的,银灰色的仪器。实验室是闲杂人等不能随意进去的,荷荷便在门外爱慕地打量了一番,鼻子贴在玻璃上,一样一样地问过,衷心地为萧辉高兴。

萧辉是在北京念的大学,他学的专业是科研性质的,适合待在实验室里,所以,他的大部分同窗,都还在学府里深造,在那个校园里,那里有他四年的同窗,流连的小酒馆、书店、电影院,亲切的朋友间定期的聚会。在深圳,他常常怀念那个北方城市,冬天的夜晚,呼啸的大风肃杀地从长城外吹过来。清亮的明月在高天上。宿舍里的暖气热烘烘的，灯光明亮，他和同伴们在宿舍里读书，做功课，在电脑上玩游戏，开着最无聊的玩笑。还有白天，阳光清澈，大风呼啸着吹过干枯、遒劲的树木，枝丫间筑着鸟巢，那是乌鸦的家……他在树下安静地走过。是有年纪了的梧桐树，树木结实、庄严，夏天里，葱茏的枝叶遮蔽着小楼上方的天空，那样新绿的大叶片，艳丽、浓郁、密簏簏的，穹隆似的，阳光照着叶片的一面，晒热梧桐的清香——他怀念北方，怀念那个城市，怀念那些岁月。在那些缠绵的回忆里，深圳和他眼下劳碌、繁忙的工作，仿佛，只是一个溽热的梦，一个沉沦在南方的、忧郁、无岸的长梦。

他是为一个女人，来到南方的。那个女人生活在这城市。

头一次见她，是北京的一个冬夜，一间24小时书店里，那一年他十九岁。

是一个刮大风的周末，他玩了一整天的电脑游戏，从依然战火硝烟的宿舍里逃出来，走路去附近的一间24小时书店看书。那个女人，他是很晚才注意到她的，看书的人们都没有了，书店楼梯对面的酒吧，午夜时喧嚣得像过节，雪茄、酒水、轻摇滚的喧哗，弥漫过来，此时，也闹过了，听得见下楼梯时一声一声的脚步，晚归的鬼佬在街头道别的声音。他抬起头，惘然地环视室内，天花板上的灯光照着淡白色的木头书架，满目的书，远远的窗下，只见一盏羊皮灯的光，照拂着沙发的一角，曳下一片绿色的裙衫，是芭蕉色的鲜绿。他初看一眼，很觉触目，不知为何，心头如电流经过一样，涌过一种异样的激越。

不知过了多久，也许，没过多久，他从书页间一次一次地抬起头，向那片沙发角望去，那片芭蕉绿依然在，在这北方的大风呼啸的寒夜，这片芭蕉绿带着滴雨的忧伤，叫他回想起暮春的五月，要落雨的小花园。后来，很久很久以后，他在思念的孤寂、熬煎里，一次次在意念里返回那个初见的午夜，一次次地，在第一眼之后，驱使从前的那个自己，放下书，推门而出——如果，有那样的一个举动，他往后的人生，会好过许多，顺遂许多。

他被不能自抑的激越所怂恿，轻轻地向那片灯光走过去……沙发上偎坐着一个年轻女人，以手支颐，一本书摊在沙发上，她低眉垂目地，间或地伸出一只手指来捻开书页，手边搁着一摞书，羊绒大衣和一只皮包，从包里滑落出一只粉色真皮钱包，还有一回糖果盒、手机、眼镜盒，一只橘子，都随意地摊在沙发上，带来一种居家似的亲昵感，在这午夜的书店。这份漫不经心的散漫，令他心生一种奇异的悸动。那个低头阅读的女子，姿态雅致，有一双修长的手，指尖涂着淡粉色的蔻丹，闪烁着晶莹、自闭的光泽。她察觉得到有人正在打量她，然而，自始至终不曾抬起过头。然而，如此明晰的一个美丽女子。她穿了一条鲜绿色、长及脚踝的羊绒裙子，高高的衣领，领口绣了一圈丝线玫瑰花。

那一夜的月光，银白银白的，月亮下的大风呼呼地刮着，路灯、照耀结冰的大马路。他推开宿舍的门，伙伴们依然在酣战之中。他仿佛古时候的书生，走夜路时遇见了艳丽的鬼，白天再去看时，是一座荒坟。后来，那个女鬼对他说，她常常一个人深夜去那个书店里读书，读到累得睁不开眼，才驾车回家。她习惯，在午夜里开车游荡。这是个荒凉的城市，在大风和严冷气候里的都城，夜里安分躺下，都是乏味的一梦到天明，质朴得像一个大的乡村。她就是这样，如此心神不宁，在这令人单调生厌、气候恶劣的北方，这缺水、缺少河流、干涸的城市，坐立不安、度日如年地生活。

大风呼啸的冬日，他和她从书店出来，找地方吃饭，她蹙着眉，怨艾地穿过寒风呼啸的街，随他坐在一间餐厅或咖啡馆。透明玻璃窗外的大风呼啸着，铺天盖地的灰尘横行空中，地面的塑料袋飞舞，这情景在他是习以为常，然而，每每刺激得她不能自持，她以手支颐，了无生趣地望向大风天，久久地出神。他是个内向的少年，面对她，就更加紧张了。静默里，偶尔她喃喃地诉说起此时此刻，寒冬气候里的深圳，怎样子的蓝天白云，风和日丽。深蓝的大海边，草木疯长的红土，低低的大云朵掠过山头。城市里楼宇摩天，点灯的时候，是海市蜃楼的胜境，璀璨地映红水面，照亮云层，接天连地。那么巍峨、绮丽的一座城。她在那座城里，度过了她年轻时的岁月，那些繁复的岁月，烈日下绚丽的大红花一树树开，奢华迷离的青春。如今回首，其实，很恣意，很快乐……

"为什么我会在这里？"她偶尔回过神，仿佛乍被大风吹落此地，对自己的遭际，身边的人，充满了能置信的陌生感。现在的生活对她而言，全是羁绊，无奈的，然而似乎又不得不妥协的羁绊。萧辉坐在她对面，眉清目秀、穿套头衫牛仔裤的大三男孩子，图书馆偶遇的被她的魔力所收服的少年，似乎也是她没法子情形里的一分子，不得不因陋就简地将就。她面对他，从来都提不起精神来，然而，也和他约着，一次一次地等在这间书店里。没话说的时候，就带他去楼梯间那间酒吧里坐着，要一杯鸡尾酒，看乐队唱歌，看年轻的女孩和鬼佬在舞池里跳舞，默默无语地打发掉一个又一个夜晚。

每一次见到她时的样子，那天的场景和天气，他都一一记得。她的那件绿色裙衫，不合时宜、寂寞的样子。她手腕间的铃铛，环佩叮当的细细响动。那些，他眼里看起来稀奇而繁复的首饰：玛瑙，藏银，细的白色兽骨，翠玉、松石所制的项链，手镯，脚链，戒指……她习惯戴着好多好多的首饰，走路、抬手间，轻微的一阵环佩叮当的动静。她的头发黄黄的，蓬松，细碎，像秋天的黄稻草，盛夏的麦穗，天黑以后的熏衣草，那些柔软的，充满了意向的事物。她穿衣服的样子，也很好看。他记得她几乎所有的衣衫，夏天时穿的丝绸裙衫，光滑如水的面料上起着一朵朵姹紫嫣红的花朵，裹着她柔软、修长的身形。还有深秋的时候，她穿的那些长长的宽身毛衣，系着大大的扣子，瘦削的、落寞地走路的样子，在北方风物干燥、人头攒动的大街上，总让他觉得她是一个幽灵，一个艳丽的南方的女鬼。她的那些红了樱桃、绿了芭蕉的衣衫，叫他想起电影《阿飞正传》里，那些南亚风情浓郁的画面：浓绿的芭蕉叶，淡蓝的百叶窗，粉绿的墙壁，溽热的夜色里情爱繁盛，哗啦啦的豪雨，橙色路灯下的熬煎等候，穿行在繁茂而荒芜的芭蕉绿地间的绿皮火车，车上猝然响起的枪声……她像那一只没有脚的飞鸟，飞翔是她的宿命，有一天，当她停下来，就是死亡。她整个人，充满了漂流的气息。

她看起来是那一种生得很美，嫁得很好的年轻女子，养尊处优的生活多的是时间，多的是寂寞。她是不工作的，也从来没有听她说起过她会做些什么。在萧辉看起来，她也是什么都不会做的。她表达能力极差，说完一句清晰的话，极其费力，过马路的样子，亦是踟蹰的。她生活在古典的一间西厢房里，对人世的姿态，只是掀开帘子那一瞬的张望。帘子背后是怎样的一番景象呢？萧辉是没有社会经验的，然而，他善感的触觉明晰地感知到，女子背后那些颓废而繁华的气息，都是她的经历，异于平常人的经历。不知道为什么，她会从南方来到北方呢？他忍不住就会想一想这个题目。

如果她是永恒的一个女鬼，那么，他的宿命，便是一个永远的书生，在各色各样前朝的驿站里、古庙中，他一再和她相逢，为她惊魂，被她摄魄。此生，是北方都城繁华的灯火，扑面的风沙，这个女鬼又缠上他了，他一眼就认出她来了，照例地，一眼就被她夺去了魂魄。他清楚故事的最终——他会被取走性命。

后来，她猝然地离开了北京，走时和他道别，到底，她又搬回了遥远的深圳，她说，住在南方，她会心情好些。隔了一年，萧辉毕业了，也来到了深圳,在一间公司找到一份技术员的工作。然而,在这个城市,她想不起来再找他了。他在她眼里,大抵只是个纯洁的男孩子,一个话题不多的工科男生,叫她实在提不起多少兴致,只是在寂寞而寒冷的北方,有这么一个斯文、默默倾听的男孩子陪她打发过许多时光。然而,在深圳,她熟悉的城市,充满了去处。从前的寂寞都过去了……

他常常来这家书店,因为这个城市,唯有这一间 24 小时书店。如果她觉得无聊的时候,是不是偶然也会来到这里打发时间?可惜他只有周六的夜晚才可以守通宵,也许,她在其他六个夜晚里,曾经来到过,也未可知。那种虚妄的慰藉感,仿佛和她面对面地,在一起……她名叫玫瑰。一种花朵的名字,开花时绽放艳丽的花瓣,香气芳香迷人。玫瑰,她的人像她的名字,太美丽,太鲜艳,那一种生不逢时,带着凄凉意的美……

荷荷心里充满了震惊、感动。她想,难怪她会在一个一个午夜,热饭给这个男孩子吃,在心里毫不设防地,将他当成亲密的人。因为,他是另一个她呀!一样的痴心,一样的无悔,一样地为了一个人而来到这城市,一样地,不发出任何声音地深爱一个人,那个人也许永远都不知道自己被爱,被等待,也许知道了,就更加等不来了……然而,就是那个人,茫茫人海中偶然遇见了,就耗去一整场青春,从此,是安上枷锁的一生。

荷荷含着热泪,声音哑哑地说:“萧辉,我们来结拜兄妹吧。因为,你和我上辈子一定是亲骨肉,在这个世界上,现在才找到你。你是这样的一个傻孩子,和我一样……”

坐在回城的公车上,一路上荷荷依然在流泪。天黑着,山路变得格外蜿蜒、曲折。窗外常常有大段大段的黑暗,暗里是青色的小山。她流泪的脸时常浮在玻璃窗的光里,那样邈远,是山长水阔的邈远、虚幻……她想着文星，一年多的时间没看见过他了，他还记得没还给他的书么？还记得荷荷这个人么？汽车驶向市区的万户灯火，有一户窗口的灯火是他的。

他是个梦魇——桃花千树，春风春阳的原野上，她依然是一个少女，只是少了令她手脚无处摆放的人群。遇见的那个人，翩然一笑，漫山遍野都是他布下的阵，一生一世不得出……

她踏进二十四小时书店，换好工作时的衣衫，拿抹布擦书架，又拿了水桶和拖把，将地面细细地擦过。拖把拖过那些无法诉说的脚印——发不出声音的曾经来过，曾经错过，曾经思念，曾经守候……荷荷忍无可忍地，突然放下拖把，走近收银台，急切地拖过传真机，按了一串电话号码，是文星家的电话。她还欠文星一本书，凯尔泰斯·伊姆莱的《命运无常》，一个犹太少年在奥斯维辛集中营的故事。很苦的一本书，当初文星都叫她读这类书。

是月明大风的夜，踏进书店的文星，直奔主题地走向收银台。他还没来得及开口，就听见呼唤他名字的声音，他转过头，远远的一双黑眼睛，清澈地一把揪住他的人……她站在书架边，一瓶清水插瓶的百合花前，是那个从前的少女，那个在电话里哭哭啼啼什么都招了的荷荷。

他脱口而出地叫道："荷荷！"叫过她的名字，他就笑起来，唇红齿白的笑，一如从前，在凤凰台，他每一次看见这爱看书的小保姆时，就亲切地笑起来的样子。

眼前的荷荷，这双眼睛是他记忆里的，清澈的，忧伤的，黑郁郁里心事无限的。然而，她的脸，一瞬间覆灭了留在他记忆里的她，双颊浑圆的那一种憨厚形象。眼前的荷荷形容瘦削，大眼睛，削尖的下巴，泪水晶莹的黑眸子，无望的痴情所铸就的一张脸，她悲哀得太久太久，为眼前的这个人，终于来到的这个人，走过太长太长的路，流过太多太多的泪……她站在书架前望他的样子，宁静、娟淑、柔和，犹如阳春三月的天幕下，远山的青痕……他无辜里便害了这女子半条命。

他向着荷荷，努力地笑一笑，然而，一股攻心的痛楚，令他一阵鼻酸，有潸然的泪意……他想要问为什么，作为追问，或者作为他自己不在场不知情的证据，然而，此时此刻，即是所有答案。从前所有，他浑然未觉里曾经历的情感——见她时的欣悦，星期天早上一边练字，一边教诲她读书的情景；她没再来时，他的惦念和失落，许多个清晨醒来，他以为那个小女孩会来还书，终于没有来，他知道她离开了凤凰台……现在，她在这里，在他面前。她一定吃了很多很多苦。文星走过去，伸出双臂，荷荷的脸埋在他的衣服里，很多很多的棉布褶皱，很多很多他的体温透过衣服温暖她的面颊，她一个人爱了这么久，如此执著，这一刻，她原来这么的微小、脆弱，在他的臂弯里，像一个瓷娃娃，如果落下来，就会摔得粉身碎骨，即便在梦里落下来，也会粉身碎骨的……文星深深地长叹一声，他的手掌摸过她的脖颈，她的热乎乎的后脑勺，她的头发撸在他的掌心里，温顺地，丝丝柔滑。然而，顶撞着他的掌心，揪扯着他的指间，一点点痛扩散开来，痛得他心都打战了，从心、肺直到神经的末梢。

他埋怨道："你这样——什么都不说，什么都不告诉我，这都是何苦呢？傻丫头！"

荷荷的脸埋在他胸前，发出瓮声瓮气的顶撞一句："我愿意！我就何苦！"

"我和你有什么仇？"他柔声地。

"就是和你有仇！深仇大恨！"

于不能置信的晕眩，油然的愁肠百结里，听到这句顶嘴，到底，他笑了起来，笑过了，依然打心里发愁——这可怎么办呢？

每一个夜晚，荷荷守在寂静的夜书店里，她觉得自己等在兵荒马乱的大路边，等在风雪漫天里的一口清冷寒窑里，她的男人和她失散了，他也许永远都不会再来，或许明天会来……

那个有月亮的夜晚，文星不知怎么回到家的。明月照耀着山谷里的凤凰台，家家户户低垂的幔帘后，是橙色的灯火，看电视，打麻将的声息。其中有一盏灯，是等他的。家总是要回的。妻子怀孕了，正在待产期，下个月，就该生了。

门开着，她横卧在沙发上看电视，隆起的腹部，丰盛的面容、身躯，格外地庞大，像一头白象——他心里这么画像。她回过头，淡淡地看了他一眼，问道："怎么这么晚？"

"我去逛了会儿书店。买了几本书。"他坐在她对面的沙发上，才发觉书没有拿，忘在书店收银台上了，或者根本就没有买。荷荷像山洞里的女妖，看护着那几本诗集，他再也读不到那些书了……他恍惚地又开始走神，这个家像个梦境，两人之间太缺乏对白，他一进门，就会陷入梦呓般的恍惚。

"怎么没帮我带烤生蚝回来？"她并不曾留意他的脸部表情。

"哦，没有带。"他说，"这些生猛海鲜，炭烧食品，医生说少吃为好。"看她嘟起嘴巴，面露挑衅，然而，没有反驳。他顿时有所醒悟地，赔小心说，"想吃么？那我陪你出门去吃好不好？"

她索然地摇摇头，刚才问那么一句，纯属无中生有。

"去吧？外面月色很好，你看了这么久电视，下楼走动一下吧。"他关心地道。

她愈加索然："好了好了。你是对的，我不该吃炭烤的食物，我也不想要散步，谢谢你的好意提醒。"说着到底不甘心，"你这个人，不知道神经怎么搭的，都半夜三更了，要一个孕妇下楼去散步。现在下半夜了好不好？"她的声音，带着一股神经质的怒意。

他没再说话，呆坐了一分钟，起身去卫生间，冲凉，洗漱。电视剧的声音单调地充斥在空间里，虽然也是家常对白，然而，比起他们刚才的对话精彩一百倍，舒缓一百倍。人家演的电视连续剧，家长里短，儿女情长，无光紧要的岁月流长。而文星和妻子的对话，是演话剧，句句意味深长，刀刀刮骨，遍布挑衅意味。对白激烈起来，总是会有一方退让的，而这份退让，实际上是拔河时突然撒手，让对方猛地扑空，摔得气急败坏。

"你这个人，是个阴郁的男人！"妻子这样说他。从前，她这样说："你这个人，是个忧郁的人呢！"婚后，忧郁确定为阴郁。他的确，不是一个适合和人群生活的人，是阳光雨露养育的人群之外一个阴郁的物种。现在，她又怀孕了，要生孩子了，他的孩子，令他紧张的亲密到不得不长期对峙的关系里，又多了一个来客。

他最初来到这城市时，是个打工仔。贫穷、怯弱，除了一个单薄的背包一无所有，他从鲁莽的乡村来，从荒芜的青春里来，跌跌撞撞、走投无路…… 今时今日，他有了一个家，有了沙发上看电视的妻，她为他怀着孩子。妻不像他，这么来路不正，在人山人海里左冲右突搏杀出来。她当初吸引他的，正是那一份清好，五官细腻的面容，优渥的生活里，孵得洁白的肤色。她富于理解力、同情心，擅长沟通，性情安谧，她这么好——他的烦乱是没天理的.

走出浴室，又该怎么办呢？他用干燥的浴巾揉着头发，慢慢地走到厅堂边，妻眯缝着双眼盹着了。怀孕的妇女，时时刻刻都在犯困之中。电视依然开着，播着第一万集，前头的九千九百九十九集，她从来没有拉下过一个镜头。他拿了一床毛巾被，轻轻为她盖上，腰间垫高一个条枕。他细致地做着这些，生怕惊醒了这头庞大的白象。一头温柔的白象，在蝴蝶恍惚路过的路程里，飞翔时经过的白象——他脑子里闪过一个类似于诗的句子，生怕惊醒她，生怕这个诗句会激怒她。

回到书房。巍峨的书层,当中一扇落地长窗,窗外半个城的灯火,璀璨的,密集的,无数的,映照在他的窗前。窗台前的大书桌,绿色的台灯依旧是他当年买的那一盏,拧亮,坐下,端起冷冷的茶杯,饮下半盅冷冷的苦茶,他长吁了一口气——可算从这该死的生活里脱身了!总算浮出来透口气!

荷荷流泪的脸,站在午夜的书店里,喜极而泣的样子,小小的一个人,全站在他面前了。她身后是无依无靠、千山万水、独在异乡的飘零……他将脸埋进手心里,沉重得连叹息的力气也不能够了。

每一天的光阴在时间的框架内,徐徐来到,徐徐过去。文星随和地跟着时间往前,上班,回家,陪妻子散步,和一般的家庭男人一样,他也时常去市场买菜,这桩家务最要他的命,再没有比菜场更局限更局部的事物了——那么多的动物尸体:猪、牛、羊、鱼类的尸体,还有家禽,鸡、鸭、鸽子的尸体;那么多从泥土里拔出,从水塘里割起的植物,失去了生命,廉价地趴在一起的绿叶子——人就靠吃这些活下去。摩肩接踵的认真采买,声嘶力竭的热烈售卖。他行走其间,感觉无限的荒诞,无限的羞耻,买一回菜,他会有半个月厌恶进食。一个菜场,一个办公室,在日常生活里,既是他的障碍,亦是他的保障——办公室大抵和排骨档差不多,从庞大的躯体所截肢了的信息,分割成一块一块,工蚁似的公务人员为此忙活上十年、二十年、一生。作用不大,又不得不为之。发出去的文件,传达的指令,通过的会议精神,出了这道办公室的门,到底去了哪里?除了把这个世界演化得更加抽象,更加概念先行,更加荒诞地貌似高深,还有什么作用吗?

这些截肢的片段,组成了工业社会里的文明城市。他做了这么一只工蚁,他这支笔,写公文,会议记录,官样报告,吭吭哧哧每天如是地写——应用于日常的报告,写顺了手,每一行都了然于心。词语、数据、形式都是现成的，码砖一样，一块一块耐心地往上砌，因为娴熟，写多少也毫无难度。然而，砌成的从来都是无物之墙。那些日日伏案的文字，洋洋洒洒的万言书，充其量，只有一小时的寿命。会议开过，这些煞有介事的豪言壮语，如一次性水杯，用过就算。他对文字，早就丧失了乐趣，它们既不审美，也不超脱，一个一个的汉字在纸上码出的都是煞有介事的谎言，滑稽、荒诞组合成的空中楼阁、瑰丽虚幻，他时他日，单独拎出一句来，会把他当场羞死，文字原来这么面目可憎，邪恶多变！

他陷入一种歇斯底里的疑惑：他真的曾经用这支笔，写下过那些伤痛的、青春的、忧郁的、苦难的文字，那些慧性、灵气的诗句？为什么？他眼睁睁地带着自己走入了这些纸和字的对立面？他写这些滑稽无效的文字，每个字在现实当中都是有身价的，积累下来等同一份荣华富贵。然而，每一回看见从前那些独自倚在荒野上的文字，忧伤泣血、青春酷烈、身体和灵魂都极端饥饿的文字——他会那么舍不得，那么的，痛心疾首，羞于面对。

他都比谁都更加更加不愿意提及，他其实是写诗的。他的诗集，至今在江湖上为人所传诵，这真是刺激死他了……

他的灵魂，照例地生活在别处。他怀想他的田园故里，诗词歌赋里的原乡，诞生之初、流浪尽头的绿野田园，渴望归去，文字里约定俗成的乡愁。然而，是他现实里的乡村么？那些鲁直、狡黠、贫瘠的人们，宗族和姓氏的力量是约定俗成、打断骨头连着筋的蛮力，千年如一日，百年如一日。太阳照着，口朝黄土背朝天的辛劳，落雨的时候，每个屋檐下的日子，在他看来都是黯淡和寂寞。

不。他怀想的乡村，是午夜时分，明月高悬在天玄地黄的苍穹里，月光下沃野千里的村落——所有的人，所有的房舍都是睡着的，有人气，然而不厌恶、不嘈杂。月华露水滋养着杏花、李子花、栀子花、荷花,霜华飒飒落下。如果有人,只应有一个人,在明月下走动,那便是荷荷,梳着垂髫小髻,握着一把笤帚,扫过月光下的千里烟火。她笑起来时盈盈的香,是午夜的荷塘里,大湖里的香荷叶……

9. 朱槿花开

萧辉穿过城中村的人流和曲折的街巷，来到荷荷家门前敲门时，荷荷多数都不在。他基本上都是被雀雀抓住，这些日子雀雀在家的时间多起来了，她素来颇有理想，不可避免地迷上了文凭，报名参加自考考试，学了商贸和法学专业。抱回来几十本书，一本书一本书地看下来，一道题一道题地练习，墙上贴着考试的时间表，都是索命的日子。雀雀下班回家，大门不出地待在房间里，照着考试大纲，摊开书本，条条款款地背书、做练习。

所以，遇见萧辉来修理家电的时候，基本都是她气势汹汹地前来开门。哗啦一声山响地打开大门，看见是他，更是油然地怒目相视，一脸火气地将他让进来，反脚敏捷地踢上门，巨响声里萧辉觉得这场景是武侠小说里，逃生的铁门正徐徐关上。

雀雀转而喝问来客："你来干吗？怎么又来了？怎么没事就来晃荡？你要喝什么？"

萧辉见地板上一块棉地毡上搁着一只小木儿，上头摊开了书，笔记，画条笔，便伸手要去翻，被雀雀在背后一声断喝——不许碰！

到底让他看见了书封面，笑笑："很好学嘛，看来，你就是人们常常钦佩表扬的那一种,大龄有志女青年。”

雀雀最憎恨人笑话她好高骛远的进取心,尤其是这么科班出身的男孩子,充满优越感的表扬——与其说是表扬,不如说是揶揄。她当即拉下脸,喝道:“我叫你放下!我叫你别碰!别碰啊,小心我剁你的手!”

她进了厨房,给他做了一杯明显下过毒的冰汽水,又流利地一溜烟回到地毡上,盘好腿,拿好书,像模像样地念起书来,再不理萧辉。任由他在屋子里踱来踱去,每逢他想开口说话时,她就未卜先知地一眼瞪过去。

她从荷荷嘴里,早已经详尽地听完了萧辉的故事,且内容还时常刷新,宗旨是不变的傻、无望的痴。她不听则已,听了头一回便愤愤不已,此时,萧辉还无视被雀雀剁掉手的危险,大模大样地翻看她的考试大纲,她做的英语试题集。仅喝一杯汽水的工夫,萧辉就把雀雀的试题集评审了一遍,基本都是错的,他很怜悯她:“雀雀,你到底有没有学过 ABC?你说出来,我会同情你的。你学过基本语法没有?”

雀雀毫不示弱地回骂道:“那也好过你,谁像你这么傻?读再多书有什么用?读到博士又有什么用?我看你妈生头猪都比生你强!”

她冷冷地瞅着萧辉,像打量一个不治的麻风病人,油然地耸起鼻子冷笑道:“你和荷荷,我才真的很同情你们呢!你们绝对是多年前失散的亲兄妹,天下第一痴情侠侣!”

萧辉一听,就明白,一定是她从多嘴饶舌的荷荷那里分享了他的爱情故事。他有故事么?呵,他的一场青春……这甚至不算是一个爱情故事,因为,从头开始,就只有他一个人,他熬煎的思念,喃喃自语的漫长独白。萧辉脾气很好地笑起来,那种慵懒的,自嘲地一笑,笑纹拉着,嘴巴抿紧的样子,不置可否。

雀雀占了上风,很开心,狠狠地在习题集上修改答案,嘴里乘胜追击地骂着这一对傻瓜:傻瓜!我真是住到傻瓜窝里了,顺藤摸瓜,一个个都恰好这么傻!除了我这么没运气,天底下有谁会在人群当中恰好遇见其中最傻的两个?全深圳你们去调查一下,有谁犯你们这号的傻病?除了你们这两个天不收地不管的白痴!

萧辉说:"是啊,是啊,你和我们这号傻瓜在一起对话,实在是太沦落了。你多机灵啊,可以坐在医院现场生病。"他来了精神,聚精会神地打量她的表情,方才那个疲沓的笑容,这时饱满了,咧开嘴,嘴角上扬,这回她看清了他的整排牙齿,雪白的、清洁的,坚固的。他唇红齿白地笑着,移开视线,慢悠悠地道:"且,生病未遂……"

她被激得恼怒了,方才的羞涩一点都没了,跳起来,扬起拳头,照着他的肩膀捶过去。他挨了一串结实的好打,整个人在她的暴力下矮了一截,哎哟连声,质问道:"你这么对待为你送救命钱的恩人吗?雪中送炭的故事你有没有听说过?好,那么忘恩负义的农夫和蛇的故事,你在小学课本里也该学习过吧?"

雀雀斗嘴不过,咬牙切齿地提起裙子,拿脚来踢他,萧辉护着那杯汽水,躲无可躲地退到阳台上,很不赞成道:"哎哎哎!大龄有志女青年,你淑女点好不好?"他和蔼地继续激将她:"不能因为我们笨得像猪,你就举止粗鲁得恰好像个屠夫吧?"

那天,她给他做了饭吃,煎鱼,炸青椒,用水果煮了水果茶,都是她自创的甜品和厨艺,譬如红杉鱼和西红柿一起煮,桂花年糕切块,番薯切块,一起煮。萧辉品尝着她的手艺,时常挨一下她下手敏捷的殴打,他一边吃饭一边出言讥讽,被她拿筷子时时地敲一敲他的头,敲一敲他的手臂。饭后,他坐在地板上那块地毡上,喝着水果茶,翻着杂志,雀雀呢,抱着一堆洗过的衣服到阳台上去晾晒,经过他时,无来由地,流利地伸出脚,飞快地一脚踢中他的手肘,得意地狞笑着,经过了。晒衣服的时候她都在唱歌,当她收住歌声,走回来时又欲故伎重施,他埋着头,不动声色地身子迅即地一侧,用杂志挡过了过她的那一招无影脚。她施暴不成,重又唱起歌来,在他身边坐下,做题、叠衣衫。

这一日过去,他负伤累累,告辞出去,度过了相当愉快的一天。后头的日子,他们基本就是这么相处的模式,玩笑着说话,雀雀随时施与拳打脚踢,他则见招拆招,都迅疾地练就了一套不同凡响的敏捷身手。

萧辉像远方来的表哥,到周末则过来走一走。遇见荷荷的时候,她都在专心致志地做美容。头发上套着焗营养油的浴帽,脸上呢,则总是无时无刻地涂着一张面膜,盘腿在卧房大玻璃前的窗台上,练瑜伽操,或是涂指甲油,走路的时候,头顶还顶着一本书,即便踮脚晒衣衫,也有本事不落下。她是寸土必争、分秒必争地训练自己做淑女。恋爱中的人,即便独处,她所有的表情,所有的细节只为那个人。在萧辉和雀雀看来,她无时无刻地活在异度空间里,那个文星,是她的绝对主宰。

而雀雀呢,永远精力充沛、叽叽喳喳,在厨房里烧菜,在厅堂上擦地板,在小几前念书,一律声情并茂,什么都不做的时候,满屋子更加是她的聒噪。她的清脆的嗓门,话在舌头上滴溜溜地打转,永远妙语连珠、伶牙俐齿。烧饭的时候,从厨房里握着锅铲跑出来,虎虎生风地喝令他们中间的一个人下去买料酒,或者来帮她剥蒜瓣。她穿着吊带小背心,赤足,历来是小衫小裙的风格,穿得更少也不存其他意思。萧辉呢,坐在桌边上网,或埋头修理,面对她,亦是视若无睹。这两个女孩子的小窝,总给他闯入女生宿舍的冒犯感、新奇的探险感,对于女孩,他如今说得上有经验了。不是吗?手边的桌子上丢着她们的粉盒、眼影盒,刷子往眼帘上刷过了就扔在外头,不曾合上。翻开的杂志,八卦小报、女性时尚杂志,那是她们的审美,风吹过阳台上的衣衫,那些花花朵朵粉粉艳艳的衣衫,轻纱、蕾丝的内衣,在他青年的心上投下琳琅的花影。一直以来,他的青春是守墓人的生活,忠于、单调,如今,生活继往开来地往前走。他静静的,木知木觉的样子,然而,心里是明白的。

有一天,夜班的荷荷走进店里,照例是寻常的书店,书架间两三个人,大橡树的叶片才洒过水,午夜的灯光明净、疲倦。她听见深处有人叫她:"荷荷!"她怔了一下,没有回头,怕自己发痴,又听见幻觉里的呼唤。那声音带着温柔的笑意,说:"荷荷,我在这儿!"

文星颀长地站在一面书壁前,握一本书在翻,眼睛黑蒙蒙地向她看来。他穿了一件橙色的灯芯绒系扣衬衣,很温暖的色泽。这个城市的天气,已经渐渐在冷了。

她沿着一道长的穹隆走过去,刺得睁不开眼睛的白光、沿途吹着桃花林的风,蔷薇花丛在香,在很远很远的从前……她突然就镇定下来了,她,站在文星面前,和蔼地说:"你等得久不久？这时候了……"

不久。文星答道——对比荷荷付出的时间,他的等待,一点儿都不算久。

文星常常来看荷荷。每回来的时候,都在犯法,知法犯法。然而,唯有拐进这城中村的牌坊后的拥簇市井,大榕树、村屋、亲嘴楼,他才油然地,生出回家来的动情和欣悦。是平静的日常情节,在楼下水果档买些西瓜,鲜芒果,木瓜。在烟纸店里,买一盒蚊香,打火机,香烟。他有荷荷家的房门钥匙,开门进去,待一会儿,看看书,抽一支烟。屋子里好宁静,这时候雀雀也是上班时间。女孩晾晒的衣衫挂在阳台上,风轻轻地穿堂过室,吹拂着那些花布,珠帘,充满了闺阁的宁馨。荷荷的床头,蛋圆的小镜子,用过的润唇膏,面纸。墙头贴着大幅照片,她在海边,穿泳装,开心地咧嘴笑;在蛋糕屋的玻璃房,围一个白口罩,做蛋糕。靠墙的小桌上,瓶里插着一束白色姜花。浓郁、芬芳的香味，满满地荡漾。

荷荷在的时候，在这间房子里，他总是会跃跃然地，扑扑打打，对荷荷做点什么。会柔情地伸出双臂，抱住她。她的农田里的青甘蔗一样紧紧的、直直的、细长的身体，内核里蕴含着那么多那么丰富的甜蜜汁液，这仿佛是不可思议的，荷荷在他的手臂结成的束缚里，轻微地颤抖。她在努力地克制自己的恐惧，或者，辛酸的快乐。他呢喃着吻她，他修直的，多情的手，揽过她的头……

他习惯靠在床头看书。桌边的烟灰缸里的烟蒂，枕边打开的书，微微皱起的床单，他的身体的气息，像五月的麦田的气息，清新、忧伤，叫人心醉。平原上青旺旺的麦子，一望无际的麦苗田——是荷荷辽阔、丰饶的爱意，他仿佛一只狐狸，出没在麦苗田里的一只狐狸，行踪渺然，时隐时现，无从把握。然而，荷荷很满足，她有无边的心原，供他驰骋。

有时候，他会带着荷荷出去玩，黄昏的深圳仿佛着了大火，夕阳无处不在，高楼上所有的窗玻璃都在折射着金色的光线，浩荡的车流拥塞在所有的街衢。人是灰色的蛾子，在火上灵敏地飞。行经过一条隧道，光柱般的橙色光芒里车蹿出来，迎面是一整面山峦宁静、西天霞光的黄昏，没有市声，只有高速公路前方，收费站的白色房子，青色的黄昏的大海，海面停泊着红色的、蓝色的船只，暮色正从苍茫的海平面涌起，那些寂寞的船只，正在暮色里点灯，船体灯火晶莹，渐渐映衬得海上的霞光愈发黯淡，直到退去。海水一波一波慵懒地涌过来，在礁石上拍着岸，文星和荷荷并肩坐在海滩上的一方大礁石上，他们两个，小小的芥子一样的人，这样辽阔的黄昏，令他们内心惊动……再回到城里，钻出长长的隧道，城市里的大火烧过了，珊瑚石一样林立的楼宇间，每一扇窗口都遗留着一个火星子，猩红闪烁，星星点点，此番善罢甘休了的。这千幢林立的楼宇比及方才的荒无人烟

胡

文星和荷荷并肩坐在海滩的一方大礁石上，他们两个，小小的芥子一样的人。这样辽阔的黄昏，令他们内心惊动。

的海滩、海面盛大的落日黄昏，情景要惊悚得多，可惧得多，每一星烧尽了的火种都是疲乏了的杀气、算计、谋略。车到了店门外，要放荷荷下车了。她看一看文星的脸，他正侧着脸看她，车窗外的树阴投下浓郁的阴影，笼着他的人，看不清他脸上的表情，只看见他一双洁白的手搭在方向盘上，他细致的，结实的腕骨，纤长的手指——她就要把这么个人，交给这城市，交给某一间猩红的洞穴里，某一盏灯底下，交给那些去挨着刀光剑影的日子，去那些不相关的陌生人当中，朝夕相处地生活，和别人一床卧下，同铺共枕到天亮，去为人夫婿为人慈父——在这夜色凄凉的街头，离开他这个人，任由他走远，浸没在灯火深处——是多么揪扯，多么难舍，撕心裂肺的事。她鼻子一酸，泪珠就骨碌碌地夺眶而出。她眼巴巴地看着文星，眼巴巴的目光是村姑的目光，稚气的，忠厚的，没风情的，不掩饰、无遮拦、真心诚意的，她就这么无遮无挡地，汹汹涌涌地哭成一条河，文星觉得那眼泪将他漂起来，冲走了，除了眼前这女人，这人世，真是流离失所的。他抬眼示意街对面灯火明亮的蛋糕房，向荷荷苦苦地，求饶求告地一笑。荷荷见状，转过头，赌气地一推车门要下车，却又僵在原处，文星也僵着，蓦然，荷荷一回身，恸切地扑到他怀里，泪迅即地濡湿他的衬衣，他的皮肤。他的手又上来了，温柔地，万语千言地，他将她的头按到胸口，唇贴着她的头发，她流着泪的黑油油的长发。她闷在他怀里，哭得很痛，很痛，无休无止……他晓得有一天她要怨的，只是，没有想到这份委屈，来得这么迅猛，反应得这么汹涌，排山倒海。把她那点儿自以为是的拙小、忍让，都给覆盖了。可不么？她怨死了，这个傻女子。

他似乎，又开始写诗了。没有电脑，没有像样的书桌椅、笔墨，他用荷荷记蛋糕食谱的一支圆珠笔，将句子写在随手拽来的纸张上，肆意汪洋的诗意，从荷荷家的窗口往外望，明黄瓦、簇簇的烟火人家，小块的蓝色贴瓷砖墙面，阳台上盛开的勒杜鹃，粉色的花枝在风里招摇，是水彩画里的世界，笔触软软的，色调多而柔，叫人心软，叫人迁就这人世曲里拐弯的繁琐……他想着他的妻和子，想着傻姑娘荷荷，想着那些，久远的从前，念书，打工，求生的岁月，没一样不是泥泞的。他是装在笼子里的兽，庞大的兽，细小的笼子，没一处不逼仄，不屈就——他终于，也把日子过得和这世界一样的闹腾，重重麻烦，冲突的事物都在一口锅里沸腾地搅和……他写下的那些诗句，格外的烟火气，格外的恋慕，格外的，好脾气，格外地，体谅，担待一切，虚无无边。

他家中的妻子，如今脾气年年月月坏起来了。在哪儿她都是个说得过去的妇女，相貌可人，有学识、独立见地，颇结人缘的性情，是个疼爱孩子的好母亲，母子之间的空气，是其乐融融，无微不至的，然而，她和他在一起待不得。她就忍不住地板紧面孔，冒出腾腾的火焰，如果语言可以杀人，那么，她对他冒出的每一个字，都是刀刃雪白的小刀子，在空气里向他锋利地飞过来。是的，她恨他，就这么一个忧郁、清秀、从乡村来到城市里的，写诗的男人，古怪的男人，毁了她的人生。她是血脉旺盛的一个人，对名誉、地位、利益，包裹着蜜糖的一切，怀有不由分说的认同感。她喜欢好日子，喜欢花开富贵的图景，这没什么错的，天下任何一个女人都这样。然而，文星是这么一个令人绝望的人物，他是捂不热的一块万年玄冰，盘踞在客厅里，嘶嘶地冒着冷气，空气里弥漫着白白的冷雾。挪到书房里，一会儿就将门冻成一块硬冰，再也打不开，摸一摸门锁都是瘆人的凉。他是了无生趣的一个人，不爱带孩子，不爱陪家人，不爱吃肉，不爱吃鱼，不爱吃青椒，甜的他不喜欢，辣的他也不在意。时事新闻、体育、围棋、书法、地理探索、军事、历史，这些男人们都会感兴趣的，他向来也不会多看一眼——也从不因此觉得有什么缺憾。在家里他落落寡合，她提议出门去吃饭,一家三口自驾游,来一次旅行,他都认为好呀好呀,问他具体的建议,去哪吃饭,上哪儿玩,都是个无所谓,只这么一个回合就当场将人绝望地堵在原处,更何况她被堵得喘不上来,堵得万念俱灰是常有的家常便饭。他终日守在书房里,静静地看着桌面的一本书,没什么读得沉迷的迹象,只是乐意这么坐着。在阳光灿烂的清晨,在日光树影的清晨、恹气沉沉的午后、暮色忧郁的黄昏,在灯火萧瑟的夜晚……他就这么钉在书桌前,一个了无生趣的,萧瑟的,静谧的背影,对着房门,日复一日,年复一年,她在门外忙碌,养育儿子,操持三餐一宿,洒扫清理,每天都绞尽脑汁地想主意,鼓起欢悦的笑脸,找他商量着怎么吃,吃什么,穿什么,去哪儿玩——怎么活下去,活得高兴,将这一家三口的小船,扬帆起航。甚至,孩子顽皮时撞破了头,摔折了腿,都给了她希望,她发高烧卧病在床,被大雨隔阻在机场回不了家,接不了孩子,她都向他求助,向他呼救,希望他伸出援手,将她和儿子紧紧揽在怀里,将家庭的利益当作第一利益,然而,这个家里什么事都是她一个人的事,她挪不动书桌前他静静的背影。多少回她扳过他的脸,痛心疾首地呼喊:"为什么?要在我和孩子当中寻求你一个人的孤独?我们就这样让你厌烦让你了无生趣吗?"

她的苦苦哀求后来慢慢演变成号啕大哭,成为歇斯底里的怒骂、仇恨:"你其实不适合婚姻的你知不知道?你应该一个人过,一个人慢慢滋养你的阴郁,一个人慢慢腐烂。你根本不应该结婚,为什么你要害我?人山人海你偏偏选定了我来害?害了我不够为什么还要生下一个孩子?你其实没兴趣做丈夫,没兴趣做父亲!你只在乎你那些阴郁的情绪!"她山呼海啸地咆哮、怒吼,砸光碗橱里的瓷器,摔碎家里那些摔得动的,不太贵的。她痛哭着,哭这日子的冰冷,寒凉,找不到切入口,溶化不了冰点,划不动一开始就抛锚了的船;她还哭她自己,掉进了这么一个苦海,连发个脾气,都捡个买得起的东西来砸,一个玻璃茶几砸得晶晶片片,遍地碎裂,既表明心迹,又是她消费得起的。她自忖不是一个沟通不了思想的人,她和文星,这个从乡村来到城市的诗人,从社会最底层挣扎出来的打工诗人,曾经,她和他是谈得来的,话很多很多。正是这样的相谈甚欢,令他们成为情侣,做了夫妻。然而,渐行渐远,日常生活里,她的心智精敏,却是文星日益忌惮的。她是他的镜子,总能知己地照彻他的萎靡、虚幻、卑琐、野心、偷生的窃喜。她懂得他,时不时地就要纠正他——所以,他抗拒她,躲避她。

孩子出生后,为了方便她照顾小孩,他和她分了卧室,各自住。后来,等孩子大一些,她抽得出空来推他的门,方知他的卧室门都是反锁的——他将她锁在门外。任她柔声敲门,大力踹门,疯狂砸门,在午夜尖叫、破口大骂、捶地、打滚、恸哭、威胁、要死要活闹过后复而哀求——他在门里静静地,静成一块万年玄冰。他大概也被自己的冷漠、无情给冻僵了,动弹不得。

她守在门外,等他睡醒,大赦一样地打开门。她哭了一夜,此时,抖擞着精神上前揪住他,抓他打他。这样一闹,他干脆就不回家了。许多时候,他从办公室下班,去过应酬的酒宴,去过荷荷守更的书店,他还会一个人去酒吧里,喝一杯。挨到挨不过去的时候,他回到凤凰台,坐在汽车里犹豫着要不要下车,看着公寓窗口的灯火,那里有他的妻,他的子,他的书,他在这城市燕子衔泥的积累。为什么,这些全都是海中间的岛屿?他的心力只是抵达不到?

他的婚姻,情形坏得显而易见,根本无需有荷荷这么一个人扮演小妖精出现,就已然是岌岌可危的了。然而,他婚姻坏,又和荷荷一点关系都没有的。荷荷看得很清晰,几乎是先知先觉的一种本能——他那个人,是真正的冰做成的人,冰清玉洁的,没有心也没有情的。他总是,猝不及防地,就一言不发地离开。他疏离的微笑,柔和的眼神，出门后看她的那一眼。那样梦游般的安静，面色苍白的恍惚，却是千呼万唤都不回头的。许多时候，他和她躺在同一张床上，覆盖在她的身体之上，那一刻本能里的他，炙热、悍蛮，眼睛里全是温柔，溺得死人的宠爱。他喘息着，头发湿漉漉的，额上，脊背上，全密布着汗。荷荷的双臂搂紧他，容纳他的放肆、野蛮、策马扬尘的恣意，她仿佛一面丰饶的秋天的大地，承载着他的驰骋，他的奔跑，他有力的踩踏，他刀耕火种的鲁莽。他竭力地弄疼她，或者，求证式地取悦她，要令她证明她的立场——她女性的，柔弱的，如水弥漫的，温柔容纳的，被迫承受的立场。他使着蛮力，热汗淋漓，那种近乎发懵的蛮力，令他恍惚回到乡村原野的四月，油菜花金旺旺地铺陈到天际，农人们赶着水牛去开垦，犁铧刺入泥浆时，那一种恣意——四周的花开不见了，只剩下销魂的一种香，泼溅的花光。

她的人在他身下，灵魂在花光里升起来，俯瞰向下，凝视着文星，仿佛是一个雪人，他是雪做的，冰清玉洁的，脆弱的，然而，集合起冷酷的骨骼，冷酷的灵魂。他正在用力，冒着热气、流着汗，面上带着恬不知耻的醉意，激越和冲动之中，一点点，一点点，雪人有融化的危险……

荷荷好悲伤，满身满心之间全是悲伤。她抱紧他，感觉融化的雪人，正在一点点从她拥抱之间，流失着生命。

10. 合欢花开

雀雀一看见萧辉，情绪就激动起来，心情就坏起来，常常是忍着忍着，就实在忍不住地，上下其手揪住他打骂起来，嘟嘟囔囔，骂骂咧咧。他这个人，就像造句时的一个美丽病句，一只误入盆景园的小白兔，在绿草地上跑呀跑呀，怎么看，都是叫人油然揪心的。本来她也不认识他的，然而，见识了他这么一个实情实意，白皮肤黑眼睛，没心没肺的白痴男孩，目睹他种种不靠谱，萧辉简直活成了雀雀的一块心病。比及他和荷荷之间，小姊妹一样的温厚缠绵，雀雀和萧辉，简直是一组慈母多败儿的漫画图，她越是慈爱，他就越是不着调，不省心。雀雀是个包打听，看见萧辉，就如饥似渴地要求他汇报一周生存状况，萧辉呢，也事无巨细，一根火柴如何发三分光地详尽倾诉，实验室的进展，某某某操作不慎导致数据全部无效，同事过生日去 KTV 夜场唱歌，吃饭时有几顿吃工作餐，有几顿是自己吃泡面，还有几顿是和同事聚餐，吃烤肉自助餐，又吃了一回酸汤鱼，味道蛮地道。

"哦，聚餐蛮好的，免得一个人不是实验室就是宿舍，好寂寞的。聚餐谁买的单呢？"雀雀祥和地问。

"我呀！"萧辉眨巴着他清澈的黑眼睛，得意地吹嘘，"要不然我人缘为什么这么好？因为我鄙视掏钱包比别人慢的人。”说着，他提起手腕双手向下，对竖着大拇指和食指，比划了一个“鄙视你”的动作！

他来不及收回手，脑门上已经被雀雀旋风般地来回煽起了巴掌。她痛心疾首地骂：“白痴，聚餐就聚餐，又不是吃大户！你不懂凑份子AA制么？人家叫你去，明明是晓得你是个白痴！聚餐还抢着买单！你就那么有钱？那些吃白食的就不上班不发薪水的么？”

她怒火中烧地将萧辉的同事诅咒了一个遍，认定他们个个都是坏心肠，门槛精。萧辉呢，则愤愤不平，努力地为同事辩护，认为大家都是好朋友，谁买单没关系，不买单的是因为人家要寄生活费回老家，要为女朋友买礼物，要供房等等。

雀雀枪林弹雨地骂道：“要供房？人家晓得要供房，你有没有一片瓦要供呀？”她打骂休了的样子，去厨房为萧辉端来一盘炸蜜汁鸡翅，是他周末告别时点的菜。萧辉喜滋滋地伸出爪子接过滚烫的盘子时，雀雀敏捷地一把拧住他的耳朵，萧辉哀叫连连却又不敢再循例挣扎，因为动一动鸡翅盘子会打翻的，那样他就没法子活着离开了。

“我好心为你骂他们，是为你打抱不平，你还反过来顶嘴，你是不是人啊？有没有人性呀？识不识好歹呀？”雀雀手下使着力气，像拧一把锈坏了的锁一样，恶狠狠地左拧右拧。

“我怕你气坏了嘛。”萧辉痛得龇牙咧嘴，“松手吧，姆妈，以后我把钱上供给你好不好？再不哄抢买单了。谁叫我吃饭，我都空着双手，饥肠辘辘地去，吃饱喝足地回。”

雀雀笑起来，撒开他红红的耳朵，吹一吹气：“快吃吧。”

萧辉就流利地抓起一只鸡翅啃了一口，不满意地蹙着眉，递给她道：“料酒没放够，糖没烤入味。请再烤热七十五秒。”

雀雀很羞愧地接过盘子，退回厨房。她听见萧辉在背后发出惬意的狞笑，呱呱呱地，像一只淘气的黑乌鸦。

冬天来了。冬至前后的夜，黑得很早，到6点钟，暮色已经黑沉沉了。这样的季节，因着寒冷，市井显得从容起来，炎热的天气里一切尖锐的事物，都被寒气包上了棱角，变得通融了。暮色里的街头，大冷风吹着，街道两边的玻璃橱窗后点燃了灯，黄澄澄的光，格外地富丽，明净。还有干货铺子里炒板栗的香，铁锅上的白烟子，在静的天光里。海边的大冷风呼啸地吹过街道，这就是岭南的冬天。是圣诞节的平安夜，萧辉约雀雀去一间教堂听赞美诗。照例的，两个人一见面，油然地惹一惹、蹭一蹭，从家闹到楼梯口，撒着欢儿跳到街头。他们去礼品店里，选了一大堆彩色袜子，圣诞老人的雪橇，铃铛，巧克力盒子。是火树银花的街头，他们两个都穿了白色羽绒短衫，像两只毛茸茸的小白狐，欢乐地追逐，耳鬓厮磨地闹。暮色弥漫，雀雀的笑声像打一串清脆的铃铛，叮叮当，叮叮当，铃儿响叮当……她的笑声仿佛从圣诞歌里淌出来的，滴溜溜开成一枝枝的灯树上的花。萧辉也在笑，为偶尔占得一点上风，随着她，一起快意大笑。这一幕，在岁末风冷的街头，连走过的行人匆匆的步履里，都浮泛着被感染了的笑意。有什么比青春更好看，更入画呢？这灯火漫淹的街头，这美丽、矫捷、天然的一对少男少女。

萧辉是听见自己的笑，突然醒悟过来——多么快乐的笑声啊，从他的肺腔之间发出来的，带着共振音，回旋在胸膛里。他怎么会？这样快乐的笑。多少年了，他已经习惯了自己阴霾的年华，仿佛寂寞荒野之间，静的山谷，洁白的梨花，幽深的青苔，一场无人目睹的花事，寂寞盛开、汹涌无望……这样畅快的，无牵无挂的笑，于他仿佛是童年的记忆，他静默了下来。高楼上的灯火漫淹而下，十字路口的红绿灯，急促地敲打着秒表，对岸的液晶广告牌急速地变幻着，美轮美奂的精致画面，这是这城市发出的召唤。萧辉看着冷风中雀雀的脸，她

是火树银花的街头，萧辉和雀雀都穿了白色羽绒短衫，像两只毛茸茸的小白狐，欢乐地追逐，耳鬓厮磨地嬉闹。

戴着一顶鲜橙和嫩绿相间的绒线帽子,包着耳朵,天真姣好的一张脸,亮晶晶的眸子,她的随之静默,明明是女儿家的娇羞,却偏偏一副乡下丫头的蛮和酷,眼神虎虎生风,随时扑过来准备大打出手的样子。

他向她笑一笑,伸出一只手,示意她走过来——不是追过来,扑上来打。他摊开一双手,伸向前方,雀雀移动了步子,她穿着白袄,戴着花帽子,双手插在兜里,步履乖巧,在漫淹的五彩灯火里走过来的样子,是一个听话的孩子,顺天听命的小妇人,带着对未来雀跃的向往,对眼前的这个人,灯火暮色里此时此刻,无限的驯服……走近了,萧辉温柔地握牢她的手。雀雀的眼睛里全是泪水,看他很有成就感地向她笑,就顿时很不服气地,斗志昂扬了,来不及褪换羞涩表情,她敏捷地伸出另一只尚且未被驯服的手,尖尖的食指大力戳向他的额头,男孩痛叫着用手捂上额头,她以一贯的迅捷进攻,向这个男孩子,补上狠狠的一脚:“你这个白痴,天下第一傻瓜!你就得意吧!我不要你你就傻一辈子吧!你当我喜欢你呀?我是可怜你,才做你女朋友的!”她顺手拎他的一只耳朵:“你听清楚没有啊?你不许这么得意!”她拎着这个男孩子,像拎着一只幸福的,诡计多端的白兔子。萧辉不做反抗地,大眼睛眨巴眨巴地望着她,表情很卡通,柔情地嗯了一声,一时之间,他来不及思想,竟然只觉得一阵电流劲烈地攻入心里,眼里全是涨潮的泪意。

他的爱恋是一场独自的默剧,无望的沦陷,大段大段的独白,说给风听,说给云听,去海边的时候说给海潮……甚至没有一个树洞来储存他的独白,他亦从来不记日记,他其实,被自己的青春,被这不可扼杀、熔浆蔓延的爱情,吓坏了。如若一定要给他的漫长的默剧,熔浆炽热的爱,下一个定义,贴一个标签的话,那么,不是一个故事,是一场事故!一场独自沦陷、失救的事故。他被围困在海中央,等待着救援的船只,扬着雪白的风帆,会在没有阳光的天气,从灰紫色的天际、滔滔的海水中央驶来——他的青春是一具祭祀的尸体,孤独地漂浮在海上。因为,他一早就明白,不会有船来。

这一刻,船来了,不是灰紫的天气,是艳阳天,不是雪白的出尘的帆船,是一艘小木船,出海打鱼的实用。来的不是她,不是那个玫瑰,是另一个雀雀,然而,他服气她,怕她,不由分说间就心领神会了上天的神谕:就是这个人了!这个彪悍、穷凶极恶的女孩子,老了以后肯定是个百分百的凶老太婆。他往后没清净日子过了,他时常挨打,时常挨骂,时常被她尖尖的爪子掐得鬼哭狼嚎,他将体无完肤地度过后半生——他得救了。

是这样温柔的岁末,和雀雀恋爱后,玫瑰也出现了,萧辉突然觉得宿命的吊桅,他生活的每一天都充满奇迹,充满剧情。回忆这些年,每一次见到玫瑰,无论是在北方那个城市,还是在南方,他都觉得不真实,场景之外,充满如梦如幻的虚浮感——有时候是冬天,北方的漫天黄尘,大风呼啸,有时候是夏天,九重葛开得像野火烧,阳光直照,红尘蒸腾。在这样或者那样的背景下,她都那么的殊异,像个异度空间的生物,茫然、恍惚、心不在焉,而和她相处的每一分钟,过后想起来,都如行走在一个流畅的梦里,每一句对白,每一个细节,她的每一次望向他的眼神……只是梦。和真实的生活,隔着一层无法发出声音的玻璃。回忆起来,永远带着醉酒后的失真感。

他突然矜持起来,对着话筒,微笑地说,这个周末他不方便,没有空。

玫瑰闻言,不以为意地:"那么,你什么时候有空呢?我想见见你。"

他笑得脸痛痛地,牙齿痛痛地,说,平时都要上班的,一天工作十三个小时以上。

她问:“周末呢?好不好?”

他则答,周末约了人了,已经有约了。

那女子失望地叹息一声:“现在你这样忙啊。辉弟弟。”

他沉默着,握着话筒不应声,心里也静静的,只是已经停止了呼吸。她叹息一声,漫山野都是雾,忧伤的,白茫茫的雾,大雾里,他已经在无人看管的山谷拘禁经年……他不敢再有坚定的矜持了,想脱口而出,我有空的,周末,明天,今天,现在,一生里任何的时间。

玫瑰说:“我只是想见见你,你什么时候有空了,告诉我吧。只是不要过太久时间。”——太久了,她就没这份心情了。

他答:“下一个周末吧。或者,今天晚上我请你吃饭,好不好?算不算过太久?”

挂掉电话,他异常的窒息——明天,明天下午!太漫长了,之前的每一分钟都将这二十四小时分成千山万壑,如何度过?如何活得到那个时候?

下班回家,雀雀已在他的宿舍里了,她做饭,擦地板,洗衣衫。像一百只百灵鸟在屋子里扑棱棱地飞,欢活地跳跃、歌唱,时不时地一头撞到窗玻璃上。

夕阳的光从西向的窗户照进来,金汪汪地溢在地板上。厨房里煮着食物,调料的香味、热气弥漫在空间里。晒热了沙子的金色的热,岭南的下午,就是这样的,热、虚空……萧辉突然没有心力走进屋子里了,他倚着门,望着屋子里的情景,是了,这就是他往后的人生,他的婚姻,他的知足和安宁,都浓缩在这一个下午,这一间窗明几净的房子里——食物煮熟了,香味很好闻,很家常,女人很美丽,很伶俐。金汪汪的下午的阳光铺满地板,流淌的全是归纳不了的怅惘、虚无,潜伏在暗影里,晾晒在光芒里的,全是让人挣不脱穿不透的虚无、乏趣……

雀雀在阳台上晾衣服,啪啪地,响亮地展开,衬衣挂到衣架上,抻一抻褶皱,扯一扯裤脚,拽过拖把,顺手将一路滴落的水迹擦干。脚不沾地冲进厨房,操起锅铲将锅里焖煮的菜肴翻了个身。萧辉再意识到她时,她已经握着锅铲蹿到他眼前,抬手照着他的脖子就是一巴掌。他赶紧深呼吸,张开嘴巴欢快地赞美饭菜好香。雀雀不待他支吾完,又扬手脆脆地给了他一下。他进门时背着沉沉的电脑包倚在门边的样子,魂不守舍里隐秘心思已经昭然若揭,现在他想要活着吃到晚饭,就需要老实交代了。听到玫瑰打电话来约会,雀雀又杀伐性起地跳将起来,朝着萧辉的脑门上,左边一巴掌,右边一巴掌,扇了又扇。待拷问出对话内容,约会时间,她满意地住了手,决定:和萧辉一起去约会——他一个人去,有什么用呢?不过像从前那样,盼星星盼月亮,盼到一顿没有任何建树的约会餐。他在她眼里,什么都不是,永远什么都不会是。她是女子,她懂得,女人第一眼看见一个人,若当他什么都不是,往后,永远,一生一世,也就什么都不是了。

但她雀雀和萧辉一起去,就不一样了,多少会让萧辉这个傻瓜的身份有所改观,她要用勇敢来保护他,用美貌来点缀他,用她的熠熠光芒照耀在他身侧,为他增值。像她雀雀这样年轻美貌漂亮善良,不爱慕虚荣,不贪图荣华,出得厅堂入得厨房的女孩子,在深圳像恐龙一样稀少。现在,他牵一只恐龙,去赴他的女神的约会,效果一定是不一样的。她要为萧辉,在那有眼无珠的女人面前争口气。

雀雀将事情梳理得有条有理,安排得七七八八,将自己的漂亮、年华、品格,赞美得上上下下、里里外外,又蠢蠢欲动地要扇萧辉的巴掌了,为他下午的愚蠢,魂不守舍,知情不报。她一个长势喜人的头号美女当前,他居然会为一个电话魂不守舍,不是有眼无珠,存心找死么?

他闪过脸,不准备再挨打了,吸一吸空气,蹙眉道:“是什么味道?

锅里在煮什么?”眼看着她跳起来,呼啸着糊了糊了糊了,扬着锅铲钻进了厨房,他得逞地进屋,卸下沉重的电脑包,去浴室冲凉,出来时饭菜已经摆上桌了。

翌日下班,他走出办公楼时,雀雀已经在等他了。她特意地打扮过了,满头卷卷的短发,灰黄色吊带背心,破成布片的短裤,长靴子,脸上的妆化得柳暗花明,嘴唇涂抹得亮晶晶的,散发着水果香味。看起来,她决定以自己的青春、放恣、骄傲无敌的风格,打败那个爱发梦的老女人,让她自惭年老色衰。

萧辉和玫瑰约在一间酒店的越南菜餐厅。霞光漫天,晚风正起,吹舞得长街上的绿树曼舞。萧辉远远地看见那个女子,坐在餐厅外的露天咖啡座里,穿了一条红裙子,身形瘦削,风浩浩地吹她的头发,裙衫,像大风里的火焰。她的脸偎在手臂边,像风眼里宁静的一片落叶,倦倦地,呢喃地,姿态宁静地走神。萧辉熟悉她的这个姿态——多年来她都是这样的一个姿态,倦倦地,宁静地,执著地等待,等待着什么。非现实的。

怯怯地,雀雀一把挽住萧辉的手臂。玫瑰看见他们,顿时从椅子上起身,礼貌地垂手立在桌边,迎接他们走近。她看一眼雀雀,从头发看到她的脚趾,确认这个鲜活的青春无敌的美少女,含笑赞美道:“好漂亮的女孩子,你是萧辉的女朋友吧?怎么称呼你?叫什么名字?”

雀雀一路雄赳赳地,准备了无数的目中无人趾高气扬,此时,看见玫瑰这样的柔和,不由得就红了脸,软和成一个淑女。他们坐下来,开始互问状况,玫瑰一边打量萧辉,称赞他的气色和皮鞋,一边打开菜牌子点菜,和蔼地问雀雀,忌讳吃辣么??喜欢越南菜么?有几样她喜欢的食物,甘蔗叶烤虾,鱼露鲜虾春卷,檬粉,介绍她尝一尝。

雀雀的机灵此时全都收低了翅膀,夜伏了。每一句来自对方的询问,她都回以强烈的微笑和点头,表示同意。气氛是柔和的,然而,到底有些吃力。雀雀捧起水杯,趁势瞄一眼萧辉。只见他微笑着,手宁静地扶着餐巾,双目凝视,既没有看她也没有看她。雀雀喝完那杯柠檬水,爽利地站起身来,拎起随身的包包,向那女子脆生生地笑语道:"姐姐,你们慢慢吃。我要先走了,我只是和萧辉顺路,就一起过来了,现在还要赶去办事呢。你们慢慢聊!"

玫瑰一时愕然,暂且不知如何应对,趁着萧辉也意料不及的样子,雀雀向他们点点头,几步跨下台阶,走掉了。她一路走着,眼泪一路掉下来,也不是自惭形秽,也不是临阵脱逃的羞辱,只是,好难过,好难过。

看见萧辉和那女子玫瑰,相安无事地坐在一张桌子前,饶有兴趣地互相商量,晚餐吃什么,这宁静的图景下掩藏着的,是千山万水的追随,是今生今世的互不认账——认不了账,然而,彼此心知肚明的一份深情,一份无需言语无需认证无需找赎兑换的默契。再没有比这更加难过的情景了。即便雀雀是嫉妒的,怀着她虎虎生风的正义感,打算拆穿掉,破坏掉,毁掉这不清不楚没名没分;然而,真的面对这样的情景,却只叫她觉出清澈的难过,钻心的痛楚。明明不该她怜惜,然而,不知为何,她只觉得萧辉可怜,那女子也可怜。

夕阳收去了它强烈的光照,是一个明朗的冬日,月亮已经在楼宇上空出现了,广告牌亮起来,炫目的光浮起来,亦如圣诞节的黄昏。城市在这一刻,那么的好脾气,温和,什么都可以商量,什么都可以懂得。这是一个相同的黄昏,和平安夜大风天里她拥有过的那个华美的黄昏,时辰相似,然而,彼此之间遥远得像两座处于不同纬度的城市,南亚的海风吹着,雀雀的眼泪渐渐地在风里收去,她想要去逛逛街,给萧辉买点东西,新皮带,换季的棉袜——商场的东西太贵,超市里趁着圣诞节大打折最好。

她留下的两个人，坐定在原来的位置上，从前萧辉一看见她，就紧张得说不出话来，无话找话时，也不过是循例地问一遍她的近况，然后将自己的近况也老老实实汇报一遍，再往下，就相对无语了。这一次，他木讷地坐在原处，对雀雀的离去，照例地一句话也不曾解释。那女子倒是微笑着，睨他一眼，戏谑地发问："辉弟弟不去追女朋友么？"

萧辉笑一笑，眼睛看着桌面，老老实实地答："我们约好一起吃饭啊。"

玫瑰伸出手，揉一揉萧辉的头发："辉弟弟长大了，有漂亮女朋友了。"这是她习惯对待他的动作，亲昵的，居高临下的，叫人一点奢望都不敢有。萧辉傻瓜式的笑容，落在她眼里，是北方的夜书店初见时，那一脸羞涩的笑容，眼神好奇地看着她。她又用手撸一撸那些热热的、青春依旧的黑头发，猝不及防里，落下泪来。她到底，不是不知道萧辉的，她心里什么都明白。他一直都爱她，他是为了她，放弃另一种可能的学术前途，跑到深圳来的……

她的双手掩住脸，泪水慢慢地濡湿了她的手臂、她的下颌，那些光洁、脆弱的皮肤。萧辉静静地坐着，有一秒钟他想要关切地递过去一张面巾纸，让她拭泪。然而，下意识地就按住了自己不着调的行为。他没有力气动弹一下躯壳，来感受这个黄昏，来铭记她的眼泪，他的心碎。

风呼呼地吹拂着，带着海腥气的，仿佛黄金炒过的大风，他感觉自己，正坐在一生的结尾。这是最好的时刻，如果现在死去，如果大海在远方酝酿海啸，扑荡而来，如果这一刻地面陷落，吞噬楼宇。如果这一刻死去，和她一起，他就是最幸福……

11. 直路云霄

文星如今往上走了。他的一路腾达，是电梯的速度。在一个抽屉似的方格里，嗖——嗖——嗖地，从底部一路往上，再打开电梯门，放眼四周，已然是一览众山小。

他做官了，从办公室的主任做起，每一波浪头涌过，好处都有他的。三五个浪头的波荡波涌，已然将他推出水面。早就说过了，他是这时代的宠儿，资本垫底的时代，更需要一些人道主义的装潢和粉饰，他的打工诗人的出身，一举成名、获奖无数的诗作——都成为镀金的政治履历。他在政府的喉舌部门一路擢升，渐渐成为一个举足轻重的人物。尚且没有发福，只是愈加身条充裕了一些，开始有了一点外凸的肚子，这一圈充裕填补了他向来的冷淡气质，令他迅即地圆润起来，过渡成为一个公务员形象的中年男子。

很岌岌可危的婚姻，危险得就像正在锯掉一棵大树，簌簌摇晃之际，枝间筑的那个潦草的鸟巢——眼看就要摔下来了。覆巢之下，焉有完卵？看起来一切都完了，这个家算是没救了，冷淡的妻子，不理家事的丈夫，形同陌路的夫妻，性情骄横、从里到外缺乏好教养的儿子，三口之家各活各的，当配偶不在场的时候，父亲或者母亲反倒会和孩子油然地亲密一些。反正,看起来一点存在下去的理由都没了。文星也从来不曾补救过婚姻,挽留过他的妻子。

有几次他还会带着孩子,来看荷荷。小孩妈妈要加班,有应酬,出差去,或者,只是赌气不肯回家。他带了孩子到荷荷这里来,说是来看她,“小朋友想见荷荷阿姨了”。小孩附和地咧开嘴,冷傲一笑。父子两个都是一副乏人照顾的窘迫样子,要吃饭,要从头到脚换洗衣衫,尤其要理发。是个生得圆头圆脑、俊眉俊眼的男孩,肤色白皙,一看就是都市里公寓房中长大的那种男孩。他闭紧了嘴巴,问什么都不说话。对荷荷还客气一点,可礼貌问答,对他父亲,则是毫不客气,总是捧着一个掌上电玩游戏,低着头,很沉迷地玩,专心活在他的小空间里。他们父子来到,于荷荷是大事,她下厨忙忙活活地张罗,父子俩坐在荷荷的面前,默默吃饭。文星是难得话多的,那小孩子呢,一边扶着碗,一边用眼睛盯着游戏机,设身处地地参与那些激烈的斗争。荷荷呢,则照顾孩子的饭碗、水杯,为他倒汽水,加冰块,从鱼肉中捡出鱼刺,喂他多吃点绿叶子。孩子很听话地张开嘴巴,将她喂到他嘴巴边的食物,乖顺地吃下去。文星吃完了,捧着茶杯,事不关己地看着荷荷忙。他的人就坐在桌子对面,平常的衬衣,神情倦怠的白皙面容,握杯的纤长的手指,隔着桌面的杯盘碗盏,砂锅里冒出的袅袅热气,荷荷确定他在她身边,在眼前,然而,他——很远,很远,很远。他一个人,无所眷恋,独自游荡在很远很远的地方……

不是没有过非分之想的,也不只是她荷荷一个人的念想。连文星,都单纯无知地想过,将妻子从这桩痛苦、彼此折磨、寒森森的婚姻中,解脱出去。他带着孩子,投奔荷荷,荷荷会照顾这父子二人,他不担心她是个坏心肠的后母。然而,轮不上彼此心头非分的指望摆上台面,文星的婚姻一转眼就遇上了好年成,一点问题都没有了。婚姻美满的秘诀是:文星回家的次数更加的少了,而随之的福利却与日俱增。他以前准点下班,周末全休,书桌前那个丧尸一样僵挺,一动不动的背影,招来妻子频繁的憎恨。如今他回家太稀罕了,偶尔喝得抬不起手指来制止,半夜三更被司机载到家门口,扔到楼下,也是一身酒气神志迷糊,默默洗澡摸到书房睡下,他在家停留的这点以个数小时来计算的时间,令他的行踪成了蝴蝶的芳踪,彩衣翩翩,飞来飞去无踪迹,对此状况,文星的妻子很满意。这么多年无望的寂寞周末磨砺下来,可算给她留了口气,没径直磨死过去,让她等到了沉闷剧本里较好的一个章节。男人最成功的标志是什么?少回家!没时间回家,回不了家。没工夫回家的男人是因为外头的滩头大,任其遨游。她那些声嘶力竭,歇斯底里,往无望里砸东西,砸得满地碎片,流着泪,尖叫着、披头散发执意要离婚的日子,都过去了。孩子呢,正在长大,总是一个人在房间里画画、玩游戏。最初面对她的柔声曼气,她重新恢复的善知善解,她重起锅灶、相夫教子的贤惠,文星愕然不已,然而,想一想,转瞬就微笑了——应该笑,不是么?无论从哪一方面来理解,来诠释这个局面,都应释然地,笑一下,不乏温柔,不乏嘲讽,不乏心酸——原来是可以让她高兴的,不用陪她,不用哄她开心,一点点的好处就让她这么高兴,足以见以前她是多么的不高兴。当然了,他愿意让她高兴。

她做一个官太太的进程,无需适应,官太太应有的贤良、雍容、文雅的品质,她做姑娘时就收在抽屉里,无需苦练,这会儿拿出来就用上。出席宴会是她最喜欢的一件事情。熠熠的水晶灯照耀的宴会厅,文星看着她坐在圆桌的一端,谈笑风生,神色飞扬,一个人能哄开心一桌子,说高兴一桌子,有她在,不会冷场,不会低俗,她是一个高雅、博学、幽默感极好的淑媛。他们夫妻经年不对话了,在外头她也不和他说话,却在人前扮足一个敬畏丈夫、支持丈夫的可爱小妻子的形象。其实,在人背后,在无人旁观的地方,如今她也是如此敬畏他——微笑着倾听他。她和他的谈话内容，总是围绕着他的职业范围，她依然是那个机敏、思维深邃的女孩子，对人和事，都有极好的观测、洞察力。他心领神会地明白，其实她说得都对。

她重新有了购物的乐趣，去香港给他买衣服，衬衣一打一打地买，一套高档西装，花去她自己小半年的工资，一买就是三五套。现在，他和她，还有孩子，一个体面的三口之家，可以印成招贴画，贴到大街公车站的广告栏里，是标准的都市里新兴中产阶级、幸福人生的最佳公益广告。

他心里的妻子，无疑是一个外人。从前是不敢多指望，现在是不敢多信任。荷荷呢，大抵是更加没指望了。但他信任她，对她有一种原始的信任，然而，信任她管什么用？他并不信任自己。

现在，他忤逆起来了，假期难得在家陪陪孩子，却在夜里 11 点以后，孩子睡着了，他离家而去，彻夜不归；或者该在家团聚的日子，他却数日不归；有夫妻一起的应酬场合，他亦是不客气地送妻子到家下车，自己掉转车头离去。他努力地昭示他的生活里，另有所爱，诚恳地等待她发问，无论她如何发问，离婚要求如何刁钻，他都会一一应承。他期待许久，到底落空，妻子待他彬彬有礼，即便他午夜 12 点找汽车钥匙离开家，她也会起身，庄重地送他到电梯门口，含笑叮嘱他开车小心。他声称出差，数日不归家，她也从不打电话查询去处，不杀到办公室验明真伪。她上班下班，带着儿子过，安静知足，每周固定地去会所练习瑜伽。文星愕然许久，终于明白——她不知道。她决定不知道。

还有什么好办法么？对于一个在仕途上往上走的人，婚姻是多么稳定的基石要素。不然你打算怎样？闹出来么？如此对待一个被背叛了也忍气吞声的贤惠妻子？对待一个饿了许久，好不容易盼来一双筷子，刚刚在佳肴酒宴上坐稳当了的人——你忍心夺掉她的杯盘,将她逐出门外,众目睽睽之下赶到冷风里?你要是这么做,表示你自己也不打算在盛宴之前坐稳了。

文星懂得其中的厉害,他只是单纯地厌恶妻子那些世故心机,而且,这样心知肚明的妥协令他出离愤怒、血热。他比及从前,更加多地回到城中村,穿过牌坊后闹天闹地的街市,拐过亲嘴楼下的小巷,晾衣服的水珠滴落到他脖颈上,抬起头,是一线纯白天色。谋生活的三轮车从他身边经过,他提着公文包退到墙根,面上带着和蔼的礼让。他在士多店买一盒烟,在水果档开一只榴莲,让人切开,掏出果肉,他耐心地做着这些事,不在意在这些繁琐里消耗他那分分秒秒排上日程的时间。在这些喧嚣,精明,热情招揽的人群之中,拥簇在汗津津的乡亲之间,他格外地,有着一种出人头地的满足感。荷荷家楼下的一间店面,曾经是一间下面条的小吃店,不知不觉里就关张了,换做一间旧货店,店铺很浅,货物都漫到街边。半新的家私:三合板制作的衣柜、书柜,折叠饭桌,电饭锅,电风扇,席梦思床垫,双层铁架子床,是一个流浪途中的小窝必需的细节。也随时可打散了,变成小钱,这些家具流落到另一个初来乍到的打工者手上,是一个下午就可配齐的一套家私。这些细节永恒地刺激着文星,看见这些廉价、实用、充满流浪气息的用品,他的心情,依旧是一个第一天来到城市的打工仔的心情,目光爱慕地望着这些家私,一路走过。还有檐头巷口的小吃店,一律不分时令、晨昏,包粽子,炸油条,烘馅饼,盐焗鸡,煮汤圆,馄饨面,无论何时,都是油香锅热,煮面的大锅里开水翻着泡,麻辣烫的作料香飘满街,看在乡下人眼里,含辛茹苦的每一天却仿如过大节。即便是午夜,大锅前也精神抖擞地站着一排胖乎乎的油条,木盆里堆着乌黑的粽子,空气里充满了一种煤火的炭气——为着节约本钱,这些小店一律都烧煤球的。这样的地方于文星,比故乡更加鲜活、更加忠实地保存着他的来时路。

他坐在房间里写诗，烧一壶茶，点一支烟，慢慢地，用笔在纸上写下诗句，时而起身，赤着双脚，踱着步子，冰凉的瓷砖永远都让荷荷和雀雀擦得一尘不染，泛着惬意的凉。有时候他摸一本书，惬意地靠在枕上读起来。他习惯随手一扔，读完了也覆在枕上不管了，都是荷荷过后为他收拾好，在上次读罢的地方夹一张书签。看书累了，他就起身趴到阳台上，探出半个身子，抽一支烟。楼下的市井人声，一声不缺地传上楼来。远远的是山，梧桐山脉的起伏在视野里，微微的山影，一片青苍。山下绵延成海的楼宇房舍，无限的紫陌红尘弥漫过来。有时候荷荷就在下午的市井人烟里，旖旎回家。她走在他的视线里，脸上有一种认真的、忠实的表情，长长的头发很时尚地染成金色，穿着绸布裙子，衣衫上依旧开满了花朵。她在下午的红尘里，攘攘的光色里，是一个繁丽的女子，他知道她心里正想着他，她一心一意，忠诚的脸，最是叫他感动。“荷荷！荷荷——”他忍不住就在阳台上叫她的名字，吸引她抬起头来，那情景，像古戏里的一曲，灯火人声里，一个男子对一个女子蓄意的调戏，彼此的心知肚明、心领神会，一场孽缘的开端……荷荷抬起头，笑得满满地往楼上望，她就带着这样的表情，去买菜，买啤酒，只是脸上油然地，笑成一朵香花，幸福地漂在人海里。

他写写画画的时候，她忙忙叨叨地煲汤、煮菜、做饭，蹲在地板上，一寸一寸地擦着地砖，擦到一点点纤尘都无，空气里的飞灰都不好意思落在她经营过的房子里。

“做惯了。就是这么不会享福的命。”他骂她穷劳苦时，她都这么辩解。如今，她照样地在蛋糕店工作，只是书店的活计在他力逼下，辞掉了。她习惯忙忙碌碌里讨生活，闲下来做什么呢？做他的二奶？窝在一间屋子里打麻将，看电视，煲汤——他也不见得有空来喝她煲的汤，在广东多年他照旧不习惯喝汤。还能做什么呢？最打发时间的莫过于生一个孩子，养大——太没有可能性，文星嫌恶生命。然而，文星也看不得她如此煞有介事地忙，意义不大的忙，苦力一样的劳作换来可怜的一点酬劳。她被按住了闲下来，坐在他面前，无来由地便感觉恐慌。能做什么呢？汹涌的光阴从他们中间溜走，几乎从中冲击出一道沟壑，他和她在沟壑的两端。她望着他，她是不能和他对话的。油盐酱醋的事情，早已经告诉完了。重复一遍只会令他蹙眉头。她的长处是倾听，但他如今太累了，已经不爱说话了。

荷荷找话题对他炫耀最近学做了一样新甜品，椰奶蛋糕，面上撒了好多面包皮，一咬开，奶汪汪的。好吃极了。

"像你一样吗？"他色迷迷地问。

"走得很好，客人都喜欢的。"

"总是吃的。"

荷荷喜欢聊这些：店里新做了甜品，灶上新煲了汤，菜谱上新学会一道大菜，街上又开了一间南亚风味餐馆，吃了一次自己学着做咖喱；好久没去海边，西冲农家的窑鸡，木柴烘烤的，吃过难忘，什么时候得去一趟海边……

"我只懂这些，只懂叫你吃点什么。"荷荷惭愧起来。

"也不是不好，蛋糕对我们到底是不一样的。不是么？"他勉强地敷衍。

做一只蛋糕，这么用心良苦——于这庞大的嘈杂的生活，于这苦难而没意义的生命？吃下一只美轮美奂的蛋糕，又有何意义？

"亦舒的书里说，生命苦短，先吃甜品——我会做的，就是那只甜品。"

他摩挲着她，一根一根手指搁在嘴唇上，徐徐地吻："光做一只甜品，太大材小用。你应该回到乡下，买五十亩地，旱田里种下麦子，油菜，水田里种下秧苗，长成稻谷。然后，还要在水塘里养鸭子，养白鹅。”

“那是够忙的。”荷荷设身处地，“那简直忙不过来呢。要请些人来。”

“油菜收割了，弄个作坊，炼菜子油。如今市面上的油，不能吃的。”

“鸭子的蛋腌咸鸭蛋，藕塘里种菱角，荷花，养鱼，莼菜。冬天里干潭，捉鱼，挖藕，好过年。”

“养牛好了。水牛憨厚，眼睛黑溜溜的，甩着一根尾巴在田里吃草。还养一只小黑猫，养一只看门的狗。我喜欢白狗。小时候我家养一只小白狗。名字就叫小白。”荷荷兴致勃勃地，规划到房子如何盖，种一片竹子，要配月洞门。窗下种一片芭蕉，挖一口莲花池，池边还点缀几丛刺蔷薇。文星喜欢清静，楼上给他做书房，一开窗，哈，坦荡的大平原……她幻想得高兴，一头躺在他怀里，眼睛看着天花板，那上头全是故乡那坦荡的原野，浩瀚的湖水，水面白鹭飞过。她的人生，都是这样务实的，仿佛一方沃土，可存活千百样。文星听着这样一个地主婆的人生规划——即便将她流放到无人的荒原上，她也会将那一方土地，经营得有声有色，种植植物，养活动物和人。盖一所房子，春天的时候，杨柳发青，枝条婆娑，门前洗衣的池塘里，小鸭子在游水，岸边生着黄花丛、芦苇。冬天的时候，她坐在收割过后的娴静时光里，拢一盆炭火，煮一壶热茶，火里埋几只芋头。在她身边，应该跑几个孩子，结结实实，敦厚的，眼睛像她一样，黑糊糊的，如梦如幻。让他们的母亲操心他们的吃穿，鞋袜，识字和教养……文星难过起来，难得她这样兴头，他一声不吭地听着。

过后想起来，他心里只觉得难过。大抵，他自己也油然地向往那个梦境。然而，在那个梦境里他不需要那么多活物，不需要别人，不需要老父母来赡养，也不需要儿女，什么都不需要。连自己，也是一股似有似无的意识存在，如此最好。

他如今忙得厉害，日常也难得回妻儿所在的那个家。他是离谱得厉害，每次看见妻子，他总是心有忌惮地不安。他揣摩她到底知道些什么，知道多少。看她的脸色和语调是不能知道——她到底知道了什么，知道多少。妻子和儿子相依为命，陪他做功课，上奥数课，练跆拳道，上英语班。日子排得满满当当。面对他，也是颜色温婉，话语柔和。他们现在是一对端坐在客厅里品茗的夫妻，他喝着她沏的上好的普洱，茶汤澄澈又老练，不言不语地直通肺腑，一如他们彼此。他对她聊些时下的局势、人情、钱财，她呢，一律饶有兴致，时常插话，都是精辟入骨的点评。

他如今来钱的门路多，大的数目，都是交给她的。在他本能里，这样骇人的数目、财富，只有她这样长袖善舞的人才搞得定。而他自己和荷荷，都是乡下人，看见那么多钱和物，源源不断地来，断然是不知所措的。他交给她的东西，隔些日子，她便当着面，一五一十、条条款款摆出来，口齿伶俐地告诉他每一笔钱的去向，大多是换个名目做了远期投资。账簿子和银行卡摊开在桌面上，她掰着精明的手指，一一指点。他微笑着举杯饮茶，心里惊叹着这个家会有这么多这么多的钱，不可思议的数目，天方夜谭一样的，经过了他的手囤积在这家里，他可没兴趣背负这么多，他正眼也不看地，将那些卡和簿子，用一根指头拨到妻子面前，依然推到她手边。笑道："还是请你接着受累吧。除了你，我可应付不来这些麻烦。"

大门响，是孩子放学回家了。正是长个头的小小少年，每次见，都蹿着个头，和上一回的记忆里看起来不一样。他微垂着头，有心思的样子，走进门来，脱下他的书包和鞋子。望过去，是一个纤细的少年，因为他父母都生得漂亮，所以，他生得极好看。

妻子起身，笑吟吟道："爸爸在家呢。快叫爸爸。"

“爸爸。”那孩子淡漠地应声唤了一声。做母亲的抱着他的书包，尾随着进了房间。那头热闹了起来，水龙头打开洗手，上卫生间先关上门。母亲问着孩子今天的状况，熟悉地数落出他的老师和同学。问起一桩事物，孩子在门里大着声音，奋力地辩解着什么。然后，母亲又下厨去榨鲜果汁，打开火，坐上锅，问孩子想要吃什么点心垫垫肚子。他们母子之间，自有一种亲密无间的气场。在那样的气场里，妻子不是那个势利、乖张，时常为琐事发怒、真心却秘而不宣的女人。孩子从他身边经过，去厨房里坐下来，双手捧着果汁杯，一口一口地喝着。有一瞬间，他们母子一同向他望过来，目光都是凛然的。然而，孩子黑白分明的、拘谨的眼神里，竟然闪烁着犹疑的，有期盼的、温暖的情意。文星被孩子盯不过，先垂下眼睛。心里狠狠地震荡了一下。

他一直坐在茶座前，饮着茶，慢条斯理地接电话，商讨工作。看着儿子回房间写作业，看着妻子系上围裙，切切洗洗地烧晚饭。儿子看起来很兴奋，在书桌前根本坐不住，不时地到客厅里来晃一圈，经过他时，低垂着眼皮，脸蛋和嘴角上都挂着羞涩的笑意。那种稚子的真心，令他也觉出羞怯来。他吃了晚饭也没有起身要走的欲望，便一径待下去。儿子洗过澡上床了。妻子走过来，平静地说：给你在书房里铺好床了。他嗯了一声，想着这样的夜晚，也许他应该到主卧里，和妻子同床共枕，像他们起初的时候那样。那真是美好的日子，那时候，他因为被她爱上，时时充满了被命运宠幸的晕眩感。像他这样的人，被命运宠幸是不真实的。因为，痛苦和耻辱，才会在无边的虚无里触动他的神经，激发他的情意。

那天夜里，他在书房待到很晚，他从前用的书本还待在老地方，打开抽屉，诗稿和钢笔都在那里。新铺的睡榻上，搁着他从前的睡衣。此情此景，全是让他心里发憷的。午夜，他到底打算去主卧睡下。推门时,遇见的却是一堵坚硬的反锁的门。他试着轻轻敲了几声,那门闭合得严丝合缝,铜墙铁壁一样,一点声音都透不过去。门后头的人,大抵是不作指望太久,已经睡熟了,睡死了。他面壁默然了片刻,回到书房里躺下。

翌日早晨,他醒来时,屋子里充满了动静,儿子在跟着唱片学舌,大声地练口语。妻子在做早餐,豆浆机轰轰地正在打豆浆,传来蒸玉米、紫薯、奶黄包的香味。妻子不时地大声纠正儿子的发音。他睁着眼睛醒了很久,才洗漱穿戴,走出门来。妻子招呼他吃早餐,为他摆好杯碟。他察看着她的脸色,揣度着她知道多少,甚至故意将手机拉在茶几上——她也许会悄悄藏起来,或者伺机偷偷翻他的通话记录和短信……当然了,该删的他都删了。然而,妻子风风火火地忙着儿子,吃完早餐卷着他便出了门。看起来根本不曾留意他的用心。这是平安的一个早晨,他的试探和窥视均一无所得。

他不甘心,又循规蹈矩地下班回家了。一连三五天,他的起居都在家里。妻子课子之余,对他温言款语、嘘寒问暖,夜里则闭门深睡。他从前视为噩梦的,妻子在反锁的卧房门外擂门、叫骂的情景,再也不曾发生过。

妻子和人去香港购物,大包小包地回家,又给他带回两套价值不菲的西装。他的衣裳鞋袜历来都是她操办。怎么说呢,当然是她会买东西。他在不在家,回家打开衣柜时满目都是新的。这次,又为他买了新西装,他很感动,当场就试穿起来。妻子和儿子坐在沙发上,看着他簇新而僵硬地走出来,袖口上还挂着吊牌,都哈哈笑起来。就是这样,待日常的桎梏变成一个游戏时,他就生出逗留的兴致来。他不再那么怕她,恨她了,不出门也不应酬的日子,他难得地待在书房里临碑帖。如今他的很多东西都找不到了,砚台,墨,这些讲究的物件总是找不到,他从前的诗稿,笔记本,手写的那些东西,也都消失不见了。不知是天意还是什么，他为找什么东西，踱到衣帽间里，如今他自己的衣服和她穿的衣服，大多是他眼生的，就是这样一个不熟悉的，已然陌生了的女人，激起他的好奇心。他用手指滑过那成排的，香云纱、亚麻布的薄衣衫。侧柜隐蔽处，有一叠摞起来的箱包，他看见了最底层他曾经用过的一只磨糙了的牛皮箱子，是他有一年去西藏时，特意买的。她居然容忍他的坏品位，没有给他扔掉！他心里一热，拖出那只箱子，居然很沉很沉，他费了一番力气，头顶冒汗。箱子打开来，里头是撕成碎片的衬衣布条、是他失踪了的那些衣衫。西服背后划破了，有豁开的大洞，在胸膛的位置。还有无法辨认出本来面目的绒片、布片，碎得手指都拈不起来——她恨毒了他，在意念里拿刀杀了他一千次，一刀一刀，一刀一刀。她花了多少时间，蹲在衣柜前，慢慢地，用剪刀用利刃，又剐又刺，细细地剪……他呆呆地站在衣柜前，一时间不能呼吸。

他很少想到她对他的感情，他不愿意想到她，总是有一种强烈的羞辱感，令他来不及思量什么，就落荒而逃。现在看起来，她比他预想的要恨他。为什么呢？应该不仅仅是他在外头搞三搞四，他是个自私又荒芜的人，这点她一早就看透了。现在，她逾越了这种痛恨，不打算对他告示了。他往家里运输钱，她没法子了，径直拿他当一个道具好了。别的是指望不上了。

他好久不出现。荷荷起初痴痴地给他打电话，一天打一百回，惹得他将她的号码径直阻止了。换个电话打，发短信，一律没有用。荷荷一向惭愧自己的文笔粗陋，所以也不敢发什么长相思的言论。他不来，她是休想见到他的。待他出现，她照例眼泪汪汪，感恩戴德。然而，她哑女般无言的爱，无处可去势必不得不去的床笫之欢，这些，全令他感到贫乏，肉体的黏腻也激发他的厌烦。

“我没可能离婚的，你该找人就找人。到时候，我当你娘家大哥，把你风风光光陪嫁。”第一次对荷荷开了头，他残忍地将这些话挂在嘴边说。

“这条皮带是新买的?”她拉着家常。在她身边，他的衣服，哪怕是暂时脱下来，她也照例从他身边起身来，歪斜着身子，残花败柳地走着碎步，将他的衣衫里里外外地浸泡，搓洗，挂上。

“嗯。”他疏淡地答。

“皮质那么恶心。”

“你懂什么? 这是鳄鱼皮，限量版的。大陆没有，她在香港买的。”

荷荷只觉得血往脑门上一涌，眼前都是黑的。他沉默起来，还不沉默了，一开口，每句话都在杀人，专门杀她。她带上门出去了，门被扣得山响。他也不理会，翻个身，惬意地睡去。

他小憩了一场，醒过来要找衣服穿上走人。出来找她，只见她凭栏站了老半天了，热热的阳光和海风，将她的热泪交加，烤干了一道又一道。终于盼到他起床了，能说个天理了。她响亮地道:“不见了。被风吹到楼下了。”

文星奔出来:“你他妈的犯什么病? 我下午要开会的!”

“说过了，被风吹落了。这会儿上哪儿去找?”

“混账女人! 就知道不能往你这儿来。”

荷荷听着这样近乎家常的斥骂，嘴里嘟囔着以示还嘴，她听不清自己在说些什么，只是，陡然地，文星奔上来，揪住她的头发就往屋里拖，她顿时知道害怕了，心里的恐惧顺着头发根子往外窜。她尖叫起来。文星一个巴掌霹雳般打到她腮上:“你存心的是不是?”

“你和那势利眼去过吧! 不要脸的势利眼!”她骂起来，双手回打他，“你也别来了! 对你好对你歹，你哪里分得清楚?”

“混账! 还说你不是故意的!”文星又照着她抽了一嘴巴。

“去香港买东西有什么了不起？会花钱有什么了不起？这也要向我显摆。垃圾女人！势利眼！”荷荷越发撒泼。

“她是我老婆！他妈的！”

“你不到今天这一步，她肯给你买皮带？不要脸。”荷荷见他还护她，气得用头撞向文星，撞向墙壁，怒不可遏地喊道，“不要脸的烂货！婊子！人渣！垃圾！去死。臭婊子！花的又不是她的钱。充什么贵妇？不要脸！臭不要脸！”

文星一股恶气地一脚踹去，她叫骂里发出一声惨叫，蜷到地板上，蛇一样柔软又恶毒地匍匐着，眼泪流下来，翕动着嘴皮，疼得发抖。文星对着她骂道：“什么话到你嘴里都说得那么难听！乡下丫头就是乡下丫头！这点你就是比不上她。是花的不是她的钱，这句话你算有见识。可是让你买，你能买得合适么？”

荷荷缓过来一口气，抬起头，痛楚又不能置信地望着他——她付出这么多，得到的就是这么一笸斗恶毒鉴定。她狂乱地啸叫，手扒着胸口，扒得鲜血淋漓，她要把这颗心捧出来给他看——让他看看，他把她伤成什么样了。

照进屋子里的金灿灿的阳光，更加的金黄、汪满，溽热里无边的虚空，一个午后犹如经历了一生。晾晒的衣服早就干了，被海风和阳光料理得清香干爽，文星穿好了衣服，施施然系好那条闯祸的皮带，出门去了。荷荷犹自哭得声嘶气竭。她在意念里追出去，揪住走远了的那个负心汉，口口声声地质问：我图你什么？我图你什么？你怎么会是这么一副嘴脸？

她是不知进退的，下一次见面了，还试图说个清楚。因为荷荷的嘴上不依不饶很是找打，文星如今打她也打成习惯了。他很快意，手发着抖，给她脸上几下子，她含着眼泪紧紧地闭上嘴巴，不再敢叫嚣乱骂了，他的手跃跃欲试地，还要打她。这个世界上终于有了个人可以让他任意打,常常打了。他和她之间,注定有一扇隐秘的门要推开,只有她和他才进得去的世界,门里只有他和她,一个施虐者和一个受虐者,他把她堵在屋里,拳脚相交地打,顺手抄起什么就往她身上砸,荷荷恐惧地哭叫着,在他脚下发着抖往墙角躲,他则赶上去,揪住她的头发往墙上撞。荷荷满面的血,还摸索着他的手,如握住救命的稻草,凄凉地竭力握紧,哭喊着求他住手。他一言不发地继续打她,所有的哭求于他独特的听觉都是邀约,邀请他再揍她。他拿脚踢她,将她从屋子的一端踢到另一端,踢到满地打滚,渐渐浑身是血,不再发出任何声音。

她恐惧着他是要逼死自己,然而他发怒不要她了,她在这世上就愈发走投无路了……许多时候,她下班往家走着,忐忑着文星在不在家,会不会又打她。她紧张得骨头都在发抖,可是,除了回家的那一条路,她眼睛里的人世间别无他途。若他不在家,满室空空荡荡的,又全是杀人的寂寞。她坐在床铺前,望着窗子,等着他来,常常一整夜一整夜地不合眼。

如今荷荷被文星换了一份工作,她去一家星级大酒店的西点房上班了。在罗湖口岸,国贸区的一间五星级大酒店的西餐厨房做蛋糕师。是和从前那条家常的小街上,榕树绿阴里亮着灯的蛋糕店截然不一样的气息。那样的小店里,菠萝包出炉了,蛋挞出炉了,稳定的,点滴的,天长日久的生计。来买点心的主妇、孩子,都是看熟悉了的街坊的脸。然而,酒店的蛋糕房,用银质托盘一层一层托起来的蛋糕塔,藤条筐里装着粗麦面包,白瓷碟子上贴着镂空花纸,是更精致的点心,更精雕细刻的做派。水晶大吊灯的光照在穹隆似的大厅里,幽静的深色咖啡香、酒水、雪茄烟的气息,混搭在一起,调和成一种世界性的背景。来来往往的人,绅士的西装革履,女人的绫罗绸缎的窸窣,文雅、矜持的外国语,江湖气的广东话,在落地玻璃幕墙、羊毛地毯、恒温空调、水晶灯火、巨盆鲜花组成的空间里，日常生活的一饮一啄，一卧一行，提高成了一种仪式，需要格调的。酒店是如海人生里提炼出来的精炼细节，是一艘停泊在城市里的大船，泊岸数载亦不离开港口，任何时候，推开旋转玻璃门，里头的空气都是在路上的气息，路过此地的漂泊气息，流浪者搅和出来的富贵大同。

“我怕我是不行的。在那里头适应不了。”荷荷走在那满目富丽堂皇、纤尘不染的大堂内，脚都打晃。

“你会做蛋糕，做得不难吃，他们没理由不要你。”文星一番苦心，将荷荷塞进大饭店来工作，面对她的惶惑、不安，只这样轻描淡写回答她。权力这么好用，轻便得连他自己都说不出个所以然来。他看着荷荷忐忑里的兴奋、郑重其事，很是受用。他暗地里很喜欢她这些受宠若惊、感恩戴德的表情，这些表情参照的是他爬得多高，权力多好。

荷荷以为自己一定是不习惯这种大酒店。然而，来了不几日，她就分外乐意了，在这里常常地看见文星，他来这里用膳。他簇拥在一群轩昂的人中间，在餐厅里宴请客人，或被人宴请。她隔着透明玻璃墙外的莲花池，彩色的水里盛开着朵朵睡莲，对面水榭里一格一格幽幽的光，红花地毯，雕花黑檀木桌椅，红灯笼，青葱的盆栽，壁挂的油画，亮洁的餐车，镀金的餐具，都在那些光里笼着，这里亮一角，那里亮一角。那些走过的人，格外地，像走在一个富丽的舞台上。文星习惯坐同一个包间。在一群人中间的他，清洁的平头，雪白的棉布半袖衬衣，和蔼的面容，永远在倾听着别人对他说什么话，多是没什么意思的话，然而，礼貌地倾听是他工作的一部分。有时候他微笑起来，一边的唇角扬起，一个疏离的微笑。这一刻他离人世就远了。荷荷熟悉他那样的笑。她对着手上的面粉团，心醉地抿着嘴，仿佛是笑意，仿佛是陶醉，从心里一波一波漫上来。

逢上他不出差,她一周会看见他三五回。在这里午餐,晚餐,宴请贵宾,被人宴请。餐厅的老板,大堂经理,都在他身前引路,身后鞠躬,那些服务员,娇滴滴的女孩子,娇滴滴地将菜谱子递到他面前,恭恭敬敬弯腰给他铺餐巾的样子,恨不得直接软下去,化成糖,融到他身上。餐桌上的女客人,夹杂在一堆男人里,绿叶衬红花地格外醒目,格外好看。千人一面地笑给他看,起身给他敬酒,娇滴滴地监督着他饮下。荷荷见到最多的,是一个时常陪伴在文星身边的女子,娇小身材,妖媚神态,穿着办公室套装,一身的镶钻首饰,涂脂抹粉,打扮得桃李春风,在文星的身边,一副地道的得宠小老婆的德行,看见别的女客,她那副矜持和傲慢,就更加尤甚一筹了。有一回,荷荷看见水榭里闹起来,一群客人敲着桌子起哄,文星和那女子双双站起身,端起酒杯,手肘绕着手肘,喝起了交杯酒。那女子那天穿了一条红裙子,露出半扇胸来,被文星拎在手上的样子,很可爱,有风情。喝完了一盅酒,便软在他臂上,头依了他的肩,吃吃地醉笑。众人就更加起哄了,更加喧嚣了,笑声几乎将包间挤垮。文星也微笑,虽没有任何手势的表达,任那尤物软在他肩头,对这温香软玉的投怀送抱,定然是受用的。其实场面上的女人,生存能力好过男人,人家不会无利而笑,彼此交换些真钱假意,算数——文星对荷荷解释不清楚这些,根本上这些逢场作戏,他懒得解释。

只是,对面蛋糕房里,戴着白帽子的荷荷,好像一台忠实的录像机,一个场景,一个画面也不曾漏掉地,将这一幕好戏都看全了。毫无疑义,这个女人,他除了带她来这间酒店吃饭,也会带她去别处吃饭。不止吃饭,也会跳舞,会调笑,会很多很多。荷荷摘下她愚蠢的白色围裙,白帽子,白口罩,去柜子里取出自己的手机,走到洗手间那厢,拨打文星的手机。电话通了,他在那端接听了,没说话,呵呵地轻笑着,回应着座上的什么人,微醺的、惬意的笑声。

她很少听他这么笑，这么风流，这么开心。根本上她拿他是没办法的……况且，她怕他，她熟悉那些只有她一个人熟悉的欺负、阴冷、怒吼，扇到她脸上的耳光，踢到她身上的一脚。这时候骂了他，给他私下里泼点凉水，回头他会收拾她，会动手打她，往死里打，会告诫她，她其实没资格管他，这些，够她受得了，她应该害怕……她不由得气焰就低下去了，低声地咬牙切齿："丢人现眼的！喝多了吧！瞅瞅你这招摇的德行！我即便不认识你，看见这样子都替你害臊。"

文星惬意地笑道："你由着我嘛，别理我嘛！他们都是不说人话的，只好大家喝喝酒。不喝酒我坐在一边听着，自个儿也会悄悄儿害臊死。"

"那些不要脸的都是你的亲人吧？"

"别他妈胡说了。你只看见人给我擦鞋，你没看见我他妈的巴结人奉承人给人擦鞋的时候。今天中午我他妈的还在人办公室里当孙子呢。我这会儿高兴，你别烦了！"那头利落地骂完，挂了电话，荷荷觉得满足了。他拿她当的是自己人，不是吗？她什么都图不上，不就图他这份心吗？她哀意的结实的爱，像秋天的朔风里，一棵青涩的柿子树，果子纷纷地，结实地挂在枝头，在一阵冷似一阵的寒风里，兀自还能红彤彤地艳起来。

然而，她也懂得，这也就是她掩耳盗铃罢了，她看得见的地方，文星尚且这样子，她看不见的地方呢？他更加不知陶然成什么样子——他如今的生活，根本上，是荒唐极了的。

"你这么看不下去，那离开这儿好了。"文星挥挥手，"你该嫁人嫁人去。"

"你让我走到哪里去？"荷荷哭起来，"我一个人可以去哪儿？"她匍匐在他脚边，搂住他的膝盖，毛茸茸地，将自己在他的身上拱成一只猫，为自己的冒犯而赔礼。

他陡然地掀开她哀哀的认错、赔罪的絮叨，趴在怀里的肉嘟嘟的身体，翻身坐起来，坐到远远的窗下。荷荷就停住了嘴里的唠叨，像一袋笨拙的小洋芋，滚落到地板上。她难堪了片刻，赶紧满脸堆笑，文星竖起眉头，立起手掌，等在这里——一把截住她不识趣的嘘寒问暖，转而将那只立成刀片的白手挥散一散："你出去吧，让我一个人静一静。"

荷荷就将自己踮起脚来，小心地将自己退出去。

他现在早就不对荷荷讲究了，他那一套文静、美雅，因沉默而沉淀下来的神秘，依然还用来应酬妻子和外人，但对荷荷就不用那么客气了，他最真实的样子，都在她这里了。他喜怒无常，毫不讲理，任性地发脾气、摔东西，每次发火，他必然都摔得满地碎渣才尽心。摔够了不算，她但凡发一句声，总是惹来一顿拳打脚踢。荷荷如今怕他怕得要死，胆战心惊，他一发脾气，她就哆嗦着，细着嗓子不停地给他赔小心，认不是，讨着要他欺负她。

文星点了一根烟，阴郁地仇视着楼下的嘈杂人世，无数刺激的片段、图景在他的脑海里闪现，如疾驰过痛苦记忆的高速公路，路边每一点星火，每一处动静都是不敢再凑近辨认的惨痛记忆……他的人生吃了很多苦，那些龌龊的、卑鄙的、恶劣的苦头，人施予他的，他承受了的恶气。窗外的这个人世，也是更叫他生气，那么多的苟延残喘集合在世上，全都沉甸甸压在他的心上，实在是空气不够，世上的人太坏，太龌龊了……他熟悉没有多少真情的温暖，没有多少思归的乡愁，没有多少真担待的惦记。像荷荷这样地，千方百计认错，讨着要他尽管撒气尽管欺负她的角色，出现在他生命里，就很让他光火了。不应该有她这样的一个人，她这样既不精明又不糊涂的，厚实的热乎乎的母性的柔情蜜意，只会勾起他的心酸，他的怒火，从前在这世上怎么没碰见这号人？犹如一个已经在严寒里跋涉太久的人，温暖的火堆,不断添加的火炭,飞溅起金色星点的燃烧,只勾起他骨髓里的伤寒,这种伤寒又酸又胀又痛又痒地泛上来,令他简直仇恨荷荷——什么人哪!

果然,门又被轻轻推开一条缝,荷荷从楼下凉茶铺端了一壶冬瓜茶,明明很武断,还偏偏装作忐忑的样子,柔着嗓门,忧愁着眼神,门神一样杵在他面前:"你这是怎么了嘛?哪里不顺心么?喝点凉茶。你喜欢的冬瓜茶。"

"我说了一天话了,你能不能别再让我对你解释什么了?"文星更加烦躁了。见荷荷眼巴巴看着他,手脚无处摆放地拘束着,就不忍地补上一句,"你能不能没有好奇心?"

"好好好,我不说话了。你喝点茶。"荷荷立即脆生生地笑,倒了茶,凑到他嘴边,喂给他喝下,文星喝了几口,又气得怒目而视,咳咳地,荷荷非要这么殷勤地喂给他,他理所当然地就生气了。

"你想吃什么吗?要不我给你按摩一下,你躺下——"说着扶着文星的肩,大着力气放倒他,给他又揉又抓地按摩。当然,他受用归受用,隔不了多久,荷荷还是被他赶出去。房间里好容易安静了。

"荷荷!"一会儿,他扬声叫了她一声,她如一只忠实的黄犬一样趴在门外,竖着耳朵听他的动静,一被召唤,立即就摇头摆尾地进来了,吐着舌头喜气洋洋。

"过来!"他拍拍身边的枕头。

荷荷便过来,猫到他怀里,喜悦令她的体重也轻盈起来,不那么沉甸甸的了。这奴性的一点,令他踏实,又令他不快。这样和缓了又发作,反悔了再和缓然后又发作,这样的招数他不厌其烦地用,打完人他的兴致都很旺盛,靠墙壁站直了身子,将床上哭得披头散发双目红肿的她拖起来,拽着她的头发,膝行着靠近自己。他的手势很温柔,很专横,按着她的头,含住他的器官。她含着眼泪,嘴角淌着血迹,挺直着身子随他发号施令地摆布,茫然地发出一两声含糊的呜咽,这些是他喜欢的细节。她生涩得很,还有一个村姑的强烈的羞耻感,抑制着喉咙里的呕吐感——不敢扫他的兴,也不敢不服从他。她眼睛里渗出薄薄的一层泪,喉咙里时不时发出干呕。也许,为了达到这样的享受,他时不时就动怒起来,将她逼到墙角打一顿。

不知从哪一天起,再想到文星这个名字时,荷荷觉出了恨意。她握着手里的水果刀,一片一片地切着菠萝片——想象这就是他的脑仁!她眼里涌出泪水,切西瓜的时候,那种清凉殷激着她:这是文星的血,他流的血,一定是凉的,冰冷的,带着冷库里拖出来的冰霜……杀了他!杀了他!不知他怎么个死法,什么时候死!她走在路上,耳朵里响着他那些冷冰冰的,语调平和的欺凌,钉子一样地,一字一句敲进她的脑海里,让她走着走着,蓦然走到一堵墙前,撞击起来,撞一撞她才能好过一点。脑海里依然有一双白白的,嫩生生的脚在夜风里晃,姿态永远是自得的,优雅的,她始终没有扭头看个究竟的勇气。然而,那双肥白的小脚,一直在不远处欺负她,永远比她高级,她因此永远被文星欺凌和否定。

在她不了解的那个神秘的地方,有一天,妻子这样对文星说:“小孩上初中了,我打算让他出国锻炼一下,见一见世面。你怎么想?”

“他那么小。”文星嗫嚅道。

“我辞职,陪他去。”妻子胸有成竹地,笑容可掬地说,“这几年要辛苦你了。我们寒暑假回来看你。”

他吃力地点点头,毫无反驳的余地。不让他们走吗?她要是闹起来,不知会成什么样子。他母子去了,大抵是不会再回头了。他一直知道有这么一天到来,只是不知道这么快,这么利落。而且,他会痛彻肺腑地,瞬间落泪。妻子一直控制着她对他的口吻,见状,起身快步走开了。

荷荷得到一个礼物，随一个旅行团去欧洲旅行。“去看看，蛋糕们的祖先发源地。”是盛夏的欧洲，她走过了很多的地方，历史古老的繁华城池，阳光照耀在粗糙而宁静的石头墙壁上，在圆卵石街巷间投下一片片的阴影。青青的草野上的庄园，古堡，悬崖上头的古老的修道院，无论走到何处，清澈的晨光里，黄昏的漫天红霞里，都听得见此处彼处，教堂的钟声一声声激越敲响。欧洲在荷荷的眼里，是酱色背景的大油画，阳光照耀时，满城点灯时，都有着真正的华丽。那些恍惚经过的街道、古老的城堡、博物馆，从车窗里望出去的，充满浓郁色彩的原野，开满了紫色熏衣草，青色的葡萄正在无垠的葡萄园里，依次挂果。鹅卵石子街两边的古老房屋，开在窗台花箱里的鲜花，小城广场上的塑像、喷泉，自由调皮的鸽群，会走到人前来啄食。蓝眼睛金头发的异族人和他们听不懂的语言，热烈的笑脸。这就是荷荷感受到的欧洲，迷离的片段，几乎是飞毯上俯瞰下去的城池，带有强烈的冲击，然而，不真实。唯有一天，在维也纳的街道，她走过一片蛋糕店，灯烛辉煌的一爿店，她走进去，买了一个糖核桃派，打量四周，店堂深处的红色沙发，墙壁上的黑铁壁灯，洁白的门通往烤炉厨房。这是她所熟悉的蛋糕店，那些摆在橱柜里的——长条面包，浓芝士条，乳酪、果酱、黑可可、新鲜水果做的点心，精致的形状，装在洁白的碟子里，明净的玻璃橱里。空气里充满了咖啡香，面包新鲜出炉的热香，这是荷荷所熟悉的。店里张罗客人的老太太，起码一百岁了，庄严的白发，叉着腰，戴着围裙，那气派仿佛皇后，是所有蛋糕家族的老祖母。全天下的香草，面粉，果酱，芝士，黑巧克力，慕斯，仿佛都是从她手上流传出去的。橙色的明灿灿的灯火照耀。她在店里吃完那个核桃派，喝下一杯加了许多牛奶和糖的咖啡，一路的恍惚到这个图景前，静了下来，这是一个，她在故乡，南方乡村，懵懂童年时光里，脑海里就存留的一个印记，一幅图画，甚至存留嘴巴里的咖啡的苦涩滋味,对应的四周灯火,异族的人声,店门外的阳光……她从来都知道,在她的生命里,有这么一幅图画,这么一个遥远,遥远的地方,等待着她前往。

荷荷走出咖啡店,走过一片湖,水中有白色的天鹅浮游,拍打翅膀的声音像木头轮子转动的声音。湖边的树林,那些高大的多叶的树木,她在童话里得知过它们的名字,橡树,胡桃树,榛子树,雪松……在眼前她一棵都认不出来。然而,暮色里树干壮硕、枝叶清香,安详庄重的姿态,蜿蜒地伸向林中的小路,这都是送给荷荷一个人的,她从遥远的东方一路归来,等候在道旁的,她曾经路过的大森林!

她沐浴在所有树木散发的青气里。想到文星,其实,在精神上,她对他有一种从来不需要言说的了解,那一种,明白自己来自于远方,来自于异域,和此生此地经历的人事,时光——有意的疏离,无法投入的隔阂,置身事外的异域感——是他和她之间不得言说然而彼此心领神会的一种气场。也许,时间场一幕一幕过往里,曾经有一世,他和她,在这片土地上生活过,一个快乐的年轻鞋匠,和一个捧着牛奶罐的年轻姑娘,曾经相爱过,彼此伤害过,那样的一生里不知她和他是否有机会白头偕老,她和他的爱恨纠葛,已被时光掩埋。有一棵橡树是他种下的,有一口她用过的铁锅覆在长长的野草中,有一间小屋子是他们曾经住过的,垒成墙壁的一块块石头,在房子倒塌后渐渐走失。她从来都恍惚知觉,在她的生命里,有这么一个遥远的、遥远的地方,等待着她前往,然而,千山万水地来了,抵达了,也不过是轻轻地,不关己地走过去……在这个结实、混沌、晦暗的世界上,他们轮回得太久太久,永远怀着一颗异乡人的心,易感易折却永不安分,随遇而安又无限疏离,看似身不由己却又心甘情愿地漂泊远方,在不稳定的情感和悲怆的生活当中,消耗掉一生又一生……

CREPERIE

荷荷随一个旅行团去欧洲旅行。阳光照耀在粗糙而宁静的石头墙壁上，在圆卵石街巷间投下一片片的阴影……她从来都知道，在她的生命里，有这么一幅图画，这么一个遥远的地方，等待着她前往。

这是她的宿命，荷荷想，也是他的宿命。他们是两只坏脾气的鸽子，在季候风里执意地向着相反的地方飞，不依不饶，天长地久地犟下去。这就是他们，相爱的方式。这一辈子，她对待文星，完全没脾气的将就、让步，没法子挣扎，驯服得要命。一定是她上辈子对他很坏，嗓门太尖利，力气太孔武，用力过多，累着了。这辈子就这样了，他看起来，不够善待她，对她不够好，真心不够多，然而，不要紧，等她攒够了力气，攒够了他的罪名，她会慢慢地收拾他的——时间且够呢！

12. 离　殇

看似相安无事,却又汹涌诡谲地过了一年多,文星离开了深圳。现在,他被调离去到另一个城市。他的打工者、诗人、报社记者、政府公务员的履历,都被留在了这个城市,在新的国度里,他是一个刚刚被册封的藩王。

很多的商户加入进来,花大价钱买筹码,押到他这一注宝上。他如一只赌具,赌马场上跑得快的一匹黑马,斗鸡场那只高翎的公鸡,斗蛐蛐儿的那只长角油亮的蟋蟀——在这激烈的赌场上,他这只赌具充满了可能性。从踏入斗兽场,环顾铁链四周激越下注的脸,被收买了的裁判,那一刻他就明白:他如今,是一种工具,一只卒子。

他是被打出来的一张上好的牌。他们选中了他,包装他,抬举他,花了天价为他买官晋爵,他踩着很多人给的力,往上爬,爬得更高,扒住更结实的物事,他站在墙头,将墙里唾手可得的利益,扔出来,给那些眼巴巴指望他的人——他给得越多,他脚下的阶梯才可更结实。他主管城市规划新建,可以施惠的名目太多了,要修的高速公路,城市地铁,以施工名义将城市的主干道每一次挖开再合上,流转的都是钱,钱是数字,可无限量地调配,支取。水涨船高的地产业,楼市、房价，皆是官商合作，一路哄抬上去，其中也有他添薪加柴的力气，撰写后合理出台的文件。还有那些改革大势里流离失所的国有企业的地产，将它们用政策重新包装，抛向市场，转转手便是暴利。

文星名下参股的公司不知有多少，股东名字用的是他妻子的名字，每一家都是无本入股，然而，商机和发展蓝本是以他为核心的，他是大船上舵手一样的人物，低调、隐秘地待在船舱底部，然而，灯火灿烂的大船上，那些小心翼翼享乐的人，都知根知底地了解他的重要性。更毋庸提起，那些出尽百宝的财物，但求他肯伸手接下。权力是这么奇幻的一个东西，魔杖指点之处，皆点石成金。而他，执魔杖的人，放眼望去的世界，也成了童话里的世界，笑眯眯的，好心情的。且，所有的事物都是微型的，华丽的城堡，美丽的女人，香的食物，元宝金币和埋在地下的宝藏，国王的微笑——全都是微型的，俯身可就。他是所罗门魔瓶里放出来的烟，成型巨大，地球上的规则，关上的门，挂上的锁，森严的规则，对他都是不成立的，多高的墙，踏一步就越过墙壁进入珠光宝气的庭院。他被刺激得简直要发出巨人的狂笑，用巨人的双足，戏谑地踩踏这个撒谎的游乐园。

他知道这世间本来不是这样子的——是他在贫贱时，在工厂里被一群少年群殴，打倒在地面上，鼻梁骨断裂，脸贴在尘土里，被那种粗莽的胶鞋底碾在他颧骨和耳朵上，像碾灭一只烟头一样，碾踏，辗转地碾踏；是他父母对他隔山隔海的误解，对他忧伤的性情，熬煎的内心，苦难的流浪，木知木觉地佯装不知情；是他妻子在宁静的婚姻生活里，被寂寞、缺乏前途所激发的绝望暴怒、疯狂叫骂，是她在得到名利满足后，对他的柔情体贴，不战而降，对他另有所爱的真相彻底忽视，她屏弃了女人的嫉妒、痛苦的身份，成为他的同盟，忠实的利益分割者。生活的真相是他写下的那些毫无价值的会议记录，挑灯夜战处理的过期文件，签下的那些欺世盗名的文件……人世根本就是这么回事:千年万年混沌里孕育的生命,无处不在的生存的危险,理智所不能自控的热欲望,廉耻所不能制服的龌龊——就这些。轮到他,也活不出稀奇来。

他走马上任时,曾负责城市金融区一片老城区的拆迁、改建,项目刚刚开工,他立即被蜂拥而上的投机者围住,每一块地似乎都已预先被人圈过点过,每一个来他这里洽谈合作寻找商机的人,背后都各有来头。交杯换盏,和蔼地背诵政策,熟练到倒背如流,在这样或那样的名目下,文件上签署下自己的大名,文星时常身冒冷汗,后脊梁骨嗖嗖发凉:他签署的这些文件,对资产运作之中潜规则的视若无睹、含糊默许,他日,若是被追究,都是可置他于死地的罪名。然而,他不得不如此做,在一个庞然的运行之中,他只是一只被押宝的赌具,一只探险的卒子,唯有俯首听命。每次走过工地,看见拆得断壁颓垣的废墟,搭起的脚手架,绿色防护网内初具雏形的大楼外壳,提着灰泥桶如蝼蚁一样爬上爬下地劳作,在大吊车上诚惶诚恐地接送水泥涵管的民工……这热火朝天的工地,远方围墙下的蓝色工棚房子,唯有这些切实劳作的民工,才使得千奇百怪的大戏里有了一点合理和踏实景象。仅仅一栋楼的竞标投标,就有无数惊心动魄、心狠手辣的斗争,强取豪夺里的巧立名目。多少次,文星揪心地注视着那位戴安全帽,穿蓝色工服的民工——他是从他们中间走出来的,他熟悉他们。他们一点都不知道,以这栋大楼名义所发生的那些勾当。狭小的生活,多么安全。

一次大天灾过后,他负责领导一个项目,去洪水淹没后的重灾区赈灾,帮助灾后重建。此地是满目狼藉,流离失所的景象:道路冲毁,房屋倒塌,瓦砾遍地,农田湮灭,洪水后骤然暴晒的大太阳里,瘟疫正起,红土地上横趴的芭蕉树惨惨地绿,帐篷区里收容着失去了家园、房子的灾民,他们躁动不安地哭爹骂娘,每天都有病倒的女人,想不开喝药寻短见的女人。他到的时候,各种赈灾的慈善机构已纷纷进驻,劫后重生的本地人正在搓麻将,麻将铸就的长城,具有稳定人心的功效。只要有一桌麻将在,虚拟的得失里,现实中一切洪水饥荒病痛顿时都失去影响力。他和他的团队负责修缮此地的供水、学校。此时,工程的承包商来了,高价哄抬后的水泥、钢筋、砖瓦等建材来了,涨到天价的人工也来了,需要在本地请施工队,否则会被灾民抗议。然而,不用高价,又买不动一砖一瓦一袋水泥,请不到一个人工。这样的刁难里,且必须做完分内的赈灾工作,否则是文星等人丢乌纱帽的事情。他上下周旋,接受高价买来的建材,聘用高价请来的工匠。必须在规定期限内做完这个赈灾项目——敲诈他们的民众也明白。只是,他不明白,一方需要支援,一方提供支援——事情怎么会变成这样子?损人不利己,于双方都没有好处,为何如此蠢钝行事?

他和他的同事们,对那些流离失所、房屋倒塌、疾病横行、死人伤人的惨痛,很快就失去了怜悯心,那些活下来的灾民,毫无感情地说着感恩戴德的话,一脸精明地算计自己还可以得到多少,还有多少本来许诺却没有兑现的。他们对他们,很快就憎恶起来。事情到了这一步,所有的人道主义、风雨同舟、众志成城的书面用语,都成了金玉其外的光环,真实的灾难图景里,图穷匕见的是有恃无恐的盘剥、算计、恐吓,是赈灾者刻骨的恐慌、委屈、憎恶。大洪水里没有淹死的灾民,连黑社会都迅速地重组上了。他的办公室桌上被搁了一把寒光闪闪的刀,是人迫胁他的道具。学校还没建好,孩子都还在病床上和泥地里,县城的夜总会,歌舞厅,餐馆,洗脚房,却都灯红酒绿地重新开张了,成为夜晚的消遣。各个援建办公室内部,贪污、账目混乱的现象也屡见不鲜。应该再来一场洪水!援建者咬牙切齿地诅咒。应该再来一场洪水!文星也这么想,包括他自己也可以淹死。

道生一,一生二,二生三,三生万物,既然一切的繁华和湮灭都是无中生有派生出来的,搞清楚过程之中某个现实,某个动机,某个为什么,也不过是印证"无中生有"的那个有。根本上,美酒,歌舞,女色,这些他无意徜徉也徜徉得习以为常了。这些感官的刺激,也是会叫人上瘾的。根本上,如今他有的不过是一具肉身,人生如寄,不是么?偶尔,他念头闪过荷荷,也只是一念。那样地折磨她,对她撒气——这样的近在咫尺的往事,让他脸红,想都不敢想。他不过意的时候,就往她的账户上打点钱,虽然荷荷一直是个乡下人,没学会怎么花钱。平常他不给她打电话,她也想不起来打,因为打通了也不知道说什么。她向来不是他谈话的对手,支配她和他的,永远是一种原始的热情,没有语言,没有伎俩,在和不在,都是实实在在的。

他离开深圳的时候,荷荷照例地又是好一场恸哭,然而,独自一个人静默下来,她油然地长吁了一口气。这一年,他不是在打她在骂她,便是在毫无底线地磨损她,他摧折着她的身心和神志,现在,他的离开,使她时时绷得紧紧的神经,也逐渐松弛下来。她对他也是,沉默了。

他如今养了一房。是个很年轻的女孩子,水滴滴的,娇声娇气的,仿佛体内的液体不是血液,而是新鲜榨取的水果汁。她没什么脑子,也没什么脾气,性情一派混沌,然而,乖,真的乖,肉乎乎的乖。抓得上手的,沉甸甸的乖,可人的乖。文星对她迷恋极了。她的黑漆漆的头发丝,黑漆漆的眼睫毛,遮得一双黑眼睛朦朦胧胧,红嘴巴,敦实得让人入迷,白牙齿,圆脸蛋,孩子似的纤细的四肢,一派的天真和丰肥,一直,一直到她贝壳色的脚趾……她是个毛茸茸,肉乎乎的小东西,一个玫瑰色的卡通娃娃,会微笑、眨眼、转动手臂,穿粉色珠片短裙的芭比女孩——令他爱不释手,沉迷不已。

他养起她,从某一场歌舞宴中仿佛捡回一个好看的打火机一样,捡回来这个女孩儿。她十六岁,来自于云贵高原一个少数民族的部落里，本来是被人骗出来卖钱的，他见状便收留了她。她很驯服，很安然，该吃就吃，该睡就睡，任何时候嘴里都忙，忙着嗑瓜子，磕核桃，硬硬的牛奶糖，她嘎巴嘎巴地一颗颗嚼。她有一口山泉水养出来的好牙，小耗子似的，忙着吃点什么磨碎什么，有着一种蒙昧的、未开智的天真，然而，是个天生的女人，懂得什么时候麻利地脱下衣衫，什么时候穿上衣衫，也懂得缠着他，痴气的眼睛也随之妖精起来，魅起来。

她认字不多，汉语也说不灵光，近乎一个哑女，然而，她来自于擅长歌舞的族裔，天生有会跳舞的长发，扭动的细腰，四肢犹如杨柳枝荡漾在春风里，手势在春风里开成两朵肥白的香花。还有，她很会笑，她笑起来的样子，眼睛弯弯的，嘴角翘翘的，脸色油然地敷上一层嫣红，笑起来满满的，是不会发出声息的哑女的笑容，多情、天真、诚恳。文星最喜欢看她笑，她笑的样子很像一个人，很久以前的一个人，十六岁的小女孩荷荷，抱着一本书，小花衫裙，羞羞地站在门口，笑得满满的，静静的，此时此刻即心满意足的笑。什么时候叫人想起来，都心里一痛。

荷荷如今见文星的时候甚少，他和她彼此都有些躲闪对方。然而，荷荷的退避，是以未来的不离不弃为前提的，掌握文星的行踪，平常的去向，是她的大事。她偶尔问起一次，他总是肯答的，且不兴撒谎。荷荷看见那个女孩子，也是自然而然。有一回，是中秋节，她问起他在哪里，他回信息说，就在深圳，在一个海湾的游艇会所里。语气里看不出对她有什么惦记、思念，也没邀请她去过节。于是，荷荷坐了很远的车去找他，出租车到了会所门前，下车后在庭院内还走很远的路，只见远远的一道栈桥横过海面，桥尽头是一座灯火通明的大房子，晶莹璀璨地浮在海面上。那个会所真是僻静得远离人寰。

是海边的黄昏，盛大的夏季正在渐渐远去。空气里有了凉意。海边的天空，要刮大风的样子，天空里走着灰色的乱云。四周的海面有一种兴致索然的安静,没有风呼啸过海面的傍晚,山海上方是燃烧成灰烬的锦灰色晚霞,荷荷油然地周身充满命运感,很坏很坏的命运,即将袭来,然而,不得不迎上前去。

文星一个人坐在雪茄吧里,正在看一本书。在窗边的深褐色沙发里,没有一群人围着他,谈工作,要甜头,这是意外的情景。他陷在柔软的大沙发间,沉迷地读着手上的书,天光和绢布台灯的光温柔地笼着他的白色衬衣,他的书,他的皮鞋上流溢的光。他的静穆、自足,是好久以来不曾见到过的。荷荷见惯了他朱门酒肉臭的那张油晃晃的脸,这个情景,于她是前生前世的弥足珍贵。看见她,文星笑起来,冲她伸长一只手臂,亲热地示意她。荷荷在他身边坐下来,问道,怎么有这份闲情逸致,躲到这里来,怎么逃出来的。她努力地贤惠含笑,心里很是不快——他来深圳,没有告诉她;她问他的行踪,她来海边找他,这么远的路,不通公车,他也并不操心,她这一路怎么来。

文星回到书上,眼睛揪住了书页翻过去,隔了四五分钟,懒懒地答:“只要想逃,总有空的。”

她挨着他坐着,隔着薄薄的衣衫,彼此腿贴着腿,热热的体温挨着体温。荷荷冷冷暖暖,凉了又热,热了又凉的心里,到底有片刻的知足,然而,渐渐地,她的腿凉了下去,体温像漏掉的水银一样,迅即地从她的血管里,骨骼里,肌肤里,溜溜地漏光了。她熟悉的这双腿,装在笔挺长裤里的腿,已然今非昔比了。他对她,毫无亲近的意思,只缓缓地翻着一页又一页的书,哗啦一声,带着不打算抑制的烦躁,冷淡地蔼然道:“好了,看也看过了,你回去吧!我自己躲在这好好休息两天。”

“我也成了你要躲的人?”荷荷不能置信,额前仿如被重物击中,眼前阵阵发黑。

“别存心找茬。”文星冷冷地警告她。

窗外的海滩上有人唤文星，尖尖的女童的嗓音，连名带姓地叫唤他。荷荷和他同时扭头，往窗外看。是一片银白色的沙滩，湛蓝的海边，空旷的乱云翻卷的天空下。远远地跑上来一个女孩子，染过的金色长发被风吹得乱飞乱舞，稚气的圆脸，娇媚的体态，胸部一抖一抖地跑上前。她到窗前，踮起脚来，怦怦地敲着窗玻璃，向文星笑。见荷荷打量她，她也笑嘻嘻地，朝她时髦地摇一摇手，充满了讨好。文星此时方露出笑容，他打开窗，和蔼地问道："摸到鱼了没有？"

"没——有哎！"那女孩羞涩地吐一吐舌头，拍玻璃的那双手摊开来。

"贝壳呢？也没有捡到么？"文星继续问。

女孩摇摇头，龇着牙苦着脸，她笑的样子很可爱，是一个妖女的妩媚，一边笑着一边拿眼睛打量着荷荷，眼睛里有一种妖冶的挑逗，敌意的兴奋。女人是天生的，她们生来就清楚自己的形势。

"那你还是赶紧去捕条鱼回来吧，天要黑了。要不然我们晚上吃什么呢？"文星开着玩笑，将她逗得咯咯大笑，一边笑一边看荷荷，邀请她一起笑。荷荷闭上眼睛，迫在眉睫的那股黑暗笼罩了她，她看见了来时路上的大海，那无风的阴惨惨的海面，此时全被风卷海啸的动荡填满了。

文星还在指点那女孩："一会儿海水落潮，沙滩上会留下好多贝壳和螃蟹，你慢慢拣，送到厨房里交给人煮。晚餐就指望你啦！"柔和地向她挥挥手，示意她接着去玩水。因为荷荷已经抄起了手边的一只烟灰缸，蠢蠢地打算投到玻璃窗上。他此时挨着她的大腿部位，顿时有了力度和温热，他坚硬的膝盖抵住她，制止她，警告她——砸下去后果自负。

那女孩在风里跑远了，沙滩边的白色浪花，不倦地卷上岸。那小姑娘撒着欢儿，沿着海岸跑，她甚至还握了一副可笑的渔竿！在灰的暮色里，晚风里，她跑成了一个小海妖，小精怪。荷荷想，他对自己做过的那些下作事，毒打，虐待，肯定没对那个小妖妇开展。

“你怎么能这么做?”荷荷的声调一下老了三十岁，她沉沉地，痛楚地质问，“你当着我的面!”

“好啦好啦！你瞧瞧你，越来越泼妇德行，泼妇本色了。说你不如人你还不服气。”文星的那点好心情随着那女孩的飞远和烟灰缸砸在地板上的钝响，登时烟消云散了。“她和你没什么关系，也不会妨碍你什么。你跑这么远来，就为了搅局和扫兴？你无聊不无聊?”

荷荷越听越闹心，她的身子滑落在地，两条腿一左一右支在地毯上，一双手扼住了她的喉咙，无法呼吸，然而胸口要炸开了，无数的怨愤、痛苦像炸药的引子，在一寸寸点燃。她兀自用一只手激烈地捶着胸，眼睛里落泪如雨。她痛得匍匐在地，她源自乡村的多情丰饶，不怕丢丑，寻死觅活大哭大闹也要留住没良心的死鬼男人的泼妇相——已经摊开架势了，然而，这份架势，都被文星的嫌恶、厌烦、冷漠，所力逼。他抛开书，双手稳稳地搁在膝头，平静地说：“你起来吧，回去吧。有事改天我会找你。”

荷荷的眼睛里淌的不是泪，是血。她嘶着声音，微弱地问：“你怎么能这么对待我?”

文星俯看着她，脸上的神情高深莫测，仿佛悲伤。他重复道：“你先回去吧。”

荷荷的头抵着墙角的木壁板，那里有一片纯粹的黄昏的昏暗，她抵着那墙壁无声地翻滚、扭曲着四肢，太痛了太痛了，她宁愿她从来没有爱过，没有指望过，此时就不会有这样翻江倒海的痛……她晓得这些，原只是自己蠢，她自己撞上来的。根本上文星不吃她这一套。他从来至为鄙视、至为憎恶的一种德行，就是人的没节制，不收敛。

荷荷在那片昏暗里静下来了，她突然平静地爬起身来。她收起了摊开一地的爱恨情仇，爬得像个拾豆子捡麦穗的笨女人，还起身时顺手拾起了烟灰缸，放回檀木茶几的原处。她收拾了眼泪和头发，也收起了摊开来的哀告、哭诉、诅咒，对负心汉的哀求。她挺直脊背站起来，脚底下有火在烧烤她，火舌卷起她的脚心，放眼望去到处都是火，都在蓬蓬地烧，她整个人都熬干了……就这么结束了么？她恍惚地想。很远很远的地方亮着一盏绿罩子灯，文星坐在沙发上依然在翻书，他面沉如水，预备着荷荷发作——荷荷向来缺心眼，力大无穷，所以，七情六欲皆摆在面上。她不像他熟识的女人：他的妻子，他在官场上周旋的那些女同事，她们的心是紫禁城的后宫，心计纵横，充满了华丽的门面和不可测的谋略，所有的真情告白都充满企图，所有的温和微笑都是高额敲诈。荷荷是个村姑，擅长的就是勤劳和撒泼，她不闹一场，是不会收场的，他打算她在这里大打出手地闹起来。

荷荷低垂着眉目，意念里走过了女人的千秋万代，度过了无数个更漏深深的孤独夜，无数夜心比黄连苦的熬煎，无数的相思，思念成灰，灰到心寒，愤怒熬成了哀怨，哀怨熬到枯槁……她隔着横亘的沧海凝望着文星，他心里并没有她的委屈，她正在经受的，硫酸倒进五脏六腑的被背叛被侮辱的熬煎，他不理会这些。荷荷硬要他理会，是自己没道理。荷荷想：是的，是我没道理。这几年，另一个女人，他妻子的心情，未曾不是这样熬煎……迟早要还的，现在才领略一点点，自己曾经施予人同样的痛楚与耻辱……

荷荷点点头，她无声无息地往外走去，无数的地毯，无数的花鸟屏风背后的灯光，无数的香檀木家具，走不完……迎面依然是玻璃窗，灰蓝的暮色里的大海，静静的地老天荒的水。文星没有追出来。

酒店伸出去的一条山路上，点着一盏盏路灯，在如此静寂的暮色里，灯光很晶莹，很剔透，每一束光都是冰雪洗心的亮，照着柏油路瘦瘦地蜿蜒过山腰。折过山头，路灯没了，迎面陡然是一片擦黑的夜，愈走愈酽,黑全乎了。荷荷的心头插了一把尖刀,戳着一整具躯体,一整个的她自己,已然一刀毙命,耷手耷脚地拖在地上,由刀柄顶着往前走。她走了一整夜,沿着依山小路,从山的一面绕到另一面,穿下山去,山下是一个高速公路的入口,齐刷刷的五六条车道并排在灯光里铺上前。荷荷沿着路基走着,车时常刷刷地从她身边噌地飞驰而过,射向前方的光带里。要是后头哪辆车不长眼睛,一下子撞倒她,碾死她,也算是超度她于水火,做了善事了。不知道走了多久,高速路基之外的小镇上,传来鸡鸣,悠长悠长,一声一声,午夜的鸡鸣仿佛一个多嘴饶舌的大婶娘的舌头,无尽地,替这人世操不尽的心,数落不够的抱怨。还有狗,在梦里呜呜地乱吠几声,山头的月亮照着,黑黝黝的房屋的脊梁在月光下起伏,是赶路人的霜风夜路。

13. 小儿小女小小家

雀雀张罗了一间小铺子，是在凤凰台下山的途中，是从前的老房子。在一棵大榕树底下，因为那棵树有三百年往上的年纪了，修路，盖房子，都绕了它走，从前的人家都拆光了，迁走，唯有树下的那一户人家，白粉墙灰屋瓦的一旧房子，托赖大树的庇佑，倒是安然地保存下来了。起初，曾是一间报刊亭，兼卖些冷饮。天黑后，暧昧地摆出一盒子盗版碟在山坡上卖。品味极差，恐怖片和暴力片为主打，且碟片通常是盗版，音像图案效果极差，几个月的时间就把凤凰台的街坊生意全都做死掉，连累得每日正版的报纸也卖不动了，报刊亭就晦气地关门了。后头还开张过童装店，水果店，说起来，都是居民过日子需要的。这片山谷里，也楼宇密集，人烟繁多，不知为何，这些小店都不成气候，做做就关张了。雀雀呢，重新回到凤凰台的山谷里开店，本来是打算重续前缘，开间干洗店，一偿从前在“大白兔连锁店”的夙愿，她在这里还是有人缘的，凤凰台的那些主妇们，都记得她。这间店，荷荷本来不插手的，和文星分开，她当即辞掉了酒店西点师的工作。有一个西点师来诚意加盟，雀雀就改弦易辙，不开干洗店，改做一间蛋糕房。忙装潢，买机器设备，雀雀笃信风水，开门的角度，灯光的设置,如何布置店面,店门开几面,朝哪个方向开,都听从风水师的建议。还有灶具、烤箱、冰箱的位置,供关公财神爷的位置,柜台和收银的财位,风水师在现场勘探数个回合,细致到一个玻璃柜台的尺寸,一面镜子,一盆灌木,一只花瓶摆在店子里的什么方位,都有讲究。譬如,这店的后门正对梧桐山的山尖,这是犯了冲,所以,这间房子历来是做什么,什么败。你看,周围的老房子都拆迁了,换钱了,这间屋子,连钱都变不出来。荷荷啧着嘴连连点头,仿佛那先生解开了一个多年的谜。

雀雀笑笑地问上来:"那如何是好?岂不是得去把山尖尖凿平?"

店面装修成了一座草莓色的小房子,蓝色的尖顶屋瓦,窗框涂成橙色,像圆圆的大橙子。这个房子如此卡通地停在这里,像一个途经此地的童话,在这树木清芬、绿叶葳蕤的山路上。店门口让出很大的地方,砌成明堂,是生财的蓄水池,墙壁刷成橙色,也是旺相的火的颜色。凡是风水师叮嘱她们的,都一样不少地执行足,几样家什,调理台,玻璃橱窗的方位摆布,以有限的东西布出无限深意的八卦阵势,虚位以待财运到来。

做广告牌的时候,雀雀咬牙切齿要叫成"大白兔蛋糕屋",她设计了一杯缤纷的水果杯,搭配一只三角形绿茶慕斯蛋糕,搭配一只憨态可掬的揉面包的大白兔,围着洁白围裙,咧开嘴笑,区别于大白兔洗衣店的绿围裙兔子。荷荷则力主另加两句广告词:生命苦短,先吃甜品。

雀雀一听,赶紧先发制人地笑起来:"你发咒语呀?甜品和生命苦短有乜嘢必要联系!看多亦舒,发痴!"

荷荷则反唇相讥:"你弄只兔子打广告,也不过是怀恨在心罢了。小心人家如你所愿,照旧吩咐你上门去取衣服来洗。"

雀雀瞠目结舌道:"你什么时候变得这么好斗的?"

荷荷答:“多少年你们都当我是聋哑。”

雀雀倒抽着冷气,连连冷笑,荷荷也不示弱,二人虎视眈眈,你死我活之际,萧辉就来了,顿时捧腹大笑,越笑越乐。到底没有叫成大白兔蛋糕房,也没垂头丧气地怂恿人:生命苦短,先吃甜品。

他们现在都很小心,很注意,避开荷荷的伤心,连她拙劣的强颜欢笑,背后无端端泪流满面的演技,也照单全收。

如今她常有大手笔,又铤而走险看中了一套房子,是凤凰台的一个小户型。二手房,交款就可以拿到钥匙。首付款的钱将她掏空了。她心里更多的,是酝酿在幻觉里的快意——有一天,文星来到城中村那间租来的公寓,举手叩门,开门的是陌生的房客,问什么都不晓得的。他探头看看,里头物是人非得犹如荷荷死了,从人世间灰飞烟灭了——也是这股痛意,支撑着她。文星再也找不到她了,嫌弃不到她了,打不到骂不到折磨不到了。她这个人,从此湮灭在人海。他有心找她的那一日,只余四顾苍茫的渺然——她要他明白,她是会疼痛,会伤的。根本上,在情感的内部世界里,只是两个人,一个男人,一个女人。一个人爱另一个人,一个人对另一个人极端地占有也好,施虐也好,受虐也好,无论如何也容不下第三者,或更多的。

雀雀因为跟着她搬家,又没了分摊房租的理直气壮,一下子成了寄人篱下,于是就分外的恼火。荷荷如今的被弃,这些年傻瓜兮兮的情感被那个男人的得势、病态,给辜负得乱七八糟了,也是她一早就预言过了的。她恨着荷荷的憨傻,蔑视她的智力,厚厚的那一方憨态——明明已经被抛弃了,失恋了,年纪也耗大了,落得人老珠黄了,明明病入膏肓,神志不清了,也不行行好,将自己关在房子里,好好病一场。任何时候只顾痴心妄想,从不检讨自己从十六七岁就没有眼力,看错信错,不肯看穿那个男人薄情寡义的嘴脸。看透了,不是就放下了么?

她对着萧辉,将荷荷骂透了,舌尖上翻来覆去地抱怨道:“断得这么干净,这么决绝,都是做戏给自己看。人家真要找她,偌大个深圳还翻不出她来?买房都买到人家老窝里来了。他只是不找她而已。再说了,她买房子的房款,还不全是那个贪官的。人家不给她钱,她打工的钱够买一只阳台还是一个卫生间?拿了人家的钱搬家,搬得影子都没有。拽什么拽?当自己烈女似的。

“把他的袜子鞋子,一支笔一支烟都还留着,供在枕头跟前。感情全没了,这点旧物还拿一只骨灰盒子装着呀!这样的男人,一个小贪官而已!她是不肯看透他的真面目,非把自己绕得云里雾里,活活整成一个望夫石,真正不知所谓!”

萧辉听她如此伶牙俐齿,头头是道地编排荷荷,是正确的道理,然而,再残酷没有,世上的情分都这么算盘珠子拨得滴溜响,就没所谓痴,也没所谓情了。尤其是萧辉,更加被刺激了。他恶声恶气地瞅着雀雀说:“你知不知道?你这样背后八卦自己的朋友,很没有德行,很八婆,很让人讨厌!”

雀雀头一次被他训斥,一时之间太震惊,竟然张口结舌愣在原地,眼见得萧辉气呼呼地起身离去。待她嚷嚷着拿刀拿枪地算账,是隔了两日萧辉再来,给她台阶下,于是,她亦很合作地,虚拧了他的耳朵两下,捶了他的背,质问他是不是想死,是不是要造反,然而,她的手势姿态里,都是识趣,都是乖巧。她心里从来明白,有萧辉在,任何时候,她都比荷荷命好,她才更加舍得迁就荷荷。

荷荷在新开张的蛋糕店里,忙着烘烤第一炉面包,双手耙子一样地,翻来覆去揉一块桌布一样广大的面团,用搅蛋器调和一百个鸡蛋的蛋白和蛋黄,放进烤箱里烤出第一炉面包胚。她叫了萧辉来调试那些热的凉的工具们,做冰激凌的,调冷饮的,炮制奶油的,如今全用机器了。她不能不忙,停下来就会垮掉,根本上,她是担着一座山在往前淌，她不能停，停下来山就会把她埋在地底。她是个乡下人，苦吃苦做惯了，没有被悲伤哀怨宰割着不做不吃了的活法。尽管，她实在是不吃不喝了，可是她不能不让自己忙。停下来，那些图景，那些耻辱，那些无法启齿的伤痛，全都会摩肩接踵地来找她，占满她的脑海，折磨疯她为止。

重新回到了凤凰台。小宝一家，居然还住在原处。曾经，咿呀学语，蹒跚学步的小宝，现在已经是个背书包的小学生了。他陪着奶奶或妈妈，来蛋糕房里买过几回蛋挞和热狗面包。是荷荷先认出了奶奶，老年人老到了一定的年纪，就不会变化了。奶奶很亲热，拉住了荷荷的手，连声称赞她能干，一定是吃够了苦才有今日。又拖出身后那个圆圆脸的小男孩，告诉他，这个阿姨就是当年抱他的小保姆。那孩子红着脸，垂着眼皮，死活也不肯上前来。他对荷荷没有任何印象了。当年才一岁多的孩子，怎么会有记忆呢？然而，荷荷看见那圆头圆脑的孩子，认出了当初她抱在手上的那个小娃娃。她的那些岁月，那些抱着小宝，痴痴地守在花圃前看花，徘徊在山路上，守望一扇灯火的岁月……那天荷荷送了奶奶一盒大蛋糕，祖孙两个离开去。雀雀踱过来，闲闲地一句："这下好了，这一家子早早晚晚从铺子前经过，咱俩无论如何都脱不去小保姆和洗衣丫头的烙印了。"

荷荷回头瞅她，洞察地笑："要不然，怎算得上逞你心愿呢！这才是衣锦还乡哪！就差没叫大白兔蛋糕房了。"

雀雀竖起手肘，在她背后捣一下，推得荷荷一个踉跄，两个人都笑得打铃铛，心里有种称心如意的愉悦。

还有小宝妈妈，曾经的女东家，荷荷也看到了，那个寡言、高傲的少妇在她记忆里，一直镀了一层光泽，如今再看见，依旧是书卷气的，短发，形容美雅，眉眼老了一成，布满鱼尾纹。荷荷招呼她，她笑微微地含笑颔首，照例不怎么说话，然而，具有亲切的风度。荷荷想到她书房里的那一专柜亦舒小说，依然在增添之中罢，港版的，大陆版的，简体的，繁体的。荷荷和雀雀的床头，也终年流通着亦舒的新书旧书。亦舒还在写，女子们依然在读。尽管，故事不是真的生活。尽管，亦舒的主张也是世移时易。

她带着小宝放学经过，小宝背着一只鼓鼓的大书包，红着脸，表情肃正地跟随在她身后，选面包，等候蛋挞出炉，等候黑溜溜的眼睛瞅着荷荷。经过大人们的数次提示，他觉得自己应该是记得这笑容，这温柔呵护的声音，一见他便默契地眨眨眼的笑脸，在很久很久以前，是童话里的那个时态：很久很久以前，小宝是个婴儿的时候……女主人见收银台里的墙头有一只粉色小书架，搁着数排亦舒的书，荷荷也会心微笑："这是我从前在你家养成的习惯。你书架上的小说，我都偷偷读过呢。"

"其实我一早就知道，你抱着小宝来我们房间睡午觉，你只顾看书，小宝尿得满床倒是，你也不知道。看完书，他醒了你就直接抱走了。"女主人愉快地说。

"真的吗？"荷荷惊讶得张大嘴，配合着小宝恼羞的大叫："老妈——我哪里有尿床？"

"很开心能和你分享。亦舒是我们女人的情结。多少年下来，我们也都读习惯了。"

"当年在你的书房读她，只觉得外头的人世好精彩，叫我好向往。"荷荷终于能和她对话了，"其实，在真的生活里，情节不会这么凑巧……"

是的，真实的生活残酷过最惊心动魄血雨腥风的小说一千倍，山穷水尽时不会刚好有人善意给你台阶下，傲气、原则、善心不会那么行得通，男人不会那么体面有风度那么乐意照顾妇孺，女人不会那么懂得知难而退，贫病时不一定务必选择自爱自强，大雨之中不会有一把伞刚好遮蔽你，贫女遇见的不刚好是温暖的无需惨伤代价的遗产；没有一个知情知趣的人带你跳舞到天亮，无穷的寂寞孤独里，不会恰好有一副肩膀让你温情依靠，让你哭尽半生郁积……

女主人了然地点点头，温和地说："你有今时今日，一定是早就懂得，女子贵在自强自立。对他人指望不多，就不会失望很多。"

闲闲几句话里，荷荷将装热蛋挞的盒子，装点心的盒子，交到女主人的手上，那孩子牵着母亲的手离去，一路走还回过头来，眼睛黑黑地看看檐下含笑目送的荷荷。周末的上午，会看见小宝的爷爷奶奶，小宝和爸爸妈妈，一家人扶老携幼地，走下山坡去茶楼喝早茶。周末的小宝妈妈穿着家常布裙，平底鞋，戴着玛瑙手镯，看着，格外美好。经过面包屋，小宝都会格外地朝里看一眼，那郑重的一眼，荷荷总是被那眼睛黑黑、表情严肃的格外一眼，弄得心里热乎乎的。她总是放下面团，戴着她的白厨师帽和她当年小保姆的憨厚笑容，走出来和他们寒暄一番。

只有文星不住在这里了。是冬天了，大风凛冽地刮过，路面落着一些树叶，恍如昨日。这么多年，其实，她从来都没有改变过，还是从前的那个荷荷，经历过这么多聚合，他于她，依旧是十七岁时的可望而不可即……

她常常经过当年的菜园子，沿着山径爬上山，跋涉过青苔路，石头，乱树，她激越地向上走，回望山下，凤凰台一幢幢楼宇，仿佛孩子手里的积木搭成的，叫人心软。暮色里的大鸟一群群地飞过，投入密林里。是年关了，还乡的人们都拥挤在火车站。荷荷想到她离开凤凰台回乡的那一年冬天……她这时候打一个电话，找到文星，也许，不是找不回他。顶多他是冷血冷心，冒着一丝人的热气，笑她的醋意，不识大体的胡来，笑完了，她认错就是了，他终归是会回头的。反正她离不开这个人，舍不得，放不了手，所以从来只是她错。只是，求他回头，有意思么？求了他就会回头么？荷荷不敢扪心自问，她对于这个人对自己的感情，历来没有一点点信心。

她自己是忘不了他的。一辈子，唯有他，是这么铺天盖地的一种笼罩，绝对的统治。如果不是他不要她了，她自己绝对想不到会分开的。现在，只剩下她自己了，她似乎陡然才意识到：她是二十岁的荷荷。她有爹娘，同胞哥哥，她已经两年不曾亲近过他们了。山谷里起了一层雨雾，薄薄地濡湿了头发、衣衫、鞋履。远远的山下，有人在岁末放烟花，苍灰的暮色里，升起一幕一幕的绚丽图景，光芒灿烂，瞬间消失。人间被这样猝然璀璨的烟火，映衬得愈加苍灰，在时间的雾谷里，终于意会过来的那种没指望。荷荷望着山下，充满在五内之间，沸腾的心绪，渐渐地平复下来……

这样自守的日子，两年，三年，渐渐过去。此时的她，是深圳这都市所盛产的女子：独立，能干，拥有自己的房产自己的事业，单身。这一年的荷荷二十六岁，如每一个二十六岁了还不曾有婚约的女子一样，一身的内伤。不同于还在指望着婚恋嫁娶的同龄女子，如今的荷荷已经完全不打扮了，她穿着绰绰约约宽大的布衣布裤，面容黄黄的，像一朵秋气里的芙蓉花，不施脂粉，面上抹一层玫瑰精油。

许岭就是由萧辉带着，在这一年，来到荷荷的生活里的。是中秋节，萧辉进门的时候，后头随着一个男孩子，穿短袖衬衣，平头，戴一副眼镜，眼神腼腆，皮肤被太阳晒成棕色，是农家子弟的那种棕。衣裤看着都很新，换下来的鞋也是新的，手里牢牢地提了一盒月饼。萧辉介绍说，这是公司里新来的同事，师弟级的，带过来一起过个节。雀雀迎上前去，和那男孩子亲热地打招呼，叫出他的名字：许岭。将两个男孩子迎进客厅里来。荷荷呢，见势不对，还是笑眯眯地接过客人的月饼盒子去放好，从冰箱里拿了葡萄和西瓜装在果盘里，搁到茶几上，再取了茶盘子去沏茶过来，雀雀和萧辉已经出了门了，嚷嚷着要去买螃蟹和贝壳，还要买酒。

“客人就交给你了，你陪他聊一聊天。”这句话是叮嘱两个人的，荷荷明白过来，不由和客人相对望望，客人眼见她笑，不由得红了脸，一直红到脖子上。这一眼只够她看清，那年轻的技术员，衬衣和裤子上崭新的褶子，刚刚从衣盒子里拿出来的。她看着不怎么入眼，随即头一低，进到自己房间，跌坐床头。末了，想起来去沙发上收拾摊开的书报、瓜子壳。客人看起来也有些慌，所以，镇定地从果盘里拿过一片西瓜来吃，他有修长的一双手，纯净的未经世事的骨骼，关节结实，指头长而敦厚。他埋着头，一口一口地从丰饶的鲜红瓜瓤上咬下去，看着格外孩子气，还有一种说不出的好，憨态可掬的。荷荷经过玄关，看见鞋垫子上放着他的鞋，一双牛筋底的系带磨砂皮鞋，鞋里垫了一双绣了喜鹊花朵的布鞋垫，荷荷油然地多看了一眼，鞋垫纳着细密的针脚，这男孩一定是个农家子，这双鞋垫，出自他的母亲，或者姐妹之手，殷切地绣好，垫在他脚下出远门。一如荷荷家的大哥二哥。

许岭是萧辉同一实验室的同事。牺牲了打游戏、看美剧，被萧辉拖到家来过中秋，看见荷荷，他才明白萧辉的心思。萧辉从来都不领这个情。是雀雀逼着他，一定要他从同窗和同事之间，找出一个未婚青年。许岭对荷荷，倒是一见倾心的。晚餐蒸了螃蟹，做了东坡肉，蒸了多宝鱼，盘盘盏盏地做了八大碗。又切了月饼和石榴，他们将餐桌移到阳台上，开了葡萄酒和啤酒。万屋叠嶂的楼宇和淹漫四溢的灯火，将天空挤成不确定的一片空漠，一擦黑，月亮就升上来了。不知道是心情还是节气的郑重，那清淡、明净的一面月亮，就是将万家灯火都压成了珊瑚丛那样的黯光，它在天上，在八月十五这样正明和盛大的节气里，格外地，叫人感动。

尽是两个女孩子在厨房里忙，萧辉和许岭怡然地坐着，聊些一本正经的话题,实验室的项目,研发的进展,诸多的技术上的难关。那个男孩子和萧辉在一起时,变得很自如,他滔滔地说话,听的时候,则静静地垂着脸,眉目里有一种端凝的风度。都是雀雀在眼观六路,耳听八方。又炸了南瓜饼、送上啤酒,给他们自斟自饮。返回厨房,挤眉弄眼地,喜滋滋的身子朝荷荷又推又挤,她很满意,萧辉如此听话地带来许岭。雀雀喜欢好看的男孩子,许岭在她眼里,就很好看。但不如萧辉——萧辉更清秀些,文弱,有种马善被人骑的和蔼、善用,是她要找的丈夫的模式。许岭看起来,乡土一些,硬朗一些,她已经替荷荷看中了他。荷荷在厨房里,守着蒸螃蟹的锅,洗着撤回来的杯子、盘子,将冰盒里的冰敲到冰桶里,重又蓄水,只是不冒面。萧辉终于忍不住了,走到厨房来,看着荷荷,肃正地道:"喂!出来好好坐下看月亮,好不好?"

他俨然是她的娘家哥哥,为这叫人操心的女子,寻一个好归宿,好婆家,好让她从罹难里分些神,想想自己的生活。荷荷听他的,进浴室冲干净手上的洗洁精泡沫,用磨砂洗面奶洗过油乎乎的脸,对着镜子梳好了头发,抹一层精油,又描了黑色眼线,刷了睫毛膏,镜子里映出一个双目幽幽,素面锦心的女子,她高兴了些,将油渍麻花的围裙解下,换了一条裙子,走到阳台上,款款坐好。月光照着,市声的沉混静了些,却璀璨了起来。远远近近地,楼顶上,平地里,街面上,放起了烟花,一簇簇,一幕幕的光焰,是胜景了。八月的夜风吹拂,很干燥,很爽利,吹拂着她的头发和裙摆。有一只手递到荷荷的面前,剥开的半个殷红石榴。是那个男孩。

这一天过后,是岭南的秋季了,漫长、温和的秋天,大风吹拂,朱槿花在盛开,荷荷和许岭开始约会。一周有两三次,在下班后,许岭来约荷荷,去剧院看一场戏,听一场音乐会,或去一个好的餐厅里,吃一顿饭,去海边散散步,坐在公车上沿着深南大道游车河。都是稳定的恋爱中的男女会进行的活动。许岭一律坚持买单。在深圳这个城市,女少男多的行情,惯坏了男人们,约会完毕,费用平摊,任由女子在月黑风高夜自己打车回家。甚至纲常颠倒到先顺路送男人回家。女子们伤心惯了,一点点合乎伦理的举止,反倒被宠得几乎受不了。他陪荷荷去逛街,为她看中衣服、鞋子,鼓励她去试穿。每一次,她打开门走出来,明丽的商场灯火,作为背景的钢琴音乐里,走动着的陌生人,仿佛是推开斗室的小门,陡然一个陌生喧哗的人世,几乎是心惊的。每一次,只有那个安静坐在店铺的沙发上,第一个笑着打量她点评她的男孩子,是她所熟悉的……荷荷依恋这一点特定环境里的温馨,于是,没完没了地去逛商场,试衣衫,在一间店里仅一个回合就几乎试遍所有衣衫,没完没了的逛,没完没了的试穿,这么一点点简陋的喜悦。看得中的衣服本来就不多,还有许多袒胸露背的是没地方穿的,许岭握着一堆小票去收银台排队付钱,荷荷又总是急火火地冲过去,从小票里三下五除二地,不要一大半。试过了又不买,在他看来是最不合乎情理的行为,浪费时间。许岭开玩笑地说:"你这么浪费我的时间,只有嫁给我才补偿得起损失。"是个牵强的不好笑的笑话,然而,荷荷听了也照例开心得飘飘欲仙。谁能相信呢?他是头一个给她说这种话的男人,即便只是一句试探性的玩笑。

一回,是在公车上,有一男一女在吵架,女人伶牙俐齿地抢白着什么,那男人间或辩白着,然而辩不过,突然一拳捶在女人头上,女人顿时哭叫起来,双手朝男人乱打,男人是真的动怒了的,一声不出地拳头耳光相加,女人很快就拜了下风,只呜呜呜地哭着,不骂了。荷荷坐在公车后方,扭过头不去看车厢前头那一幕,她全身的皮肉连同骨骼都缩紧着。她瞅一瞅许岭,他双眼死死地盯住前方,一直在看,她再侧身窗外,几乎要吐出来了。

"喂!"他平静的声音朝前招呼着,还带着一丝腼腆的笑意,"别打了吧？公共场合，各自让一步吧。人打坏了也是你自己家的损失。”

车里一迭声地附和着谴责。那男人不打了，开始骂，喋喋不休地骂。女人在他的咒骂声中，偶尔抽泣一声。她看起来没有来历，没有背景，没有父母，生活中只有这个虐待她轻视她的男人。她看起来又卑贱又自有一种执意妄为的偏执。荷荷凝视着那犯贱的女人，眼睛里全是泪水。

车停到下一站，他们的目的地并没有到，许岭坚决地拉着荷荷下了车。走了一段路，他们才开始说话。

“吓坏了吧？我看你在发抖。”

“没想到你会去制止。那男人说不定会发飙，和你也动手。”

“他不敢的。暴力的人都怯弱。”许岭默然了片刻，沉着声说，“我小的时候，我妈妈就这样，像刚才那个女人一样，挨我爸爸的毒打。我对自己发过誓，将来有老婆有孩子了，绝对不动一个手指头。”

荷荷望着他，有那么一瞬，他问她什么，她都会说，都会和盘托出地告诉他。然而，他什么都没有问。

他看起来有一种平和的气场，始终笼罩他，由他的内心散发出来，惠及周身。她配了家里的钥匙交给他。走路时将手上拿的包递给他，起风时等他来披上外套，都是小小的举止，安妥的快乐。坐在黑暗里的电影院，他伸过手来，手势柔和地，轻轻握住她。荷荷很安静，盯着屏幕专心地看电影，然而，心里还是震荡了一瞬，她是经历过男女事体的，唯其如此，这份温柔包裹里的小心翼翼，胆怯的向往，害怕被拒绝的忐忑、热忱，都叫她觉出异样，那一种，领情的揪心，微微的伤感。

每一回，凌晨一两点钟，他周到地护送她到楼下，看她上楼，进屋，从阳台上对他挥挥手，他才放心地走开。回到房间，荷荷几乎是倒头就睡，脸上留着粉和口红、眼影的残妆，身上缚着塑身内衣、长袜子，就这么浓墨重彩睡过去。迷糊里辗转在枕上的心情，想到站在楼下笑着对她挥手而去的男孩，他融于夜色里的衣衫和脚步声……在睡眠里她也会油然地嘴角上扬，笑起来。

后来，每到夜晚，从戏院出来，许岭都提议去二十四小时书店里看书，荷荷想得到，这个温馨小贴士，应该是萧辉提供给他的。书店还在那里，穿过午夜宁静的街道，大风吹过的广场，他们并肩走着，男孩为她推开门，橡皮树，灰色地毯，镶嵌在书架之间的射灯，扩大的光晕照拂书目，从前的世界都在这里，未曾变迁、更改，唯有她，正在经历着全新的人生。

荷荷读的书不高明，小说，烹调，旅游的书捧起来一律读半个时辰。偶尔她抬起头，看见的都是那个男孩子，他靠在书架前，或是坐在凳子上，捧一本书，一缕黑发垂在他的额前，是青幽幽的黑头发，处子的纯洁，清好。荷荷远远地看着他，有些陌生的，然而为他想一想都觉得冤得慌。那男孩甚少觉察到她的目光，总是他翻够了书，便走过来，爽朗地决断道:“我们去吃消夜吧。你饿了吧?”

他像个孩子，诉告地、向往地对她商量:“我们吃砂锅粥好不好?要鲜虾和鸡。嗯? 还是别的?”

她有心情发表意见时，无一例外地说:“吃烧烤，烤生蚝，烤茄子。”多年前那个烧烤档，不知为什么，每回吃烧烤，都有一种雪耻的仪式感。

渐渐的冷风里，阳光柔和得像洗练过的旧棉布，那些暴烈的往事，呼啸的台风、夏末狂暴倾盆的大雨夜，都在温柔的秋阳里，变得格外，格外的遥远。是元旦了，店里这一天格外地忙，精致的蛋糕作为一份心意，被人们订回去，四处地传情达意。她在工作间的烤箱和长台之间站了十几个小时，许岭来见她时，只见她脸上都扑着面粉，雪人一样地打着转，像个漫画版的司灶女神，充满了五谷丰登的丰腴。他也学着套上一副防热手套，前前后后地递送新出炉的面包盘。辗转得两条腿不是自己的了，才等到打烊，已经月上中天了。月光在山坡上流淌，还有人家屋檐下点的红灯笼，也星星点点地，晕染着夜色。许岭拖她的手，一路无言地回到家。人生的进展在这样祥和、丰腴的夜色里，是顺水推舟的轻盈。当荷荷洗浴过，回到房间里在枕边躺下时，许岭已经在客厅的沙发上睡着了。荷荷拿了一床薄毯，给他盖上。睡着的人很平静，房间也很平静。不知为什么，有一种预感像窗外的市声，轰轰烈烈地在午夜聚集，力量磅礴。

半夜的时候，许岭躺到了她的身边，他温柔的双手，嘴唇，衬衣后的身体，都是滚烫灼热的，他的皮肤也带着处子的紧张和力量。她昏昏然地被他抱紧，心里一种模糊的苍凉，不是怀想，不是欲念，被无情的岁月一路碾压着。还有恐惧，那油然的从骨头里往外渗的惊恐的寒意，她的身体识别得到灾难的来袭……还有手势，他在试着褪下她的衣服，那些温柔的小心的手势，她毛发倒竖地等着，等他劈头一击打在她脸上，挨打一定是不奇怪的。然后，仿佛被切入一样，她的身体被青年热烈、莽撞的进攻，被准确地撞开了。荷荷在昏昏然的幽暗里，陡然睁开了眼睛，那种撞击剧烈起来，坚硬的，强旺的，热的，带着灼热、焦烫的电流，从她的身体深处，一直穿过去，魔幻地串流、跌宕，走遍她的每一处感知，每一寸皮肤，她被刺激得飞起来，高出床，又落下去，跌落，跌落，无限地往下落，唯有那股热的电流是绳索，是她唯一可抓住、可攥牢求生的。荷荷呼救地叫出声来，攀附住男孩的脊背、脖颈，抓牢他，抓牢他。他的身体像一根弹簧，准确，健硕，有力地拉开，有力地弹回。

天蒙蒙地亮起来，荷荷突然哭了。她趴到枕上，泪不加遏制地奔流。她不知在哭什么，也知道这哭实在是不合适的，像一个触景生情的人,哭得那么曾经沧海。

"进展得怎么样?"雀雀历来喜欢指导别人的生活,尤其这次,她直接做了一个媒婆,就更加矜傲了。

"嗯,我可能会和他结婚。"荷荷说。

一个下午,荷荷从店里回家,一睡下去,便不醒了,再睁开眼睛,窗外已经是薄暝的暮色了。山谷里百鸟回巢,啾啾地,在深深草木间鸣叫。她软软地起身,浮着脚步走到客厅里,却见萧辉正坐在沙发上。她便去厨房取了一盒奶酥装在碟子里,又顺手做了两杯奶茶,端出来。

萧辉说:"许岭昨天去内地出差了。"

荷荷嗯了一声,注视着萧辉用一只手接在颌下,吃一片奶酥。嗫嚅地道:"他——晓得么? 那些?"

萧辉从奶酥上方看了她一眼,意会过来了,嘴巴满含着摇摇头。

"那,他岂不是好冤枉——怎么好隐瞒他?"荷荷更加嗫嚅了,内心的羞愧、自惭得到确认,更加的无地自容了,一时整个人缩起来,藏到了茶杯里去。她,一个乡下出身的丫头,一身被磨损被创痛的千疮百孔,江湖经验老到;而许岭,是一面清澈的池水 ,照见的都是她的不堪张扬不堪细数坑蒙拐骗的下作。

萧辉了然地道:"如果你想告诉他,可以对他说的;如果他想知道,也会知道的。"

他是在告诉她:如果他不想知道,他就会选择不知道,既然他已经不知道了,你为什么要拿你这副不合时宜的诚实,不领情地伤害他呢? 他痛苦了对你就解脱了么? 傻丫头!

荷荷懂得了他的一番言辞下的告诫,垂着头,捧着那杯茶,忍不住地又泪眼婆娑了。她得哭那么一会儿,喘上一口长气,在这么一个,同病同根的弟兄面前,才可以有眉目有名分地掉下泪来。眼下的生活,太繁美了,太静好了,太贴心贴意了,是一艘合情合理扬帆的船。将他们曾经身历的,孤绝无望的爱,性命相见的痴情,都留在了无名的岛屿上,永远都回不去了……一股情投意合的手足之情静谧地笼罩着她和他,萧辉懂得荷荷的眼泪。他自己,是死了心了的,这辈子,就这么和雀雀一块儿,吵一吵,打一打,暖一暖。他对雀雀很好,巴心巴肝地好。他由着她指天指地地骂人,稀里哗啦地看剧,叽叽喳喳地和衣柜里的衣衫、鞋子、首饰商量着,明天穿哪样,戴哪样,她热热烈烈地美着,萧辉的宠爱滋养了她。她满满当当的艳丽,像岭南的朱槿,艳黄、纤柔的花瓣,花里伸出长长的心蕊,在枝头招摇,开完了夏,又开到冬。不由分说地美。他有这么一个雀雀,很知足了。

然而,那个女子玫瑰,又找上门来了。这一次不同以往任何时候,她带了一只箱子,大包小包地出现在萧辉的面前,苍白着脸,烫过的头发纠结着,酒红的发丝蓬成了一蓬枯草,她忘记擦口红,只赶在萧辉到她面前之前,打开胭脂盒,朝脸上刷了些胭脂,桃红的鲜艳的腮红和她苍白、气血虚弱的脸色,两不相宜,鲜明地突兀着,更加一步到位地揭示了她此刻的境遇。

萧辉的心沉一沉,紧张了。然而,如同每一次见到她,他那寒灰暗火的萧索心境里,还是会喘息着,一瞬间冒出光和烟,攒些热。他挂着微笑,向她走过来。她一见到他,眼睛里蓄满的泪水,就吧嗒吧嗒落成串,一句话也不说,只把手上的行李一股脑儿往他一递。萧辉接过,沉甸甸的在手里,里头应该有电脑,有书。他镇静地问:"先去住下,还是先吃饭?"

"不要住酒店。"她哭着挣出一句。

"好吧!那我们回家。"萧辉说。

他将她领回家,是公司的单身公寓。他如今下了班,主要是在雀雀、荷荷家打转,这边来得极少。所以,还算干净,能让他放心地将她往家里领。从前很多回,他都奢望着,有一天,她会敲开他家的门,寻常地来做客。吃他煮的饭,或者,看一张碟什么的。他从来都没有等到过,如今她来了。

她是从家里出走的。带着她美丽的衣衫,鞋子,书籍,日记本,电脑,甚至床单。当他下楼飞奔去超市,买了些饮品,水果回到家,她已经将自己安顿下来了,窗帘,床单都拆下来,在洗衣机里转了,换上了她自己带的床单。几本常用的书搁在床头柜上,书桌上架了一面镜子,搁了化妆盒,香水瓶。她正从箱子里将衣衫拿出来,搁到衣柜里,看看他的衣架,顿时蹙起眉头,吩咐他再去超市买些衣架。要那种专门挂时装的木制软衣架,不是他用的这种塑料衣架,将衣服一律支起来,戳变了形。萧辉笑着,说,你先在屋子里待两个小时,体验出到底缺多少,我一并添置回来。

她吩咐萧辉将鞋子摆到玄关口的鞋架上,将电脑搁到书架前的小电脑桌上,嘱咐他记得买一盆绿色小植物,搁到桌边,以防辐射,做点缀之用。箱子空了,她走进浴室里,冲凉。萧辉伸出手,一双一双地拿过她的鞋子去摆到鞋架上。他的手握着鞋子,像捉着一只毛茸茸的小动物那样,让他心软。她的精致的鞋子,带着无数萧辉描述不出来的小名堂,有一双硬牛皮质的长靴子,靴口点缀着一圈茸茸的羽毛。还有布鞋,纳着千层底,粉红的牡丹花土布鞋面,布条搭襻缀着大颗的布纽扣,扣在扣眼里。很乖巧的一双鞋子,带着可人的乡气,艳丽。浴室里的水哗哗的,萧辉找出八百年没用过的鞋油,鞋刷子,给她的皮鞋上油,那女子走出来,已然换好了家居的布衣裤,她用毛巾包起湿漉漉的一头长发,向萧辉问吹风机,他哑然失笑地摊摊手——这房子经她一现身,简直什么都没有。不像雀雀,添置一样东西,需要做很久的动员工作,买和不买之间,要展开辩论赛,钱真的花出去,哪怕是一个小小的吹风机,两节电池,花出去的钱都是割她的肉,要她的命——这时候怎么可以想到雀雀?怎么可以?玫瑰来了呀!玫瑰投奔他来了呀!这世界已经不需要再进化了,这一刻已经是天堂了!他羞惭地拿了纸和笔,笑道,那你说,我来写吧。她就坐在餐桌边,思索着,一样一样报给他听。他低着头,空气里都是她的气息,从她的脖颈,衣领口,她的手臂上散发着的浴室里热水的雾气,椰子油、香橙、熏衣草花的香。他觉得晕、满,像坐在一道大堤的堤坝上,堤外是惊涛拍岸的白水,他稍微幅度大一些,就会落水……他老实地,一笔一画,一样一样写下她要采买的物品。漂白水、樟脑球、驱虫喷雾剂、拖鞋、花瓶、鲜花、地毯、焦糖、咖啡粉、葵花子、薯片、铅笔、卷笔刀、橡皮擦、落地台灯、读书灯、沙发靠垫、电热器、小毛毯、蚕丝被……他含着笑顺着纸往下写。她在他这里,这些絮絮叨叨的物品,够她天长地久地活。在他的房子里,在他的眼睛里,每天每天,具体地存活。

是冬天,窗外是净灰的天色。她坐在桌前,穿了一件桃红羊绒裙,齐膝的裙衫,白皙的小腿并折在椅垫上,娴雅地用勺子舀着一只西瓜,肩头披着刚洗的头发……他走在去沃尔玛超市的路上。风吹着,树影间是一条冬日的洁白的长马路。他时常不知所措地停下脚步,看看天,看看远远近近的写字楼,幽蓝的玻璃里下午的灯光,不能置信,生活还照常在运转。不是大洪水暴发,不是山崩地裂的灾难,然而,他成了她唯一投奔的人。

起初的那段日子,他上班的时候,瞅个空子从实验室里溜出来,去看看她。他一遍遍地试验这不能置信的幸福——敲开不远处的一扇门,就可以看见她么?天很寒冷,屋子里亮着橙黄的灯火,开着电热器,一个暖烘烘的小屋子。她蜷在沙发上读书,或者上网,看电视,给他开过门,又飞速地回去。她双脚套着厚厚的袜子,每天都有一种颜色,蓝袜子,白袜子,紫袜子,袜子原来可以穿出这么多表情来。

他带着殷勤的烤饼干，一盒甜点，或者只是一杯从公司茶水间带来的热咖啡，热奶茶，是安抚一个小姑娘的礼物。他换了鞋走进屋子，兀自站立着，双脚踩在柔软的地毯上，像一个拘谨的客人，她不招呼他，他简直不敢率直坐下。在她面前，他从来都是一个客人，即便在自己的家。这么些年，从北到南，他从来都是如此无趣的一个人，羞涩，沉默。

她那种意态低迷的安稳，像个很乖的孩子，性情内向、独孤的儿童，默默地忍受着头痛，高烧，牙疼，或者体内某一种剧烈的不适。她没有向他诉说任何，他也从来没有试图过去提问。她对他说话也不多，偶尔询问一下，他的工作是否顺心。从来不曾俗套地客气，想起问候他的女友，她始终是乖戾的女子，而且，她确认自己对他具有一种特殊权利，这一点上，萧辉从来是默认的。他小心地走在她前方，不敢牵她的手，然而，为她遮蔽着对面的人群、车流，生怕这世界损伤她一丁点。她是一种室内生活的动物，出门了便由他带路，一路温顺地跟随，步态亦是木木怔怔的，像个踟蹰和恐惧前方的孩子。他们坐在餐馆的位子上，她仿佛失神的白蝴蝶。想起来的时候，她会环视四周，轻声地赞美餐馆的环境，认为很好。她在敷衍萧辉，这简单的人情，必要的客套，耗尽了她的心力。这份客气仿佛保护膜，蒙在他们之间，里头是从未启齿的情分，以及她对他的抵挡，依赖——没一点道理可讲的依赖。同时，因不曾动心，于是绝不可以的抵挡。隔着这层体面，萧辉看得见她，她仿佛住在一间四壁都暗沉沉的屋子里，她以为斗室之外，只是她无边无际的孤寂、伤感。然而，这四壁其实都是玻璃墙，她以为没有人意识到的伤痛，没有人在的角落，萧辉都在。

偶尔，她突兀地，无头无尾地对他说道："似乎，我从来不曾意识到过幸福，又或许，我从来不习惯幸福。所以，才一直这么糟糕……"她身上笼罩的，那些不幸的气场，影影绰绰的往事，来自于她的童年，她的少年,她的如今。然而,从来都不曾对他提及。伤痛是不能提及的,萧辉有这份体贴和教养。

他们一起看伊斯特伍德的一部电影,那个身形清癯、双目犀利、言辞睿智的老人。他老了,然而,年轻时他的英俊、硬朗、忧郁,举世共睹。这个形象触动了她的什么心弦,她突然热烈起来,向他说:"你知道么?我有很严重的恋父情结,我幻想可以拥有如他这一种的男人,清瘦的,智慧的,姿态不躲闪的,足够老,足够满足我的恋父情结。"

"为什么?"萧辉愕然地问。

"因为,这样的男人,应该很柔和,通达了吧。没有侵略性、进攻性。胸怀宽阔,博大。"她托着腮,费力地思索着,"他会满足我,关于父亲、爱人、长者、知音的梦幻。他会懂得我,包容我,好爱惜我。"

难道我不是么?我对你,从来都是啊——萧辉在心里喃喃地回应。然而,他说不出来,无法表达。多少年后,他想,多少年以后,当他变成一个饱经世故的中年男人,历经了沧桑,挫败,年轻时对她无望而诚挚的爱情,还有在跌宕的岁月里,无数的事业、功名利禄上的磋磨之后,他会变得波澜不惊、深不可测,像一面山中的湖水,蔚蓝,沉静,湖水的底部是世界的底部。彼时,也许命运会安排一个年轻女子遇见他,灵性、孱弱、任性一如今日的她,他也有份演出今日的他所渴望的那个角色——父性的,温和的男子。年富力强,雍容大度,宽博胸襟,关于她的心情无所不知,关于现实和难题无所不能。他会有机会亲身演出这个角色,在一个玫瑰已离场的故事里。人生,不就是这么文不对题的么?未圆的,缺憾的,不期而遇的,不要也有,想要的总是缺着,这么东一个西一个的残梦,拼就多少人好似蒙太奇的一生。总会在一个文不对题的场景,上天残忍而丰盛地,弥补我们今日的惨淡、不遇的遭际,被辜负的、被冷落的、被视而不见的深情……

她在他的生活里氤氲出一种新的空气，一种宁馨又散漫的生活秩序。他的日子变得充实得不可思议，每天上班时间，他都在向同事们打听，附近的特色餐馆，最近上演的戏剧，电影。午餐时分，他会带她去吃饭，下班后，他又来公寓里，带她出去散步，去吃晚饭。熟悉了他进门的时间规律，黄昏，她总是在阳台上等他，看着他从一端的小路上，出现在楼门前。她习惯性地手里煨着一只杯子，身后是橙色灯火的房间，她的粗线编织的烟灰色毛衣，她的蓝花紫花的棉布裙子，她脚上的棉袜，还有她在他的视野里，那样专心专意的等候，是他在北方，他少年心头，梦幻过的情景。这是他实现了的憧憬。在南方冬天的暮色里……

他借宿在许岭宿舍，不过是多走三五十米，另一幢的房子里。许岭终于按捺不住地问他，要不要和他一起，去荷荷和雀雀家？他温顺地答应说，看实验室的时间表，近期太忙。然而，想起雀雀，他心里很温情的亲切，却觉得无限，无限的远……这邈远也让他慌，他晓得雀雀会哭，会伤心，会气势汹汹地骂他，可是，他一点办法都没有——他自己也不想的。

雀雀那一头，反常的宁静。她在心里，在家里尤其在荷荷面前，已经泪水涟涟地号啕痛哭、无语流泪过无数回了，每天过着以泪洗面的日子，她恶毒地诅咒着，将狐狸精剐了一千次，一万次。然而，她不能去找萧辉闹，一闹就什么都没有了。她不能失去萧辉，她晓得，自己不是那个女人的对手，她一闹，一挑起战争，就意味着出局，滚蛋，消失。在爱情这事体上，从来都是高下立分，不存在竞争性的。有时候你赢，是因为那个人不在场。

从一开始，她就不是不知道那个女人。令她的心灵毫不设防的，震撼动容的，就是萧辉的那份纯纯粹粹的傻，他的傻叫她怒气冲冲，冤枉极了，要替他矫正，申冤，雪洗。是对那个女人的无望，将萧辉推到了她这里。她闹？闹什么呢？为什么而闹？她闹只是一个人闹，没有对台戏，没有对手的。根本上，她意识得到，她只是个局外人——在雀雀泼辣、伶俐的外表下，有着和荷荷一样的，乡村女孩那样厚实、卑微、通情达理、受委屈的心灵。

许岭和荷荷，此时已经是很稳定的一对了，荷荷的手上，已经戴上了订婚戒指，他们是甜蜜的一对未婚夫妇。他来的时候，荷荷下厨，许岭就会偎在她身边，碍手碍脚地剥蒜，递酱油，拿盐罐；她去晾衣服，他就会跟到阳台上去，递衣架；她熨衣服的时候，他就坐在衣服堆旁边，安安静静地展开一本书看，那稳妥的表情，仿佛一件干爽的棉布衣衫，你拿它铺在桌面上，熨平了，烫服帖了，它半点意见都没有。这一切落在雀雀的眼里，叫她眼睛痛，心痛。从前萧辉也是这样乖的，她走到哪儿，他跟到哪儿，挑衅着动手动脚地过招，也被她暴力袭击。他们总是欢声笑语，哀叫连连，不是荷荷许岭这样提不起劲来的静。所以，每逢许岭来店里，雀雀就在一笑之后，火速地躲回家。随之他又送荷荷回家，比拖把或者锅铲更加扫兴地重现在雀雀面前，雀雀又仓促地一笑，绝望这两人都黏糊了一天还不分开，还专门跑回家来刺激她。她又拿皮包又换鞋，火速地躲出去。她甚至憎恨起荷荷来，这森严的深圳，唯有荷荷是她欺负得起的，她想，荷荷有什么事情是她雀雀不晓得的？从前那个男的，文星，如今也还找她的，时常地，酒醉了，人难过了，但凡神志不清的时候，都习惯地打一打她的电话。荷荷在这头沉默着不答半个字，不发出一点声音，却总是等到对方先挂电话了再离场——这不是存心不清不楚么？狐狸精最擅长这一套。她如果真的要和对方断得干干净净，断得无音无讯，为什么不换电话？她不是存心留点怀想的话，那又是什么呢？眼下有许岭这么好的男人守着——她荷荷有过那样没脸没皮的往事，做过已婚男人、贪官的小三，才从小保姆的身份，鸟枪换炮到今时今日，她凭什么就这样稳如磐石地活？她这号的女人，和萧辉稀罕的那号女人一样——明明结婚嫁人了的，提着一只箱子就来投奔别的男人了，也不管人家有没有女朋友，也不管人家的死活，生活被她搅和成收拾不了的样子——她们都是一号的，在纷乱的生活里稳如磐石地活，你的日子即便不乱，也会被她执意地插进去一脚，搅和得纷乱。世上都是这么些没脸没皮的女人滋滋润润，声情并茂地活，专事撬墙脚，走后门，男人一个接一个。这世道怎么就欺负她雀雀这样的呢？执意在茫茫人海里等候一个男人，忠诚周到地爱，从一而终地守候，怎么世道就专门要辜负她？就是专门要恶意伤她？

雀雀的心又冷又寒，举头三尺有神明，她就不信没有一颗讲道理的心在她的头顶上方，默默地听她泣诉，听她论理。她越论理越委屈——这世上的日子怎么都不按道理走，要按人的感觉来过呢？就是这么违章的过法，才把这日子搅和得纷乱如麻呀！雀雀的心在沥血，她对这人世，生出了庞大的绝望。她迅疾地瘦成了一根青竹竿，又冰凉又坚硬，骨鲠得很，怒火都是针对荷荷的，发起火来依然富有当年看店丫头的伶俐风采，骂得荷荷无力招架，抱头鼠窜。

许岭来的时候，就把萧辉给带来了。雀雀进门的时候，正逢他从沙发上起身，走到阳台上去接一个电话。他穿了一件蓝色衬衣，一条旧的帆布裤，背影倜傥地站在阳台上，轻声地说着什么话，从他的姿态看得出，那是一个令他感觉很紧张，心情也很好的电话。雀雀看着他的背影，衬衣的颜色是很清淡的蓝色，干干净净的，纯蓝漂淡的那一种，纯净得让人感觉到陌生。他新理了头发，从前的平头蓄起来了，蓄成了分头，有一种心平气和的文雅气质。雀雀看着他的背影，心里那些尖锐的怒意、恨、念记、嫉妒，仿佛开水浇在沙丘似的红糖堆里，全都塌了下去，化成了甜的一钵汤。萧辉打完电话，回过头，对她柔和地笑一笑，定睛看了一眼。他瘦了许多许多，恢复了初见他时的那种精炼炼的清瘦。和她在一起后，他在她的厨艺和浓情爱意里，一天天胖了起来，脸和下巴圆了，身板也膨胀起来，现在，原初的他从那个发起来的躯体里脱壳而出，恢复了他的熬煎、痴情、清癯、食不知味寝不能安，他反而全乎了。雀雀看着他，心里突然醒悟了：她得到一个男人，就会把他纵容成一个胖子——拿食物喂他，拿柔情包裹他，拿她朝朝暮暮、掏心掏肺的爱来主宰他的生活，操持他的日常点滴细节，就是会把一个男人过成一个胖子。那种浮着一层油色的，心满意足的，放弃了指望的，心宽体健略带高血脂的胖法，就是她雀雀的能量了。她用她的尖声尖气，又抓又挠，指东打西，实心实意的爱，将他的人，他的生活空间填得满满当当。只有心是抵达不到的地方，或者抵达了，也只是隔靴子，隔窗子，隔城墙的抓和挠——她到不了他的内心，他那犯贱的，空出来的内心，等不到屋主来，宁愿空占地方，荒着，空着，风扫来荡去，也不给她住进去。

萧辉落座回沙发，和许岭一起看球赛。茶几上有一副茶盘，许岭为他斟着茶。雀雀去房间里，扑倒在床上迷糊了几分钟，不见萧辉进来的动静，便起身去浴室，淋浴，梳妆了一番，对镜描眉画眼，又换了一件漂亮的衣衫，浓酽酽的紫，是以身试法的一首苦情诗。她浓郁地飘到厨房，看荷荷在那里又洗又切，灶上开着蒸锅。她退出来，浓郁地飘到客厅，在沙发上坐下，萧辉看她一眼，眼睛里都是荒的，然而，笑起来，苦苦的，求告的一笑。

雀雀也礼貌地，以牙还牙地回应他一笑，她以为自己这一笑很矜持，很得体，很高傲。殊不知，她苍白的脸上描着黑眼圈，红胭脂，这么万语千言诉不出的一笑，落在萧辉的眼里，真是叫他神魂震荡，为之心碎。雀雀的那一笑里，全是淤积的相思，化都化不开的苦等，她说也说不出，哭也哭不得，唯有这么诚诚实实的一腔守望，她在等他回头，回心转意。尽管有一百个一千个转身的借由，一脚踢开男友的潇洒，她还是专心专意地等候在这里，等他回头。萧辉预备了她和他哭闹，施展平生武功将他碾踏在脚下，踩得半死。然而，雀雀转而起身，去了厨房，和荷荷一起下厨，后来，连荷荷一并赶出厨房。桌上早已经一盘一盘，盆满钵满，荷荷开了一瓶红酒，两个男人喝起来。这顿饭吃了很久，萧辉起初的不安也静了下来，在这个屋子，他度过了多少的好时光，他不是这么不领情，没良心的。荷荷也陪坐在桌头，吃过一碗饭，在杯盘碗盏边一片干净的桌面上，已经做了一千桩事情了，她在一本记事簿上林林总总地记下了账目，事件，又起身抹干净桌面的虾壳，骨头，鱼刺，换上干净碟子；放下簿子，换了个针线篮，缝补着虚线了的毛衫，落了扣子的衬衣，拆掉坏了的拉链。屋子里的灯光、烟火气，窗外的风声，寒气，令这两个对酌的年轻男人，都感觉到这个屋子里的夜晚，何其的安谧、本分，柔情蜜意。多么美妙、多么好的女人！

萧辉告辞出门的时候，已经有些晕了。他打开门时，一直在厨房里的雀雀出来了，怀里抱着提笼，往萧辉手上，温温稳稳地一递，没有强颜欢笑，清清淡淡地说，煮了几样菜，都是可着他的口味，他平时喜欢吃的，回去搁到冰箱里，吃饭时拿微波炉热一热即可。叫客人也吃，尝尝她的手艺。说着，将提盒一样一样地递给他，嘱咐他，哪些是鱼，哪些是肉荤，还有几样点心。在车上小心，不要让汤水泼洒。

他唯唯诺诺地应答，沉甸甸地拎着，下楼，上车，车窗外的冷风吹着，让人有刺骨的警醒。然而，他执意地固守着他的醉意，他要住在他的微醺里，昏了头的混账里，他要坚持他的痴情。雀雀这样子，是拿热油在煎他的心，剁他的五脏六腑。她将他又切又砍，剁碎了搓圆了，拿他在屉锅里蒸，在砂锅里煮，在油锅里炼，她将他煮熟了煨化了。他不是不晓得疼的，这提笼里，食盒里装着雀雀的眼泪和他的尸骨，都熬成了佳肴。他下了车，敲开寓所的门，将那些吃食，都递给门里的玫瑰。传递了雀雀的话,就昏头昏脑地,走掉了。

翌日中午,玫瑰打电话嘱他"回家来吃午饭",他听话地,毫不周折地就来了,"回家来吃"——这样的话语让他走在冬日淡淡的阳光里,幸福得像一匹白马。她对他从来都不坏,这是真的。到家后,雀雀做的菜被装在漂亮的洁白骨瓷盘子里,她另炒了两样蔬菜,鲮鱼麦菜,盐水毛豆,一盆汤,火腿丝鲜虾仁莼菜羹。桌上添好了饭。那女子穿了一身淡蓝羊绒裙,从领口翻出洁白的衬衣领。她坐在桌边看书,等着他。她的手腕上搭配了一串水晶珠链子,一颗一颗地,圆润地泛着光。很漂亮的一串蓝水晶,他油然地多看了一眼。

照例地聊了点家常,昨夜睡了几个小时,上班忙不忙,项目顺利么。他涨红着脸,说起雀雀的近况,他想将雀雀的反常情绪,当作一个突破口,他要告诉她,让她知道:她来到他的生活里,不是没有改变一些事的。

她微笑道:"替我谢谢她。她做的粉蒸扣肉真好吃。"她语焉不详地含糊了一句。根本上,她对雀雀既没有敌意,也没有兴趣。她从来都不曾正眼瞧过她,从内心当她是个对手。眼前的这个男孩子,萧辉,一直都是她的。

他为她,消耗掉一整场青春,和雀雀所建立的,仿佛在堤坝里搭一个小小沙堡,有花有树,有厨房有未来,很精心的小日子,贴心贴意的。然而,她是洪水,漫过来,将什么都毁成一摊泥。他呢,生怕毁得不够,自己拿脚去踹,拿手去推,毁尸灭迹。真没良心啊,他在心里感叹自己,这个女子,亏得她本人对雀雀无兴趣,也不存嫉妒心,否则的话,和他算起旧账来,他是不是得去把雀雀给杀了?这几乎是义不容辞的,她若是不喜欢雀雀,他也会一并不喜欢的,从前的那一段,在他忠心耿耿的爱恋和追随里,简直是一段无耻的出轨。是的,在她这里,他从来没原则,没智商,没品质,然而,有什么要紧呢?现在他很满足。

她那些，刁难的，兴之所至的小习惯。譬如拖着他去夜深的街巷，寻一碗暖老温贫的番薯粥，又或者，热切到无可取代地，想要吃到麻辣豆腐串。在吹风的天气里，渴望一只彩色的风车，可以握在手里，迎着风，滴溜溜地转……再刁钻，再不按常理出牌的女子，在彻底爱护她的男子面前，都会油然地，有着小姑娘的喜好、天真。她蜷缩在沙发上看书，一双脚架在空中，白白的。频繁地探手去取糖果，偶尔，也想起来地，叫一声他的名字，他在客厅里应她。都是这些，影影绰绰的小细节，除了她这样遮天蔽地，占据他的人生。

14. 人间一堕千劫

更多的时候,她在讲电话,执着话筒,却很少有对白。她偎在沙发上,长发垂在膝上,她呢喃地,偶尔应一声,电话那头几乎是话语的海洋。她没有对白,然而,她静眉垂目的乖顺,温柔的呢喃,生活在别处的心猿意马,都表明,对于这个电话,她全心全意。房间里影影绰绰的,到处是她。她散在面颊后的长长的乱头发,她垂到脚面的长袍子,素白缎面上起着繁复的花朵,嫣红的,苍绿的。然而,她总是正在打电话。

台风季节里,大雨肆虐,每一个中午开始,一阵阵的风雨大作。这样的天气里,萧辉都会送一个美味饭盒过来。他去厨房,将饭菜装在瓷碗里,做一杯茶,自己喝下,又帮她把洗衣机里的衣服晒好,把摊开的碟片都装进纸封袋,收进抽屉,他磨磨蹭蹭,详详细细地忙着,她在沙发上听着电话,保持着她纹丝不动的静态。她没意识到萧辉来,也没意识到他的离开。

他走的时候,都会遇见雨。大雨乱乱地射向大地,石子大小的雨点,打在人身上生疼。有一回,萧辉走在冷雨里,惊见她从他身边飞奔而过,她换了一件裙子,褶皱的桑蚕丝长裙,苔藓绿的颜色,披散着头发，飞快地踏过雨水流淌的街面，她穿了一双洁白的羊皮拖鞋，奢侈地踏过雨水，雨花在她的裙裾后翻飞。他愕然地看她跑到大街上，伸手拦出租车。全是与他的品质、格调相违背的本能，驱使着他在四十秒钟之后，在相同的地点，上了另一辆车，一直跟踪她，来到火车站。

她下车的姿态亦是奔跑的，那刻不容缓的急切，仿佛一路如此跑过来的，至少在她自己的意念里是如此的飞奔。她跑进车站大厅，人来人往中，突然，她尖叫起来，她被一双手，抱起来，高高地举起来，她惊叫着，笑着，双手紧紧地钩住那个男人的衣领，然后，抱住他的脖子。是一个中年的男子，四五十岁的样子。风度翩翩，相貌在男人中间，算得上清秀。萧辉不得不承认，他怀着比台风、雷雨天还要糟糕一百倍的心情，打量这个男人，他的年纪应该是他的两倍，他打量他的目光，几乎有一种对长辈的诋毁。

他拖着她的手，顺着人流往火车站外走去，她的个头齐着他的肩，那个男人，有着宽阔、结实的背影。她很兴奋，步伐近乎蹦跳地，不停地说话，眼睛看着男人的脸。她从来没有这样过，这样的活泼、明丽、喜形于色，她从来都是苍白的，声息奄奄的。萧辉猝然转身就走，他觉得有一把白刃的刀，锋利地剖开他的胸膛，取出心脏，血淋淋地，抛掷在地上，那一刻火车站走过的所有人的脚步，都践踏着那颗痛楚的心，直至丧失最后的知觉。并非很长的时间，原来，心死是这样的。他捂着空荡荡的胸口，步履维艰地往地铁口走，身边都是阳世的人，还在奔波，谈笑，发呆或者打电话，他们的人生还是有指望的人生……

他在大雨里回到公司，其后的几天日子里，他一声不吭地发起了高烧，全身滚烫，高热持续不退，然而，人分外地清醒，思维敏捷，每天照常地上班，开会，做试验，和同事们聚餐，讲起笑话来格外地有效果。实验室上班时间做不完的事情,他还接着加班,他自己加班不算,还一步不离地拉着许岭一起。

“半夜,他居然抱着枕头来和我一床睡,说一个人会做噩梦,你说,他已经足够变态吧?”许岭如是地向荷荷诉说,“他不是一直都一个人睡么?难道以前有蓝精灵在他枕边做伴?”

他不敢一个人待,一闭上眼睛,就是那个女子和她的情人手牵手,开心的样子。年长她近乎二十岁的情人!足够是她的父辈!怎么会?这样畸形的情感,非婚姻,不合法,年龄相差许多,她被夫家扫地出门——这是多么晦暗,缺乏廉耻心的情感!萧辉吓坏了。多年前他在北方,深夜的书店遇见的那个绿衣女子,未必真的不是妖!

他没再给她打电话,也不操心她午饭吃什么,晚餐吃什么,长夜如何度过,看什么电影才好——根本上他好怕她,好讨厌她。隔了四天,那个女子打电话给他了,是夜晚,电话那头的她,依然声息弱小,温柔地问他:是不是好忙,这几天怎么不见人影。

萧辉老实称是,说一直待在实验室。他胸口疼起来了,被迅猛挖走的心流下来的坑,原来是会适时作疼的。他被疼痛扼住了咽喉,无法再发出平常敷衍的语句。不再说话,漫长的沉默,久久的,久久的,那静默里都听得见电流的沙沙声。他们似乎都被魔怔了,被梦魇所魇住了,想不起如何打破这沉默。末了,女子幽幽地长叹一声,挂掉了电话。

雪白的灯光照着满室的玻璃试管,机械仪器,这是理性的小世界,生活着一个被女妖施法了的少年,萧辉握着话筒,久久地,他感觉到自己发抖的身体,痛得抽搐的脸,终于,流下泪水。

深夜,他在粥店里打包了一小份砂锅粥,白米粥里煮着元贝、鲜虾、鸡块,是她喜欢的。他一路走回自己的宿舍。台风过境后的街,依然是八月森森的绿,树木泛着沁人心脾的木香气,这依然是女妖统治的夜界,连空气都是苔藓的绿意。他拿钥匙打开门,屋角幽幽地亮着一盏台灯,光度几乎被拧灭了。女子卧在沙发上,睡熟了,听见动静,她微弱地问道:“是你么?”

萧辉说:“唔,我拿砂锅粥给你。马上要走的。”

她欢欢喜喜地奔过来,途中撞到茶几或者沙发脚,雪雪呼痛。萧辉摸到开关,啪地打开天花板上的顶灯,只见她握着脚趾坐回沙发上,穿了一件雪白的长衫,披散着蜷曲的头发,单薄地坐在沙发上,她的魔力依然足足够够地在,足够叫萧辉哑口无言,无法发问。

他奔忙起来,去找出碘酒,哄着她:“挪开手,我保证不疼的。”给她用棉签蘸了药酒,擦拭伤口,又贴上一片散瘀的膏药;洗过手,去厨房拿来餐具,摆到她面前的茶几上,将热乎乎的砂锅粥舀到瓷碗里,安上调羹,递给她。

她端详着他,嘟嘴问道:“你这几天在干什么?不来看我?”

又笃定地审问:“是不是好嫌弃我占着你的房子?是不是好想我快点搬走,快点滚?”因为晓得不是这么回事,语气格外地刁钻。

萧辉的双眼在镜片后,痛楚地看着她。她看起来很快乐,面色少有的晶莹,清澈,不复是往日那一种昏睡里的苍白,她的眼睛黑溜溜地,腮和唇皆是嫣红的颜色。还有,她的呼痛和审问,语气都是欣欣然的,她很快乐!这一段畸恋里,她居然很快乐!萧辉从来没有看见她如此欢乐,如此欣悦的模样。这样的景色,仿佛行过雾气弥漫,冬天里树木干枯的山谷,突然,看见一片人迹罕至的山谷里,雪白的梅花,三月的桃花,烂漫地开放,像美好的烂柯一梦,知道不是对的,然而,美得叫人不忍质疑,不忍责怪。他瞬间就心软下来,她快乐,有什么不好?他很久以前就认识她,他爱她,她心里也明白,然而,他没有给过她任何一瞬这样的快乐——飞翔天空,脱离地面的快乐。

他犹豫了很久,到底,在客厅的电视机音响盒里,装了一个小型的针孔摄像头。接收器就在他的办公室,电脑上任何时候打开来都可播放视频。只要在家,她基本都在电视机前,柔软的粉色康乃馨花朵的大沙发,面前铺着柔软的地毯,茶几是一个倒置的书箱做成的,一格排着书,一格放糖果盒,零食。沙发角前有一盏落地灯,华丽的水晶灯柱,百褶绢布面大灯罩,洒下来的光,很柔和。这都是她来到他家,才布置起来的。这个角落,她待得最多,萧辉任何时候来,都可以看见她在沙发上。翻书,看电视,打电话,嘴里无时无刻地含着一颗梅子。只要她在家,他都观察得到她。

他很猥琐,他想。然而,不猥琐也好不到哪儿去,他如今对她,怀有着蠢蠢欲动的恨。他自己都不知道,拿这个恨意怎么办。看见她更丑陋的样子。更加嘲讽他自己,肯定他是最可笑的,也未尝不好。

她出现在他的显示器里。过滤了声音和颜色的画面,像没裁剪没技术的黑白电影。最寂寞的黑白电影。她枕着柔软的大枕头,侧卧着身子在沙发上,惬意地伸长双腿,久久地保持着这个姿态。她看电视,也是这样一动也不动地,保持三四个小时,看书的时候,开电脑上网的时候,也是这样的沉溺,长久。伸手握一握杯子,没有水,便放下来,懒得去斟茶。她像一株植物,疏于浇水,生长在室内阴凉地里的植物。他看着她疏懒的样子,恨不得立刻过去,帮她去沏茶,去放满满的一壶水在她手边。

有时候她去浴室洗澡,一会儿也回到沙发前,用一方大浴巾裹着身体,头发湿漉漉地贴在后背上,她应付这些事都手忙脚乱地,擦擦头发擦擦脚趾,缺乏章法。她的裸体,清洁的,盈润的,洁白的小小的乳房,锁骨,胯骨,脚踝的骨节,清晰,突出的。他注视着,心里生出格外的悸动。

偶尔,他的电话恰好就响起来,是她打过来的,疏懒的声音,呢喃地问他在做什么,可不可以去吃饭?那个男人也会给她打电话,这样的时候，她看起来很快乐，脸上会有油然的微笑，伸出手指，温柔地抚过手边抚摸的任何物体。她戴着耳机，说着话，许多的事情，她都是这时刻做完的，洗衣服，擦地板，整理床铺，在地板上铺一块垫子，练瑜伽功。她盘着一条腿，另一条腿举动头顶，双手扶上去，却依然在对着耳机细语。她和他之间，一定有很多很多的话说。

萧辉一次又一次地，从显示器上看见她梳妆，进卧室去换好了衣衫，施施然地经过客厅，消失在他的摄像头里。他晓得她是去约会的，这样的时候，无需跟踪她，只需乘地铁出现在罗湖火车站，一定会看见她，眼巴巴地等在出站口的样子。她绞着手臂，在方寸之间徘徊着，不是焦急地等候，仿佛在踌躇，在试图躲闪。这是一条荆棘的路，现在消失，离开，还来得及。萧辉看见那个男子，春风满面地走出来，张开双臂，一把将她抱起来，她和他并肩离开出站口时，依然向里头的隧道望一望，仿佛等待的是一个不曾来到的人。

他们并肩走在熙熙融融的人群中，和等红绿灯的人一起等在街口，男人爱惜地看她的脸，然而，她只是蹙着眉。她把一个麻烦引来了身边，也许。萧辉在多少次的旁观之中，看见的都是她对这种关系的嫌恶表情。她不喜欢这个男人，他想，只是生命在她这里，空虚也是累人的，他那么颠倒黑白地喜欢她，大抵她是受用的，然而，也就这么多。

萧辉发觉，自己原来是不了解她的，他看见她不接那个男人的电话，在家时，或者出外散步，她的手机响得天翻地覆，即便是他事不关己，也听着那刺耳的铃声，油然地心慌意乱。他催她，快接吧，电话都要给打爆了。然而，她就是不接，那种怡然，不知是自虐还是冷酷。

有一次，他听见她对着电话冷冰冰地说："你不要再找我了，你这样子只会让我越来越讨厌你！"

"你管得着我么？你有什么资格管我？你以为你是我什么人？"

这样冷酷如刀刃的话语，她一句一句地吐出口，萧辉想着，如果她这样对自己说一遍，他一定会难过得灰飞烟灭，当场死在她面前，求个了断的痛快。然而，她从来不对他坏。

她对那个男人，有一种格外的嫌恶。大抵，他和她的恋情的那种不洁，她的感同身受，远甚于任何人。所以，她对他的恶，有一种对始作俑者的惩罚。

每一次告别，玫瑰勾着那个男人的脖子，眼泪濡湿他的皮肤，无声地哭泣，她从来不挽留他，因为，留也留不住，她恨他下一次还会来。然而，告别他，松开手任由他离开，是这样地，叫她舍不得。萧辉眼里的这个故事，是最无聊的都市情节里的一种，年富力强的中年男子，在办公室之外，在安全的婚姻之外，游刃有余地进行一场婚外恋，面对一个失婚失意，昏昏然的少妇。火车站铁轨的长度，攒起来，是他们之间相隔的距离。这距离足够将所有的青蛙吻成王子，烧火丫头换上戏服演公主。所以，他们在一起的时间，总是浓情蜜意，情投意合，神魂颠倒，彼此看着表计算分开的时间——渴望分开，必须告别。然而，这个过程够往返一百次，一千次。将偷情和苟合升华成无望而必需的爱情。

他人一离开，电话就来了，萧辉听见她在电话里，只是在发火，在蛮不讲理地抬杠，反着来。她对他很坏很坏，然而，所有的时间都耗在他身上，找不到他的时刻，她将电话拨到他办公室，他的卧室，一定要找到他为止，找到了他，她的坏脾气就又上来了。他呢，也总是忍气吞声地，由她打骂的做小伏低，她若是过火了，他还会柔声地提醒她，当心气坏了身子，喝口茶好不好？我总是在这里，你什么时候骂不行呢，都行得的。他的柔声曼气，实在是他上风占得太足，种种的纵容、姑息、宠爱，是一只狮子对一只松鼠的好修养。他毁了她的人生。

萧辉所目睹的，是她一如既往的冷漠、剽悍，对他人的践踏，毫不爱惜，这是他所熟悉的她，也是他心目中以为的，表里如一的她。她在豪雨中奔跑，去打车，去飞也似的扑向另一个男人的情景，在他心里，渐渐地有意识地模糊了。人总偶尔有发神经的时候，尤其她这么无聊的一个人。

有一次，女子和萧辉一起散步，她突然对他说起，一个孩子。她生过一个孩子，他不晓得吧？

他是个很乖的小孩，由于先天不足，生下来就体弱多病。但他从来都很安静，大约一岁的时候，有一天，因为不肯吃饭，在母亲面前哭，于是，她将他扔到门外边，依旧大力地哭，于是，她恼火地去关上门。客厅里全是黑的，孩子哭着，不肯给母亲关上门。她执意地反手一脚，大力合上门。很重很厚的一扇门，木头沉得像铁。门关不上，她用了力，孩子在门外发出惊天动地的惨叫。他把手放在门下，试图阻止母亲关门——那扇厚厚的门，从孩子的小手背上刨过去，食指被淤血顶起来的指甲盖下，全是被分离的血肉。从此，他的食指一直都是坏的……女子说着，萧辉也油然地感觉到疼痛，他油然地将食指藏进手心里。注意到他这个动作，女子苍白地微笑了一下。

还有，他上幼儿园的时候，因为他父亲工作忙，时常由她去幼儿园接他回家。有一个冬天，大风呼啸，她懒得出门去接他，便吩咐他父亲开车去，然后，她在暖烘烘的屋子里，看电视，吃干果，接电话，电话一直占线，近午夜时，孩子父亲回来了，进门便问孩子——原来，他也没抽出空来，加班到此刻。打电话回家一直占线。夫妇二人赶到幼儿园，黑夜，风雪大作，幼儿园黑灯瞎火，他们拍开门，只见寄宿区，一个衣冠整齐的孩子坐在一张床上，执意地抱着一只小熊，不肯脱衣服睡觉。“妈妈一定会来接我的。”孩子这样说。

孩子四岁的时候，没有了。具体原因，她没有说起来，萧辉也不敢开口问。这是他头一次听见这个故事，太惨伤太凄厉。孩子没了，原来的家再也住不下去，满目都是不忍目睹的场景，都有一个小小的身影在光里，门与门之间跑来跑去，地板上摊开的玩具，小汽车，积木，小飞机，断开的火车轨道，两只肉肉的憨憨的小手才捧过它们。衣柜里有孩子的衣衫，从出生到长大的，使用过的奶瓶都留着，穿破的第一双学步鞋，都留着。人在房子里面待不得，待一会儿就崩溃。如此，搬到了南方来。夫妻二人相对，相守着一个黑色的坟墓，必得各自走开。她离家时，是被丈夫撵出来的，然而，钱全都给了她，希望她不要再回头。她懂得他。

她没有机会对孩子说对不起，若论舐犊之情，只是每每从食指传递的十指连心的疼痛，在一瞬间锐不可当地刺穿她的身体，她的心脏。想起他来，永远是在黑暗的北风里，坐在一只小床上，衣冠整齐，抱着一只小泰迪熊。他等着，等妈妈来接……

这个故事，让萧辉难过极了，那晚散步时，送她回家后，他一路走一路落下泪来。好几天，无论醒着还是睡着，都有一块沉甸甸的大石头压在心上，那种无能负荷的沉重。想来，那个男人是她的疼痛辗转里，出现在她生活里的，年长，温和，沉稳，好风度，暂时吸引开她的注意力。她这样乖戾的女子，照例地，会有浓郁的恋父情结，她们信任年长的男子，而太年轻的他，在她眼里，她不会信任他亦有庞大的力量。

萧辉对这桩事也宽容起来。他想，让她有个消遣，有个较为温柔缠绵的想念，打发时间，淡忘伤痛。有什么不好呢？他对她，又恢复了从前的晨昏叩问，一日三餐周到地伺候。她整个人看起来，丰润了一些，依然是慵懒的，然而，镀了一层容光。她一如平常地，偎依在沙发上，扁着腰身，长长的两条腿伸开去。她穿了一件豆绿色桑蚕丝长裙，长长的卷发披下来，整个人是那样丰盈的一团丝质的物体，柔润地打着褶,在他的视线里,仿佛透明的软体动物,碰一碰就会坏掉。他红着脸,从她身边经过,离开房间。他双手撑在裤兜里,感觉得到身体的异样,和雀雀交往的经验,促进了他对女性的经验。然而,那么柔软的一团丝质的女人,他依旧只是手足无措,没办法,连念头都不能够。

这样平静地度过了一段时间,有一天,那个男子火速扑来,此前,在公寓里,萧辉视野里的女子,已然哭成一团,她对着电话诉说、辩白,激烈地打着手势,有时候会大力地摔掉话筒,张大嘴,在他的视野里,无声地尖叫——是出事了。她极端崩溃,极端愤怒的情绪,萧辉紧紧地盯着显示器上,她的脸,她含泪的水汪汪的大眼睛,她脸上有一种震惊,还有一种置身事外的茫然。听到门铃响的时候,她泪流满面,揉皱着头发的样子,光脚,穿一件不曾换下的睡袍。那个男人进来,两个人面面相恃,站在客厅中央就开始争吵,是那种恶形恶状的大吵,两个人都在激烈地说话,突然,女子抬手打了男人一个耳光。男人愣了愣,严厉的样子,走到沙发上坐下。他顺手拿起桌上的一杯水,如数喝下,女人一把上来,打翻他水杯,杯子滚落在沙发上,她不依不饶,抓起杯子对着他撞过去。男人站起身来,表情凌厉地说了几句什么话。这种状况,人在极度愤怒的情况下,嘴里扔出来的都是心型原子弹,当场爆炸,死伤惨重,闻者快心。

果然,很奏效,男人摔门离去后,女子惨白着脸,摔倒在地毯上,身体颤抖着,蜷曲成一团,如胎儿在母腹的那一种,头足相抵。她的双手紧紧地护住胸口,是堵住心脏,不让其被巨大的愤恨或者悲哀所驱赶,从胸膛里跳出来。

萧辉后来才知道,彼此相伤,是这个男人挑起,他有一天突然质问她,何以如此歹毒,将他和她在 MSN 上聊天的记录,打印出来,寄去他的工作机关,自然,不是寄给他,而是寄给人事部门,又有她和他相互搂抱,在街头边走边鸽子一样亲吻的亲密照片。这样的照片,作为有伤风化,缺失伦理的证据,毁掉了一个已婚的,中级官员的前程,而且,栽在这么一桩事体上,不是贪污,不是弄权,不是舞弊,每个人都有男女之事,男人们基本都不和自己老婆睡觉,太司空见惯的事情,做得说不得,这是常识。唯独他,被人摆上人事部门的台面,当风化案处理毁了前程——就和吃饭时喝一杯啤酒不小心被呛死了一样。太没尊严的下场,叫同僚们议论起来,骇笑时都颇觉难为情。一个人这么地就断送了升官晋爵,没法子幸灾乐祸,只为大象踩死了蚂蚁那样,不可思议的荒诞好笑。

“你为什么这样毁我前程?我关心你,可怜你孤独无依,想不到养虎为患,你原来是这么可怕!我遇见了疯子!你原来的老公不送你进精神病院,却放你出来为祸人间。该杀!

“你也不过是想和我结婚,想我明媒正娶你,或者我会真的考虑。你这样子耍手段,毁我前程,我怎么还可能给你机会?我现在都不想再看见你的脸!”男人那天对蒙冤里辩解的女子,如是咆哮,摔门离开。

“你为什么要和他结婚,和他结婚有什么好处?”萧辉了解地好笑,“对他说清楚,他对你也只是个解闷的罢了。你没有动机,会得如此精心做这些事。这些举动是圈定了一定会发生的后果,这样心狠手辣,一定是他的对头干的。或者,是讨厌他,看他不顺眼的人。”萧辉分析了一通,转而说,“你可以对他理智分析清楚的。你是被冤屈的。”

“能够说清楚的冤屈,便不算冤屈。”女子还过阳来,“只是,这样理所当然来猜忌我,这个人的智力,真是和人猿差不离的。变态!我居然和他约会这么久。”

转而对萧辉握了手腕,撒娇地摇一摇:“弟弟原谅我好不好?帮我一起忘记这件事好不好?”她笑的时候,眼睛眯起来,歪头看他,在他钟情永远的注视里,俏皮地撅起嘴,皱皱鼻子,扮了个小猪脸,仿佛是为自己打破一只水杯而开脱。很调皮,很娇俏的样子。

萧辉赔笑地连连点头应允,他有点意外她如此冷静——明明不是她做的。然而,也是因为有她,惹出来的事端。基本上,正当的人生情节里,她出现在哪儿,都是彗星,别致,异样,带来灾难。于他自己,何尝不是如此?

翌日,凌晨4点,是警察打通他的手机。她推开了落地长窗,跳下去。她从很高的楼上摔下来,变成了一具失去心跳,停止血液运转的尸体。他赶过去的时候,内心很镇定,甚至,有一种庆幸感,不可思议的庆幸感:她解脱了,从一大堆纠葛的儿女情长的债务里,从她孩子的死亡,丈夫对她的遗弃,那个男人对她粗暴中伤,种种人世最酷烈的情节里,解脱了出来。

15. 红鸾囍

雀雀从荷荷的房子里搬出来，住到了蛋糕店里。将堆积货物、做账目的小房间整理好，做成一间小小的闺房，安下一个衣柜，一面穿衣镜，墙壁上挂上缤纷的照片，没有床，一张长沙发，夜晚打开来，铺上被褥就是。雀雀是既讲究行头，又能吃苦、能将就的。反正这间做账的小屋，唯有荷荷和雀雀有钥匙进得来。雀雀如此苛苦自己，荷荷也乐呵呵地见怪不怪，因为，她要结婚啦！凤凰台的新房，要做她的婚房啦！

荷荷忙着揉面粉，烤面包，订机票，排行程。雀雀天天陪着她去买礼物，老少的衣服，各自的尺码，大致款式，要考究的质地。还有酒、烟、燕窝，干贝、花胶、瑶柱、鲍鱼这些昂贵海货，等等，荷荷忙得一身是劲，和许岭讲电话，又遥控千里之外的婚宴，说得嗓门都哑了。雀雀在一边还精明地张耳倾听，随时打断她，提点疏漏处。不知为什么，在这冷风冷雨的岁末，人潮汹涌的街头，她心里只觉得格外的戚意，荷荷要嫁人了，要结婚了！她们都是亦舒的书迷，随口都说得出“有时候，人们爱的是一些人，与之生活的是另一些人。”荷荷也是，爱了一个人，嫁了另一个人，然而，她也嫁得这么高兴，这么投入。

回家的路一番车舟颠沛，一路上荷荷很安乐，很宁静，夫妻两个偎依着，在任何拥挤的交通工具上，双双都安适得像一团软泥巴，你中有我，我中有你。爹娘家张罗着嫁女儿的酒席。两个哥哥，一个成了家，另一个也毕业上班了，都在家里候着荷荷。到家时是一个风雪大作的夜晚，柴门闻犬吠，风雪夜归人。荷荷将行李和许岭交给爹娘哥哥，洗个脸出来，见火塘边一个妇女，提了一篮子鸡蛋，正望着她眯眯地笑，是牵藤！

荷荷百感交集地望着她，和多年前那个在凤凰台的山路上，眼泪汪汪地跟着她的小姑娘一样，不由分说地就满眶的泪。牵藤呵呵地大着嗓门笑着，赞美着荷荷的新女婿。她是个五大三粗的妇人家了，从前的那些娇俏、伶俐、精明，都被乡村岁月一一抚平了。她不再那么活泛，那么多情，对于荷荷的眼泪，又感动又不知所措。然而，回到家里第一个看见牵藤，荷荷觉得，这近十年的光阴，终于，在一个坐标里，完成了混沌的一个圆。

千里万里，一心一意地回到家，照例地，荷荷就不由自主地怨气重重，对两个哥哥呢，依旧一见了就翻白眼。大哥哥娶的女人，果然如多年前荷荷预言里骂过的，白皮肤的城里女人，眼高于顶，唧唧歪歪充满了挑剔，横草不拈竖草不拿。看见劳苦功高的小姑子，一直不能确定对她到底是亲热好，还是温和好，于是，脸上的表情一直在调整之中，调和出了一种半调子的自视矜持，恰恰是荷荷最看不上的一种。对小哥哥呢，心里是亲热的，平时兄妹俩在电话里一聊也有半个小时，然而，荷荷在家不服气惯了，兼之大哥大嫂都是她还以白眼的，一个不留神没刹住，对小哥哥也是凶神恶煞，恶声恶气。

倒是新姑爷对人人笑脸相迎，上上下下里里外外都讨人喜欢，还抽空上来关心荷荷："荷荷，荷荷，你对家里人这么凶恶，是不是小时候被捡来的？"荷荷就委屈地笑起来，可以对丈夫说什么呢？男尊女卑的习俗里,一个女孩子打小身受的委屈,泼天的不服气,诉说出来也只是千百年来的人之常情。

荷荷出阁的酒席上,按照礼俗,娘家哥哥来敬酒。大哥哥先来,许是为了壮胆,吐出肺腑之言,他在别的酒桌上已经喝了些,面容红红的,眼圈微红,此时站到客座上,拎了一把瓷酒壶,斟满杯子,很认真的样子,颤抖的手,小心翼翼地斟。荷荷从座上站起身来,笑嘻嘻地端起酒杯,已经准备了的刀枪不入的油滑样子。大哥哥看着灯光下的荷荷,皎洁的一张脸,整个人还是全乎的,是小时候的那个荷荷。

大哥哥双手举起杯:"荷荷,多谢你!我来给你敬酒,多谢你为我们这个家,为我。"

荷荷一听,瞪圆了眼睛。大哥哥红了眼圈,泪水蓄满眼眶,哽住了嗓子,还要继续致谢辞:"荷荷,我对不起你……委屈你了。"

"哥哥——"荷荷哽着泪请求,"你不要再说了……"

这时候,二哥哥也来了,他素来会说话。此时笑嘻嘻地说:"这个大哥哥,不会说话就不要说,倒先把我们荷荷急哭了。来,荷荷,二哥来给你敬酒!第一敬你劳苦功高,是你支撑我们这个家,补贴两个哥哥念大学,你十六岁出门谋生,有今时今日,全都靠你自己勤苦得来。第二敬你知情大义,我们做哥哥的,不但没有帮到你,反而连累了你牺牲这么多!我们如今有了能力,也弥补不了你牺牲的这么多年的光阴。是做哥哥的对你不起……"

在二哥哥的真情告白里,桌面上一时间泪流成了河。二哥哥自顾自饮下两盅酒,斟了第三杯,伸手一把拽起了新姑爷,许岭虽然听不懂,然而,深为感动地站好。二哥哥说:"这第三杯,我敬妹夫,我们把妹妹交给你,从此是你家的人了。你要善待我们家的荷荷,爱护我们这个妹妹,凡事以她为重……"许岭呢,端了荷荷的杯子,欲急促饮下当作应诺。谁知荷荷却攥了他的杯子,不撒手,呜呜呜地,哭成了泪人。她不能让哥哥三言两语,许岭傻乎乎的一杯酒,就打发了她。她哭得知不依不饶,谁叫他们说这么些叫她心碎的话,两杯薄酒她就会趁势放过他们了吗?就不记仇不算账了吗?她非算不可,以后再算来不及了,没地势了——她再闹也是人家的人了!她今天非哭死不可!这似是而非的美满里,所有的人,包括她自己,都把她的伤痛不当一回事。她得哭一夜,哭到天亮,哭得至死方休!这回她绝对不会让他们好过!这个仇今夜不报就没时间了。再往后,漫长的一生,他们都摇身一变是她的至亲,她的娘家人了。

客堂上人挤人,唏嘘地看这一幕,哭得这么痛的女儿家,这哭法把荷荷娘从厨房里引出来了,她手里攥着油渍麻花的围裙,站在酒席后头,细声细气地指责荷荷:"就晓得一个哭,敬酒你就喝下嘛,你还受不起他们一人一杯酒么?欠你的何其多!今天这日子还受不起他们一杯酒么?哭什么哭?我的儿,你怨你痛,可是你要哭得知从哪儿哭起来?先哭你投胎不长眼睛,落草到这穷家小户,爹娘跟前,一根草一寸纱都指望不上,从小到大就你心肠憨,从来是人指望你一堵墙,你指望人一张纸……"她将这家里,重男轻女的爹和她自己,还有两个儿子,都替荷荷骂了一顿——谁叫你投胎不长眼睛?谁叫你是个女儿家?谁叫你心眼好,一埋头一副担子挑到底?将来谁又记得你的恩记得你的好?我的儿,是你自己有福气,挑了这么好的人配终身!从此莫再眷顾这么一家人。娘今天晚上有惊人的好口才,令满堂宾客为之惊艳。到底,娘给这一场骨肉伤怀,解了围。

婚后的荷荷过得很幸福。许岭是个好丈夫,他有着一个科研人员职业性的简练、专注,对于现实生活的繁文缛节,不必要的情绪,从来能省则省,能略则略,全心全意地服从于他选择的道路。心思和注意力全都灌注于事业里,千百次的实验,日复一日的失败,五花八门的误区里一点点有用的结晶,偶然而必然的一点点成果。

如每个妻子一样，荷荷对丈夫亦有一种全部的控制，空气般的渗透、遍布，然而，看起来都是荷荷畏惧他，丈夫皱眉、发愁、说话大声，对她都是大事。她如今常常对雀雀抱怨：许岭脾气好大呢！一板脸，真是怕他——她对众人也这样说，他在一边家常地听见了，也只是大度地笑笑，同时，亦对荷荷的话很确认。

婚姻原来是这么具体的，待洗熨的衣衫，填充了又空下去的冰箱，擦过了迅即又用脏了的桌面、地板，看完了一部又追一部的电视连续剧，无穷的反复，或者延续。两个人很快地就不用约会时的那套礼仪了，松懈，懒散。那些，日常的细节：电视机开着，丈夫坐在沙发上，将脚搁在茶几上，详细地修剪指甲，随着咔嚓的一声剪刀响，飞起来的指甲片，不知落往了何方。荷荷安然地坐在餐桌前，记着一日账目的明细，详细地捕捉着空气里那些指甲乱飞的痕迹，要记得大抵落在什么方向——一会儿要拿吸尘器将角角落落全都吸一遍。荷荷心想，一边口气愉快地回应着丈夫向她抛过来的家常对白。很多的需要视而不见的细节：盥洗镜前的牙膏点，胡须沫，凡是有盖子的器具一律敞开着，剃须刀的刀片不小心缠到刨梳里；四处乱扔的袜子，领带，书本。摊在桌上的笔记本，是许岭工作的地方，是不可以改变的雷区、禁地，荷荷见缝插针地清洗积满烟头、口香糖、小纸团的烟灰缸，那些横七竖八的字典、摊开的电线、磁卡、鼠标、缠绕的电线，纸片卡，里头埋藏着丰富的宝藏。因为不可以触碰，毫无可能按照荷荷的理想：分门别类，摞齐整，这令荷荷痛苦万分。还有气味：男人的气味！不再有悬念，有距离制造的好奇心里的男人，是具体的男人，每天都在的男人。同一个空间里的男人，侵占着女人空间的男人。仿佛贝壳在翕动，渗入壳体内的，被潮汐带来的细砂石，亦被迫接纳，被迫分泌出柔软的体液，将其包裹，忍受入侵，直至孕育为珍珠。房门之内的空间，全是男人的气味。从皮肤和头发里散发出来的，油脂分泌旺盛的气味；从巨大的皮鞋、跑步鞋里散发的脚臭；留在枕头上，留在毛巾上，留在棉被上，滞留在卫生间的气息——强烈的，暖的，浊的，雄性的气息。

从前她和雀雀两个人的家，是个小型的女儿国，由精致的帐幔，过家家似的小灶具，描花的细瓷餐具，婆娑的常绿植物，插在玻璃瓶的、长开长谢的四时鲜花，柔软的棉布床单，装满决明子和菊花的枕头，粉盒、胭脂盒、面膜盒、糖果盒……组成的，连钥匙都是装在盒子里的。女儿家的小空间，是叽叽喳喳，细密心思，柔情蜜意的生息和动静。她从来没有如此细水长流地和男人在一起过日子。如今，在这个家里，荷荷只好拼命地擦灰，见缝插针地清理，收拾。很多个清早，很多个傍晚，进进出出间，餐桌上摊开的杯盘，残羹和冷饭，头天吃过了没收拾的。还有寂寞，两个人的寂寞加起来，远比一个人的寂寞要满，要具体。它具象地凸显出来，在落雨的时候，点灯的时候，沉思的时候，累极了的时候，仅仅想要一个人待着的时候，抬眼意识到另外一个人的存在，还得放下自己的寂寞，去抚慰对方的寂寞。当然，这也许仅仅是荷荷自己的感受。许岭是一个务实的人。

往事似乎还在，留着伤疤、愈合的皮肤下面切肤的伤痛，都不再鲜明。有时候，荷荷的电话上显示文星来电的记录，他那一长串电话号码，不变的，曾经熟得不能再熟，如今忘记了，然而，看一眼就晓得不能接。她不接，他也常常会打，在夜半，在正午，在黄昏，兀自地响起铃声，像一个意味深长的念想，自顾自地。时常地，在电视、网络的媒体新闻上，也看得见他的身影，在一次据说很重要的会议上，一次据说很重要的考察，街头的行走中，他走在一群相似的官员之中，在镜头前。她看见他，似乎，心里理应会荡漾起一些涟漪，然而，已经不会影响她的心情了。曾经的那些，在南亚夏天热烈的阳光下，炙热、封闭、无望的热爱，那些，性灵、情爱、肉体、心灵全都掺和一起的情节，她被他欺凌、虐打，她那时候只是个不到二十岁的小姑娘，他欺负她毫无顾忌……回过头来想一想这些，仿佛站在一扇门外，推开来里头是豺狼虎豹，瘴雾浊气，里头传出她当年的哭声，她根本不能有勇气再推门进去。噩梦一直在身后追赶着她，她还是一日日地生活下去，努力地去爱，挣她这份相夫教子的日子。她如今，很谙熟婚姻了。在夜半，熟睡和轻微的直觉之间，枕边的男人，酣睡里热的肉体，恰到好处的体温。摸过来的手，亦是温热的，充满了欲念。荷荷没有动静，然而，她克制着自己的恐惧，去奉承和迎合。是汹涌的潮汐里欢愉的海贝打开它紧密的壳，熟睡里的面容，紧闭的双眼，温暖的抱紧，恍惚里带着震荡心魄的酸楚，仿佛旧梦重温，仿佛另一个人……

夏天，荷荷就怀孕了。这是结婚半年后。她希望是个男孩子，很结实、很理性的男孩子，强健地存活。那个悬念被挂起，是伴随着漫长的呕吐、晕眩、食欲不振，墙壁的气味，水泥的气味，汽车的气味都令她在肺腑间酝酿呕吐感，连多年来安慰她的香草、鸡蛋、面粉的气息，也成了刺激。不能忍受。没法上班了，雀雀几乎像送走瘟神一样地，送她回家养胎，度过这怀胎十月的仪式。家里照例没有人，许岭早出晚归，或是加夜班。有时候因为临时出差，太忙，在彼地的机场落地，才来得及知会老婆。

这么多年了，闹闹腾腾地，她都在人海里周旋，爱、恨、痛，再没心思应对，没力气撑下去的时候，也要拿块抹布擦擦器具的灰，拿块面团在案板上千锤百炼地揉，好让自己能和自己待上一会儿。现在，她终于一个人，在一套安详的房子里，随意地活，随意地开电视，随时冲到卫生间吐，可以吃东西也可以不吃，她在镜子里看见自己的脸，饱满、圆润、静谧，脸黄黄的，充满了光泽。她是幸福的——她确定。

一个月夜，很长很长的夜了，月亮都从天边移到了阳台上，荷荷加了件披肩，下楼去散步。室外的空气很清新，月光遍地，慵懒的居家孕妇，隆起的腹部，缓慢的雍容的步子，庞大的移动。走过树枝交错成穹隆的林荫道，迎面是豁然的一面山脊，苍青的颜色，山头挂了一个银白月亮。夜晚的风浩浩地吹着，在大风里充满了植物的枝叶、花朵的清芬。荷荷无所思想，无所记忆的意念里，还是出现一片烁烁的锦绣花开，朱槿，九重葛，在风里招摇，招摇。她十六岁的花，刚刚才来到南方……此时，山坡前方，有一个男人略带踉跄地走过来，他微微垂着头，耷拉着双手和脚步，最不成样子，最落寞的酒鬼的徘徊。他在月光下走着，偶尔，猛地抬起头，踉跄地，四处张望，搜寻着什么。月光遍野，在山间镀了一层光，将他勾勒成一个孤单剪影，那种若有所思的步态里，带着浓郁的期待。

荷荷愕然地立在一棵影树下，月光下看不清那张脸，她没有认出他来。是她的意识，潜伏在她肉体里、魂灵里的那些痛的伤的，在这样一个月影婆娑，大风浩荡的夜晚，复苏的场景里，认出他：文星。

他是月夜里一只梦游的白蝴蝶，来找他前世的记忆。他前世栖居过的绿叶，停留过的花朵。风吹着，他的衣衫鼓鼓的，像一面风帆。他浓密的黑发，他那双筋疲力尽的骨节细致的手，都搭在那只风帆上。在月光里遨游。

多少次她想象再遇见他，在余生某一年，某一天里的那一面，会是怎样的情景呢？在她的心里，未来早已经是被扼死了的。她想她一定不会再掉泪，也一定不会对他展示，喜怒哀乐中的任何一种表情。他就是，那样的一个人。为那么一个人，不值得……然而，在这样的一个，蓦然的，再也想不到的月夜，仿佛昔日复苏的场景里，他这样的，不为人知的徜徉——有多少个无人知觉的夜晚，他默默地徜徉于此？荷荷的眼泪，也意想不到地落下来。她心里被岁月磨砺的那一番坚硬意念，铸就的堤坝，被迅即地冲垮。她还在这条山路上，这么多的时光都过去了，他也还在。命运都在对人做些什么呀？

她伸手捂住嘴巴,抑制住自己的呜咽。转过身,往路灯前方,花木茂盛处,急急地隐身。不能让他发现她,不能让他听见她的足音,她的声息,不能让他再见到她——她隆起的腹部,另一种他不曾涉足的人生,她此时满面的泪水……

荷荷住进医院,生下孩子的那一天。是个男孩子。她被打了麻醉药,朦胧里,听见病房里的轻微的声响,压低了动静的,有丈夫在,有雀雀和萧辉在,许岭家特意从老屋赶来照顾的老母亲,还有其他的亲戚。这些人来了又走了……然后,病房里静谧下来了,消毒水和医院特有的清凉气在空气中,没有声响了,凭着生物钟的感觉,应该是夜晚了。房间里充溢着百合那样郁郁的香,还有姜花,仿似栀子花的洁白、肥厚的香气。荷荷睁开眼睛,一大簇,一大抱的白花包在花纸里,在微微的灯光里。一个男人轻轻地坐在她的脚边,目光凝聚地看着她的脸。是文星,一个中年的男人,眼角布着深深的皱纹,脸色发暗,显得黑。依旧清爽的分头,只是头发里有了几茎白头发。他远远地侧坐着,双腿架着,手叠在膝头,很端凝的一种姿态。他静静地看着荷荷,目光深得像一泓千年的泉。

荷荷心里酸酸地,有一阵滚雷似的酸痛从她的喉咙通往肺腑,剧烈地碾过,连带着缝合的伤口一起,痛起来。她侧过脸,在枕头上摩擦出一声颇大的动静,头发乱堆在她的脸颊边,颈后,恨不能藏起她来。她不要看见他。

不知过了多久,幽暗里那个静谧的人影发出脚步声,从宿命的一端,走到另一端,他永远不会真的为她停留,她一直倾听着他过路的脚步声。他轻声地说:"荷荷,我走了。你好好养护好身体……我……想你好好的。"荷荷睡过去了,这么乏味的话,又伤人至深,像病气,在身体里,血脉肺腑里游走,搅和得人哪儿都痛,痛得痉挛,毫无应对之力。人相爱的时候,蜜里调油的时候,语言丰富得无边无际,爱的怨的,恨的憎的,一句玩笑话,一句赌气,一句训斥,都有那么丰盛的表达,叫人可以为之生,为之死。然而,分开了,人生互不相关了,就只剩下这么简单的千篇一律的话:想你好好的……你要好好的……

平淡得叫人恼火,无限地言不及义。然而,还是叫荷荷的泪濡湿了枕头。

她醒过来,是一场梦。孩子在摇篮里哭,她动弹不得,急着按床边的铃,叫来护士。她搂着孩子,整个人依然是在梦里,疼痛没有了,身子暖暖的没有力气,那个梦,叫人不肯出来。里头没有现如今的这些人,孩子是多余的,也是没有的……只有她和他,岁月里最原始的脚本,一个女人和一个男人的纠缠,永远在分手,也从来不曾真的分开。

在医院养了半个月。荷荷又回到店里,接手蛋糕店,不出来工作不行,雀雀再是百伶百俐,一个人也撑不下来这个蛋糕店,请来的师傅两炉蛋挞、菠萝包出炉,将生意撵走了一半。如今店门前几乎是门可罗雀了,每天用下去的面粉、鸡蛋,肉松,烤出来的面包要多平庸有多平庸,散发着廉价的香精、色素、糖精的气味,摆在橱窗里乏人问津。荷荷不出来是不行的。许岭的娘带孩子,照例婆媳间生出许多的龃龉。荷荷要烤蛋糕要看店,也面临了保姆的问题。这回的小保姆是牵藤远远地从老家捎过来,她本家的一个侄女儿,来荷荷家带孩子。时光就是在这样缓缓的更替里,流逝。起初做保姆,如今请保姆,看似因与果一幕幕上映,互相替换。

荷荷再回到蛋糕店,就有知根知底的街坊前来,以询问的方式,告诉她,从前做小保姆的那户人家,女主人再嫁了。荷荷瞠目结舌,只张大了嘴巴不能说话,半天还不了神,缓过神来也难以置信,街坊见她的震惊状很是满意。解释道,那女人之所以再嫁,是因为和丈夫,小宝爸爸离婚了,离婚的原因说来话长——小宝爸爸在外头养二房的事情东窗事发。好几年了,生了个女儿,都上幼儿园了。小宝爸爸是生意人,公司事情多,不在家的理由头头是道,所以顺利瞒下来这么四五年。

荷荷揉着一团面失神好久,一撒手,往凤凰台而去,依然是林木清芬的宽阔山路,她望见昔日主人家的阳台,在上午宁静的阳光里,阳台上晾晒着衣衫,一蓬杜鹃在栏杆上迎风招摇,开得艳艳丽丽。那一层楼的所有窗户都是他们家的,遮阳的窗幔有的低垂,有的撩起,看得出,里头是稳定的日常起居。不知为何,荷荷确信地感觉到,小宝妈妈不在那楼上了。那个爱看亦舒,寡言而温和的女子……庭园里的影树正在开花,高大的一棵树,秀气的针叶状的树叶,绿雾一样地弥漫在夏天的风里。

这新闻在雀雀这里早已经是旧闻了,尤其是荷荷在意的,她就更加看似耳熟能详却不以为意了。她一早就看见过小宝的爷爷奶奶,牵了一个小女孩在山路上散步,时常来面包房给小孩子买甜甜圈,买果冻、布丁,很有含饴弄孙之乐。现在,每回他们来,雀雀都冲到烘烤炉前去告诉荷荷,她一直躲在厨房里没出来过。一天黄昏,放学时分,她见到了小宝,背着一个书包,跟在一群叽叽喳喳的小孩子身后,垂头默默地走。她走出去,柔声地唤了他一声,小宝一抬头,愣了一愣,停下脚步,荷荷就来牵他的手:“小宝,你吃个水果派好不好?才烘好的。”

那孩子肉肉的小手沉甸甸地在她手心里,叫荷荷心里一疼,从前那个拍着她,哄“荷荷睡着了”的小手,岁月源头的那份亲热依然在的。她伸手去摸孩子的头发,小宝陡然一抽身子,甩开她的手,发足狂奔,往山上跑,沉甸甸的书包也跑得飞起来,一下一下拍打在他小小的脊椎上。那奔跑里,全是痛楚、对这世界开不得口的愤怒。

一会儿，那家奶奶牵着小姑娘来了，正好把在店门前发愣的荷荷逮住了。奶奶亲热地问候了荷荷的宝宝，询问她坐月子的情况，又叫手上牵的那个小姑娘叫阿姨，荷荷忍住自己的嫌恶打量了一眼，只觉得那孩子尖口尖嘴，一副小老婆生的相。奶奶忙过这套礼节，就迫切地诉说起小宝妈妈来，这个已改嫁了的昔日儿媳妇，她的不守妇道，不通情理，自甘下作的累累罪行——需要告示街坊。

奶奶说："不是我说她，这么多年婆媳我从未和她红过脸，荷荷你在我家也待过的，眼见为实是不是？哪一样家务不是我操心？她横草不拿竖草不拈，万事不操心，老公孩子都不管，舒舒服服过了这么些年。非要自己作践自己。"她将牵小女孩的手一递，示意她和她妈妈，"就算我儿子在外头养了一房，生了个女儿，人家从来就没有非分之想，知足得很。我儿子对她真是好的，从没想过不要她了，什么都抬举她顺着她，这桩事情我们合伙儿瞒着她走，就是晓得她气量小容不得人的。如今好了，闹开来，她就这么无情无义，老公不要了，儿子是自己生的，也不要了，这女子你说她是不是犯孤寡？"

荷荷依然陪衬着小保姆式的耷眉耷眼的微笑，陪着奶奶坐着，不时提起茶壶为她的杯子里斟一点，晓得她不需要回应，只需要倾听这老太太对前儿媳妇人去楼空的讨伐。"你说，她是不是生生把自己作践死？一回头都改掉嫁了，和我儿子寻死觅活地吵，离掉了婚，一个月都没闲着就嫁人了。嫁了个年轻她六七岁的，又不是什么正经人，说是一个什么会所还是酒吧里的楼面经理，油头粉面服侍富人的小白脸。你说，她是不是犯贱？把老公儿子的脸皮生生作践死？就算我儿子理亏，又不是要拉她下马，要她让位，我们合伙儿小心翼翼瞒她这几年，都是一万个不想要离婚呀！她一晓得了登时炸了尸，拿刀拿枪地闹，不离婚她就跳楼，真的跳，人跨到阳台外头了呀，吓得魂都跑脱了。闹到最后签字离了么。我家孙孙是不能给她的么，我们家的独苗苗,命根子哎!房子么,钱么,都留给了她,可怜我孙孙,为这么个无情无义的娘,再没笑过一下,眼泪都流干了……她心狠呢,转眼就嫁人了,这么快,说不定从前就是有奸情的,我儿子要去打断那个小白脸的狗腿,被我们劝住了。好人家,不能和下三烂的一般见识。荷荷你说是不是?你说她是不是犯贱?”

荷荷在老妇人迫切需要得到回应的滔滔申诉里,频频点头,深长叹息,咋舌。她心里已然了解了事情的始末,从前的女主人走了,这户人家该过的日子还照过,那外室小三多年来见不得光,如今也牵着女儿登堂入室,现成的上有老下有小,做起一户人家。倒是决绝离去的女子,自己留下的儿子在另一户新起的人家里成了个拖油瓶。她嫁的人,听起来有的只是情调,会在她流泪时带她去海边兜风?会陪她跳舞到天亮吗?……奶奶还在絮絮叨叨地数落,说那小白脸连一套房都没有,她如今是租房子过生活,搁着自己的大房子不肯住,自己的儿子不肯抚养,好端端一个良家妇女去倒贴欢场上的小白脸。荷荷没原则的点头也点不下去了,五脏六腑都被泡凉了,结冰了。小宝妈妈,她太痛了,她做这么颠倒纲常的一切,只因为,事情落到她头上,她自尊自足的生命里承载不下这么大的崩溃这么狠的伤痛,她太痛太伤,痛到不知如何是好,无能化解无能疏通无能改变任何,亦不肯在这被辜负被欺骗的局势里苟且余生。她整个人被这从天而降的耻辱扣为人质,她伤害自己,伤害儿子,转眼将人生糟蹋成一个笑话,只因为资源充足的耻辱,热火煎油一样烫着她煮着她熬着她油沥尽了还是干煎着她,她唯有拿自己开刀,毁了自己……周围的人无补于她的痛,却由着她毁灭自己。

奶奶说得尽兴而归。荷荷失魂落魄地回到家,对着许岭说起来,絮絮叨叨地,从当初被牵藤带来凤凰台做保姆说起,说到生硬寡言的女主人和她的一书橱的亦舒……心有余悸地说:“看到她那么通透、智慧,觉得生活里没有什么会为难到她的,真的灾难落到她自己身上,应对起来又是另一回事。"

"你们都只擅长纸上谈兵嘛。现实里头有应对措施的,都是习惯了生活里提心吊胆,才会富于忧患意识。"许岭看起来很有理论。

"她一定是完全没有忧患意识,她先生和孩子平时都好依恋她,顺从她的。"荷荷说。

"所以嘛……"许岭摊摊手。

"有一天你会不会也这样?"

许岭防范地望着妻子,料想她会如此问,果然荷荷这样问了。他笑起来:"不知道,现在我觉得是完全不可能的。"

"你要这样我会死的。"荷荷热烈地扑到他怀里,突然热泪汹涌,"我在这世上本来什么都没有,直到有了你。"

荷荷紧紧地抱住丈夫的腰身,这个世上谁都可能对她翻脸,她从小就是个没资格有正常欲求的人,在父母身边做女儿家的时候,和文星那一场低到尘埃里直不起腰的情感里——她从来警醒自己任何的非分之想。然而,为什么不可以做一个人的全部?成为他的天气他的信仰他的上帝,为什么不可以全心全意、全部交付出去——去生活?荷荷的眼泪热热的,浓情蜜意的,软化着许岭心房里不为人知的角角落落,她说:不要离开我,不要伤害我,不要欺骗我。

她的眼泪里有一种微弱的清醒,她晓得这是没用的,背叛来的时候,另一场故事的发生也是宿命里,她的眼泪是没用的,该来的时候,什么道义、誓言和承诺都挡不住。然而,她还是求乞,不得要领地逼人撒谎,满嘴许下无法兑现的承诺。在这世上她总是要爱,要爱下去的……

日子一天一天,照常过下去,沉默的小宝每天经过面包房,和荷荷互相递一递默契的眼神。依旧是草木森森的凤凰台,日常的生活被荷荷熟练地练就踩钢丝的技术活。荷荷的孩子满周岁的时候,萧辉和雀雀结婚了,仿佛一个雪白的落幕,中间的磨难,须臾间就成了前尘旧梦。他们两个,无数的性格悬殊,悲欢离合,等到他们两个重新在一起,这个事实却又郑重而简洁地,再确定不过了。他们的确,是天造地设的小两口。天真美貌,年富力强。

雀雀得知那个女人坠楼自杀的消息,第一时间便去找萧辉,他在公司,也在宿舍,面面俱到地活着,胳膊腿都全乎着,只是人没了——没魂了。人的肉身终归是个漏斗,光阴、年华、一世的七情六欲们,终归是渐渐漏的,雀雀眼睛里的萧辉,便是个沙漏,沙子发出响声地往无底的虚空里泻,转眼就把他这个人给漏没了。

玫瑰的死,压垮了他,彻底地摧毁了他这个人。这个世界是一扇误推误撞进入的门,里头所有的见闻,遇见的人事,都不是她想要的,这世界令她失望极了,她死,真的只是活得不耐烦了,太不耐烦。她死以后,他很渴望能够追随而去,然而,他明白,不可以的,因为她不开心看见他,他会将她弃之不顾的那些旧尘埃,都席卷着带到黄泉下——她不爱他,自始至终。

雀雀火速来到了他的身边,挎着他薄薄的影子,往前淌,一刻也没耽误地将这影子从那个守灵似的宿舍拎出来,拎回自己住的香闺。所有的情节,都如此顺理成章地,走下去。萧辉一点儿反对或者服从的意思都没有,只是,他比任何时候,都依恋雀雀,手跟手脚跟脚地,一刻都不离开她。他不敢一个人待,一旦闭上眼,他心里想的是,被硬生生关上的门下边,孩子变形的手指,撕心裂肺的哭声;在寒风呼啸,没有灯光的幼儿园里,一个人含泪坐在黑暗里的孩子,他一直不知道,那个孩子是她的孩子还是她小时候,抑或,是他自己?她穿的那件红裙子,兜住了多少的鲜血?她疼不疼?摔下来多久她才丧失知觉?

雀雀像冬天的超市里,取暖电器们的大集合,吹着热风,发着暖光在寒风冻雪里,如此厚道、如此真情实意地送温暖。去中药铺抓了压惊补心的药,配着食材,在炉灶上文火煲汤,哄着萧辉一盅一盅地喝下。开车送他去上班,又准时接他去下班,他晚个五分钟一刻钟,她就浑身肉紧,竖起耳朵听车窗外人群的动静,生怕他一个恍惚就站到楼顶上去了。周末的时候,日程更是安排得动感十足,爬山,下海,去不太远的旅游地远足。雀雀如今是个女知识分子了,她自学考试,一门门考下来,萧辉文文静静地将她甩了的惨淡那一年里,她头悬梁锥刺股,居然,也拿到了学位。她学的是法律,这是她的志气,她是这样气呼呼的,较真的一个人,在生活里,一块钱的来历和出处,一份情感的付出,一律非要讨个说法不可。如今她在一间律师事务所实习,是从小学徒做起,从事公益咨询,给农民工维权,小到对工厂聘用工人不付加班费、不签用工合同、不买保险等无良行为,大到对拖欠债务和工人薪水的企业进行诉讼、仲裁。荷荷上蹿下跳地为弱势民工做代理律师。她充满了乡下人的一根筋的质朴斗志,不找这没天理的城市讨要个说法——绝不罢休。每一桩不合理案件里,她都具有揪住当事人滔滔地晓之以理动之以情辅之以法以期将对方一口气说到羞死或者幡然悔悟的热忱。为此,她忙得每日里一路小跑,在公车和街巷间嗖嗖上下纵横地穿行,精神抖擞,伶牙俐齿。

静下来的时候,她时常不为人知地端详萧辉,她这份心常常令她自己也觉出无奈,觉出满腹辛酸意:如此一个白面书生,温顺听话,体贴心意,当初他背弃她时,也这么安安静静的,然而,头也不回地,一点余地都不曾留。他那些为非作歹的血液——在他文静、颀长的身躯间——到底流淌在哪一根血管里?此时此地,这个家,自己这个人,对于他,到底是故乡还是异乡?他那副劫后余生的宁静,如一个流浪在世上的和尚，始终有一个地方，是他终将归去的。如此一团雾似的玄白、虚空，就是他这个人吧。她自己怀了如此强烈的好奇心，掏心掏肺的诚意，在一所雾气弥漫的宅院前敲门，白粉墙、青枫树的院头，逗留的白雾吸引着她，她的眼睛，她的心灵全在不明所以地向往。然而，也许，推开门后，那里头是千丘万壑的云海，是千里无人的荒野，只有大月亮无动于衷地悬挂在天穹……

那个女子的死，将萧辉因为她而生发的种种忘恩负义，种种寡情和辜负的举动，都变得无需计较。她死了，不是么？从前，雀雀眼睁睁地看萧辉被她召回时，打落牙齿，咬牙切齿地诅咒她"不得好死"，她不是真的不得好死了么？这样的一种方式，这样的一种结尾，好端端的人从三十几层楼上跃下来。雀雀见过她的真人，很美，很美，她美得叫敌人也心悦诚服。这样美的一个女子香销玉殒，到底，是叫人心惊的惨事。雀雀没动力再坚持她的恨。

她对了荷荷，对了萧辉和许岭，都滔滔不绝地分析这件事。是谁，导致了这个女子的死亡？当然了，首当其冲是和那个男人有关，第一有动机的，是他的原配，怀恨在心，惩罚出轨的老公，请了私家侦探，跟踪探访，拍下照片，断送其前程以为快意，再者，是他事业上的竞争对手使出这种下作手腕，一举击垮他，令他声名扫地之余且哑口无言；当然了，也不排除，是女子的前夫所为。他已然将妻子变成前妻，不见得如此丧心病狂？自己不爱惜她也不让别人爱惜她么？到底是谁呢？说起来，这个女人身边一个正常的人都没有，也怨不得，她自己，首当其冲是个不正常的妖怪。气场有如磁石，什么样的气场会吸引什么样的党徒。所谓物以类聚，人以群分。

她振振有词地分析、推理、定论，思维缜密，逻辑严谨，叫听者为之叹服。雀雀历来喜欢辩论，讲起道理来，丝丝缕缕，清清楚楚，她双目清澈，面色红润，双唇翻飞间妙语连珠，如今比较从前更甚，旁征博引，之乎者也。嗓门明丽、清脆，排比句犹如江河之水滔滔奔涌，理性思辨囊括来自四面八方的主义，古今中外的见地。

萧辉撑着额头静坐一边，好笑地，牙酸地和众人一起端详着他的妻子，他由衷地赞同，自学法律太对应雀雀了，她的伶俐、机敏、雄辩的口才；她的对于世事人情，论理不论情的正气；她的旺盛的好胜心，锱铢必较的实在，都适合成为一个法律人士，如若她一路学有所成，那么，她有一天一定会成为一个名律师的。

他嘴角那一抹温柔的，明事理的，央求在座众人担当到底的微笑，目光戏谑地看着他的二百五老婆，她从前的那一张灵物一样、形肖雀子的脸，都被舒心的婚后生活给泡得失去了棱角，圆了，润了，肉乎乎的。她的百伶百俐的机灵，原始，泼辣，都被深圳这都市给偷梁换柱地调包了。泼辣变成了刚愎自用，机灵蜕变为圆滑，好口舌变成了强词夺理的雄辩。呵，这是他的二百五老婆。他凝望着她发表演说，她的样子令他心里充满戏谑的无可奈何，柔软的辛酸，哀怜，骨肉相连的亲切感。她和他一样，都生活在一个永远无法抵达的向往之中。血气方刚、愣头愣脑、撞了南墙也不回头，不言悔……他的一生结束了可是？挥霍完了痴情，挥霍完了青春。这是多么不着调的一个结尾：他还活着，有口无心地活着。还在实验室做实验，还在和荷荷夫妇寻常约会聚餐，身边有一个比鹦鹉还要吵闹的女人，偶尔，生的愉悦也温存地围绕着他，犹如春风的柔润扑面。没有心灵的域野上，一颗心灵对另一颗心灵痴盲的等候、向往、熬煎，永远等，永远等不来——不动心的人生，原来这么好，这么心平气和。萧辉觉得他在这个世界上，是一个被雀雀照顾的未亡人。

16. 裂帛之暖

文星和荷荷又再见面，是约在一间酒店喝早茶。是晨风浩荡的晨曦，荷荷在风里走着，老远地就看见依窗而坐的文星，光影灿烂的大堂，深红的厅堂，华丽的布景里依旧是那个旧日的文星，深深的黑眼睛，愁眉紧锁，他穿了一件灰色细条纹布衬衣，从袖口处露出洁白的腕骨凸起的手腕，修长的手指握着茶盅，在喝茶。黄黑肤色，心事重重的一个剪影。

荷荷像印度神话里，赤着半个胸，掳着一个婴孩的女神，笑嘻嘻地，虎虎生风地走过来。文星眼里的荷荷瘦了不少，人看起来却胖，哺乳期的妇女都这样臃肿。她头发随意地在脑后挽个髻，穿了一件翠花布小衬衫，颈口横着一只玉蜻蜓扣子，青布长裙子，小坡跟的镶珠片拖鞋。很随意的漂亮，周身笃诚的烟火气。

那孩子倒是白白胖胖的，苹果脸上镶嵌了一对滴溜溜的黑眼珠，咧开嘴巴笑时，迷人的梨涡。他微笑着，伸出手来，握一握那个孩子的小手，玉雕一样的肉乎乎的小手，热乎乎的，像一朵花停在他的手心里。那小孩也笑眯眯地看着文星，他有着继承自他父母性情里的，毫不乖戾的赤子性情，咧开嘴巴，咿咿喔喔地和文星打招呼。文星心里的那股潜流的酸涩、沧海桑田的醋意，全都化成了柔情，他软着喉咙，逗那个孩子："喔唷，喔唷，你想说什么话呀，嗯？叫我吧，叫我老舅舅！老舅舅！"

这个称谓，仿佛是他深思熟虑过的，他不会想在荷荷的孩子跟前，只做得一个不咸不淡的叔叔伯伯——这个称谓，简直文不对题，简直不甘心。他想起来似，从裤兜里摸出一个小盒子，捏着孩子的小手，打开来，是一只黄金铸的长命锁，金子颜色很灿烂，锁上的"长命百岁"四个字是镶嵌的红玉，很精致。孩子很好奇地，手上去抓那个锁。

荷荷心里很震荡地感动了一下，她晓得他是用心了的，他从前对待自己亲生的儿子，也不曾有这份殷切，许是年纪大了的缘故。反正，他这个人，是个怪人，历来是又怪又冷的，陡然这么郑重一下，真是叫人愕然，然而，又不意外……

她笑盈盈地道："好精致呀！一定很贵重。给我们家宝宝……"她客套了一半，就喝着杯中的普洱茶，适时地打住了。文星微笑着，很欣慰，看来她嫁的人果然不错，环境好了，到底养得一份雅致、适可而止、点到为止的矜持出来了。

一顿饭里，荷荷没有怎么和他说话，一只手臂揽着孩子，一只手扶筷子，抽空就吃两口，锲而不舍地往孩子嘴巴里喂。把肉丸、虾饺咬开，餐包掰开，掰成一小块一小块，喂到孩子嘴巴，被他吐出来，便捡起来放进自己的嘴巴里，毫不介意地吃下去。还有芒果布丁，特意要的肉糜鸡蛋羹，一勺一勺地舀在勺子里，吹凉，哄孩子张开嘴巴，他闹哄哄地在荷荷膝上跳着，手在桌布上抓着，力大无穷地要将桌布揪起来，又将插着鲜花的花瓶扳倒，大眼睛骨碌碌地到处转着看。还想起来地，对着文星咿咿呀呀地招呼。荷荷执着调羹，瞅准了孩子回过头，一勺子碰上去顶住嘴巴，孩子就本能地张开嘴吃下去，她就很成功地,喜笑颜开地表扬起来。她忙上忙下,目中无人,根本无暇理会对面的男人。文星就坐在那里,怜惜地看她絮絮叨叨的样子,嘴巴里无意识地对孩子呢喃着,呵斥着,劝告着,宝宝吃虾啊,妈妈喂你啊,张开口哦,虾好鲜的,牛肉补钙的呀,吃了聪明的呀——是他熟悉的爱,是他曾经习以为常地浸沐过的,如同浸沐空气的那种爱:尽力缩小到无自我,最大空间地扩开来的爱,无微不至的,倾其所有的,一饭三反哺的掏心掏肺,一点都不保留的爱。

他鼻子一酸,掏出手机接电话的样子,离开座位往临窗的走廊上走。窗户开着,居高临下地鸟瞰出去,是城市的千万幢楼宇的屋顶。如今,在人海里的他,也拥有着某一种杀伐决策的垄断能力。只是,他和这个女子的故事,到底,还是按着浮生的悲欢离合里最无奈的路数,滑下去,滑下去……

他这些年没少过女人,权力是春药,女人们慕名靠上来的,他是权贵,生得且俊美,女人个个都拿迷魂汤灌他。愈是这样,相识于微时的荷荷,成了沧海横流里的中流砥柱。男女相遇,是一场两兵相接的战争,与荷荷,一直都是他赢。他单枪匹马,毫无德行,拍马驰骋,任意来去。而他的对手荷荷,从来是个慈祥的青布妇人,在茫茫的黄沙戈壁滩上,用木桶汲来清泉,三块石头垒成一个灶,她生起了火,和好了面,在石头上贴饼子。看见他打马而来,带着不战而胜的蔑视,还有嚣张神情。妇人将脸笑成一朵花,家常地递上她烙的热面饼。遇上这样的对手,真是可笑的,他漫不经心地接下她的烙饼,轻蔑地三两口吃下去,那种温热的暖入肺腑的情意,从来不会软化他的斗志,缠绊住他打马驰骋的远行——是这么多年过去了,喂给他吃下去的那些,毒性才慢慢发作出来,在他的肝肠、肺腑里,发作地疼,疼起来排山倒海。他才晓得,那些毫无手法的拙朴的香热的面饼,吃下去,原来也是毒,也会伤……

见到了，又还是要告别的。吃过下午茶，他开车送她母子俩回家去。她住在凤凰台那片山谷里，只有她这么死脑筋的人，才会住在这么尘烟如梦的地方。是秋季，一路上的风，浩大舒畅，往车窗里灌。她母子俩在后车座上，继续咿咿呀呀地相互学舌，荷荷问道："你今天开心吗？""你的小肚肚吃饱了吗？"那孩子就平着声调重复一遍，开心吗？吃饱吗？并且小胖手拍拍肚皮。他听着，不由得微笑起来。车到了社区的门口，他下车，为母子俩打开门。荷荷抱着儿子，用手捉着他的小手臂，在他的面前挥一挥："说，拜拜，舅舅再见！舅舅开车要小心，舅舅上班要小心。"

他捏捏孩子的腮帮子，用力地，恶狠狠地亲了一下面颊，回身坐回车里，车在楼门前打个弯，又探出头来，向立在大门前的母子，挥一挥手，扬尘离开。荷荷看着车影，一直在山路底下的绿影里。她回身往家走，脸埋在孩子的胸口，嗅着他肉乎乎的汗香，他一路扬着胳膊，咿咿呀呀的，她心里，很静很满。她对文星是有感情的，沉淀在她的血液里，不假思索的那一种本能的情感。

她回到蛋糕店，烘好的蛋糕，打起泡的奶油，切片的菠萝、凤梨、猕猴桃，下午茶时分有一拨蛋挞出炉，街坊们都习惯地来买，节假日的时候供应需要排队，一锅一锅的蛋挞，她在里头不出声地忙碌，脸蒙在白口罩里，立在工作台前。她不大教训人，凡事亲力亲为，店里的面包师傅和跑堂的小姑娘们，围绕着她，出锅的出锅，摆点心的摆点心，跑堂的跑堂，结账的结账，在这个小宇宙里，她是恒星，他们是围绕着她运转的小行星，彼此都有拥有恒定的活动周期。

荷荷姿态敏捷，一手托起挞模，另一手灌上蛋液，起落间一个多余的动作也无，一只烤箱里头，迅即地排满了待烤的灌满的挞模。若是葡挞，需兑上焦糖、奶酪、水果粒，她一边做，一边听着烤箱里的火候。她的蛋挞从来没有约定的出炉时间，都是看她的心情，她的本能知觉。经过她手的蛋挞,外围的面包酥皮烤成均匀的一片一片,汪着的蛋液已经凝固,然而,嫩得恰到好处,表皮之下的蛋液几乎呈流溢之态。她就是这么没章法的,传统的肉松面包,她会在芯子里搁桂圆肉;又或者在揉面皮的时候兑些鲜果汁。全世界再没有一个烤面包的女人如她这么热爱水果了,那些果香绚丽,种类纷繁的水果,芒果、椰子、山竹、菠萝、香蕉、葡萄、提子、西瓜、哈密瓜、木瓜、苹果、梨子、橘子、火龙果、奇异果……她将它们切成片,榨成汁,揉进面粉、黄油、吉士粉、鸡蛋、香精里,镶嵌到蛋糕,朱古力、白巧克力、抹茶里,她还将小小的果冻,布丁,小蛋糕,轻巧地搁在一片橘子皮,一瓣柚子皮,一片小小的芭蕉叶上……她就是这么野路子,没章法,不守规矩,默默地冒险。经她的手,烤出的点心,香满山谷。

回到家,从进门就忙起,捡拾孩子撒在地毯上的玩具,抱起孩子,检查他的全身每一寸皮肤每一个器官,孩子又离开她独自活了一天,她不放心。她饶舌地询问许岭的工作,这一天吃的什么饭跑的什么事,问孩子在托儿所的一天,阿姨对他好不好喝了几次牛奶上厕所谁带他去的老师教他唱了什么歌,问起来他们父子都不多话,一个是不大会学舌,另一个呢,则不耐烦多话,问起来总是一句话顶回去:“说了你懂么?”然而,她不问他,也是不行的,这一晚上少了个程序,也是不踏实的。啰啰嗦嗦的荷荷,是啰嗦老婆,啰嗦老妈。像一只唧唧呱呱的啄木鸟啄着树干那样,频繁地说话。

小保姆在厨房里切好了肉,洗好了菜。炉子上煲着汤,她将孩子交给许岭,下厨烧菜,客堂上的电视在播着动画片,许岭陪着儿子趴在地毯上,嘟嘟地开着小汽车,搭着积木,当顶的水晶吊灯的光照下来,被水晶球加晶了的光,沉静的温柔的黄光,闪闪的,斑斑片片的,照着她的家小,她的厅堂,她的地毯、木柜、花瓶……点点滴滴都是她置办起来的,地毯上玩耍的两个男人,一大一小的,是她全心全意爱的。

她爱这个家,她疼她的丈夫,孩子。甚至,和文星的那一段。不知什么时候,岁月溶解了她的耻辱,只剩下他那磅礴的,浩荡的笼罩过她的心灵和年华的那一段……回忆起来那份荡气回肠,依然令她骨头发烫。她多情的心呵,就是爱得这么不含糊,这么多。这世界都是她拿面粉捏出来的,这些人,都是她生的,她养的,她疼他们,一个一个的,都疼得毫不含糊。

她和文星,如今是桥归桥,路归路了,前头也不会再有什么交集了。比及从前的寡言,如今的文星倒是对她坦诚起来,话多起来。他约她时不时地出来坐坐,问他什么,他都会说一点,字里行间,都是身不由己的哀意,有一回,甚至说出有朝一日大风雨将至,恐命不久矣,这样的亡命之音。他伸手撩开遮住玻璃的窗帘,对她示意,隔着一层白色的遮阳窗纱,是一条僻静的林荫道。在街边停着一辆黑色的轿车。"那是他们监视我的。我如今的举动,都在他们视线内。"文星表情平淡地说。

荷荷听了,五内震动,滚烫的普洱喝到嘴里,连舌头一起木木的,恐惧还不曾袭来,然而,这一切似乎又不意外。她意念里,种种的不与他计较,不就是因为他是个短命鬼吗?

他们相对坐着,木棉花的枝叶举在窗前,花枝烂漫。玻璃窗下的本白沙发和卡座,黄色细条拼花木地板,隔着帐幔,响着细细碎碎钢琴独奏的琴声。每隔短短的一段时间,荷荷就偷偷地瞅一眼窗外。一刻钟过去了,那辆车阴魂似的原样停着。车里也许没有人,荷荷心里努力地宽慰自己。

"别看了,不是错觉。你没发现吗,他们并不介意被我发现。"

"还有办法吗?想得到办法吗?你交往这么多人物……"荷荷荒腔走板地说,开始感觉到恐惧。她心里一直有一个空间,是她和文星独有的，现在，仿佛基石塌方了，豁底了，底部是无尽的空虚，黑暗的风带着杀气涌上来。她哭了起来。

“你没看你发短信打电话我从来不回吗？我的手机早就被监听了。天罗地网全都布好了，所以，我现在已经无需徒劳一试，看看是否脱身。”文星双目深深地看着荷荷，这么多年了，他原先也不怎么在乎她的死活，她这样的女孩，像乡下一种叫回头青的野草，扔在一边自己总能扎根活下去。她嫁了人，又生了孩子。犯忌讳似的，这么久他从来不曾仔细地看过她一眼，只是看着一个人走来，那发福了褶皱了的眉眼身形，是他心熟的，无需辨识的。这一回，他凝神看着荷荷，她哭起来的样子，依然像个种棉花的乡下女人，愁苦地涕泪交加，依然毫无风情。

“正好，我累了，可以收场，不劳自己费神了。”他将手臂伸长在脑后，惬意地伸了个懒腰，很舒张，大功告成的神情。

“你就是这样！你这个人从来都是演，把这辈子当试验，当戏来演。你从来就没有真心。”荷荷激愤地哭着，将他递给她的一块餐巾夺过来，又摔到他身上。

“正好啊，你也巴不得我死。我死总合了你的心意了吧？”文星依然在斗嘴。荷荷听到他说死字，愤怒的脸全涨成了血色，她汹涌着眼泪，眼巴巴地恨着文星，却无从说起也无从安慰地，双手往桌布上一趴，埋头恸哭起来。

“你跟我走。”她说。

“跟你走有什么用？”

“我又没犯王法，又没像那种没天良的婊子，窝赃了你赌命来的钱。我是清白的。他们能拿我怎么样？你跟我走。”荷荷站起身来，拉文星的袖子。

“走去哪里？”他伸出五指，攥住她那只凶巴巴用力的手。

“回家去。回老家去。回老家种田去!”荷荷连腔调也泼辣起来了,一瞬间魂驰千里,带着文星回到了平原,那里有他们共同的故乡。五十里内的乡音都是一样的,坛子里的酱菜在岁月里神秘地酝酿和变质,木匠打的那种低矮拙朴的木头四方饭桌,黄昏时分歇在屋檐下的竹椅,村庄里燃烧稻草和棉梗的烟火气弥漫在平原上,雾从遥远的,遥远的天际线升起……那寂寞的平原,寂寞的故乡。

文星握了荷荷的手,贴紧自己的下巴。荷荷怎么也攥不动他,然而,她的手感受着他的喉结的激烈,他在哽咽。多少年不曾碰过他的手了,他的皮肤。尤其是,他这样的脆弱,这样的缠绵。

荷荷才明白,他真的大势已去了。而她,从来就没有爱够这个男人。她抬起头,慌慌张张地看着窗外,看着奢华的茶室内,男男女女的背影都是盾牌,后头躲着敌人。为了这个人,依然,什么都可以。她赌气赌了这么多年,为了恨他,她嫁了一个不相干的人,还生了一个孩子——现在,闯了这么大的豁子,连个婉转收拾局面的时间都不给了吗?

那天她不知怎么回的凤凰台,似乎又是被文星温言软语,千方百计才摆脱的。孩子一个下午没看见她,娇痴依恋地缠着她,绕着她,脚绊脚地跟着她。她看也不看他一眼,进了卫生间关好门,那孩子缠绵地拍着门叫唤。她开着水龙头,冲着她满脸的泪。头一次这么嫌弃他,嫌弃门外的这个孩子——没有他,她这时候就该轻装上阵,收拾收拾衣衫行李,带上她煮菜的锅,和文星一起,去逃命。大地那么辽阔,离开高速公路,南方之外的土地依然是封闭的农业社会,会找得到荒无人烟的芦苇滩头,找得到人去楼空的荒废村落,在那样的地方,一百块钱够用上半年了。他们自己种稻谷,自己种菜。逃到沙漠也没关系的,万里黄沙,没有人,没有河流,只有她和他,地球上再也没有别的女人在他眼前晃了……这才是她想要的一生。

她打开抽屉,又打开衣柜,她搬出一只皮箱,去厨房拎了一只炖锅,拿一只布口袋包起来,包包好,缠缠好,放进皮箱里。她去收衣服,首要是内衣,睡衣。过冬的羊绒衫也找出来了。又敏捷地打开一只罐子,去冰箱里取一些自己酿的泡椒——在路上总是要做给他吃的。一转头,只见儿子也迈着两条小短腿,满屋子正跑得慌,他将自己的鞋子已经放在了锅的旁边,又费力地拖动玩具箱,拖不动,他搬着卡车,也要放进箱子里。荷荷看着,登时怒不可遏,她冲上来弯腰将黄色小卡车和小跑鞋拎将起来,头也不抬地扔出去老远,骨碌碌一直滚到遥远的门厅角落里。她气得大喊大叫:你干什么?你干什么?谁要你跟着?和你有关系吗?

孩子迈着小短腿,去门背后拣回他的小鞋子,他固执地站在母亲面前,又害怕又非去不可,双眼蓄满了泪水,顽强地望着荷荷,咯咯咯地笑。荷荷冷冷地看着他,想着带上他,文星是不会喜欢的。这么血气旺盛的一个孩子,应该留在这个城市里,优渥地长大。她和文星要去逃难了,不要后代。死了就在荒野上,燃一把火,烧个干干净净,尸骨无存。

这孩子是不能带的。然后,剐骨的伤痛在她的肉体上起作用了。她哭起来,抱起孩子。他肉乎乎的小身体,打着抖,激烈地抽噎着,小肚子一鼓一鼓的,还有他敦实的小屁股,贴着她无情的手臂。孩子在哽咽着说:"我一起去。一起去。"

那一个暮色初暝的黄昏,锅灶上红火热油,荷荷站在灶前,煎一条鱼。身后的料理台上,电话响起。

"荷荷……"话筒那端的人唤一声。一瞬间,他的声音带来的那种广大的甜蜜,如蓝丝绒一样,包住荷荷。

"荷荷,现在跟我走,好不好?我带你回老家去,我再也不伤你了。像你说的,我们在乡下种地,门前的荷塘种荷花,水里养很多鸭

荷荷一瞬间魂驰千里，带着文星回到了平原，那里有他们共同的故乡。

子。冬天的时候,枯塘的季节挖莲藕,晒腊鱼。”荷荷的眼泪汹涌地流下来,她的梦在被梦里的男人详细地阐述着,只是因为,再也没有实现的可能。她没有机会跟他走了。“只是,我没有时间了。荷荷,这一生我最不能释怀的——是你。这一生我唯一真的拥有过的,只有你。可是我辜负你太多太多……不要原谅我,这样欠着你的,来生我会找到你,偿还你。”

“保重!荷荷!你要好好活着,活到寿终正寝。”

电话里充满了海风的声音,那是天尽头的声息,犹如一壁坚硬的岩石,世间的悲欢和纠结在时光中辗转、流落到天尽头,被悉数地击碎、分解,散作飞扬的尘埃,被海风吹散。荷荷脸上大颗大颗的泪水,滴在锅里。从厨房望出去,远远的客厅,远远的餐室,远远的她的丈夫和孩子滚在地毯上。这回走不成了。她赌气为自己造了个牢笼,再也逃不出去了——她觉得自己是个被生死簿子漏掉了名字的人。她活得太久太久,那么多的恩怨积累。

不可以!不可以!不能就这么算了!她的脚底下有一大片海正在崩塌,天地洞穿。全是滔天汹涌的水。她穷尽心中最后一口气,嘶吼起来:“不可以!不能就这样。我不会放过你!我不会相信你!”

她愤怒的眼泪也是那汹涌流淌的海水里的一片,冲刷得她眼前什么都没有了,何时何地全不知觉。她头撞着墙,激烈地号啕着。突然,厨房门被一双小手慢慢推开了,孩子怯生生地望着她,惊恐地问道:“妈妈你怎么哭了?”

荷荷生生地收回喉咙里肆意冲撞的怒吼,惊慌失措地瞪着孩子。她擦了又擦泪水,感觉到浑身被冻透了的瞬间结冰的冷,连肌肉都冻得伤起来。只见许岭站在厨房门口,冰冷地打量着自己。那幽深的、悲伤的、仿佛正在忍受肉身的某处痛楚折磨的目光,是荷荷熟悉的。这一刻,荷荷恍然明白了,也许,他一开始就什么都知道。在那样冰冷又痛楚的注视中,荷荷感觉到自己浑身被冻透,瞬间结冰,连肌肉和血液都冻伤了。

她将锅铲塞到丈夫手里,哽咽道:"饭做好了。你们俩吃。"她握着手机,蹬上鞋子出门去。她要去山里,找个没人会听见的地方,哭死过去。南亚的永远也过不完的长夏,热风漫卷,凤凰树的树影摇曳成浪,她往梧桐山里头跑,沿途不能节制地落着泪,一路打湿那些滚烫的石阶。文星又给了她一个海市蜃楼,今生今世兑现不了,来生有多远?她按捺不住要冲过时间的帷幕,揪住那个滑头的无心浪子,问个明白:来生有多远?来生如何还?会不会又途中丢下她?

然而,她晓得,换一次时空,这样或者那样的场景里,他照例只爱这么多,她照例资质有限,手忙脚乱、掏心掏肝最终也懂不到他……他的心灵太苍老太空洞,痴情这个古老的小儿女的题目于他,实在是不够容纳他的。在时间的战场上,他永远理亏,永远先撤,抛下她。她是一个伤心的角色,在文星的命运里,远远地,暗影幢幢地存在——只能是这样。

她再也打不通他的手机,月落日出,平常的一天,没有人留意到她已经发疯了,崩溃了。她没有能再见到文星,他被捕被审查的消息,尚且未在报纸和电视媒体上正式发布,在民间的流言,网络上,已经哗然,铺天盖地的小道消息。荷荷知道文星真的被抓,是正式的媒体消息,他被捕的消息被官方正式发布,被立案调查贪污受贿腐败行迹。于她而言,这只是一个被证实的结果。生命是个冒险游戏,他闯过激流滩,在一落万丈的瀑布前,看见山河绵延的壮阔,花开成海的胜景。从这个制高点一头栽下去,栽到万丈之下的终点。很过瘾。收场甚妙。

据说是子夜时分从办公室直接带走的。他穿戴得很齐整,也很镇定,刚刚从一个酒宴上退下来,坐在办公桌前独自饮茶,他在等着他们来到。此后,便不知道他关押在哪了,这些都是雀雀从人堆里带回来的小道消息,转告她的,她谈论起文星的贪污案,也以一种深谙丛林法则的律师口吻道:这种级别的官员,只要被收审,政治前途是一定全完,剩下的,只是要不要保命,保不保得住命的问题了。他的家小,早已经插翅高飞了。他儿子在欧洲西部一个小国家念书,他太太一早过去做陪读,在那个福利很好的国家做了投资移民,连她的国籍都不再是中国籍了。这些情节,文星都对荷荷漫不经心讲过两句,用一种散淡的讥讽口吻。如今,雀雀又得到了一些平头老百姓不能企及的内幕,伶牙俐齿地在饭局上说,因为过于激动,过于激愤,她手舞之足蹈之,声音尖利亢奋,唾沫横飞。荷荷听着,也伙同着微笑,她硬着头皮附和着雀雀:是啊,这个女人是聪明女人。懂得慧眼识珠,懂得全身而退。

多年以前的夏日,夜风里,伸到文星怀里那双娇俏的白的脚,恃娇恃宠地。她那样漫不经心,那样爱娇而无辜,宛如大森林里黑熊的巨掌,一地金黄的叶子,在它缓慢的脚步里,碎成齑粉……那双精巧的洁白的脚,轻易地,摧毁了荷荷的梦,取得了她自己半世的荣华盛衰。是好女子就祸福同担啊,独善其身算什么——这么多年了,荷荷竟然惊觉自己内心,那不服气的声音依然在对那个女人喊话。这么多年了,她的伤痛不止是伤痛,是不能释怀的宿命,是推此及彼的怨尤。换了她荷荷,文星或许不会是今时今日的下场!她心里有一个种棉花的女人,没日没夜地站在无遮无挡的田野里,指天咒地骂、声讨、讲理,为文星争另一口气,另一条命。然而,到底有一片明镜台一样的清醒:没有人能够阻止流星划过天空的光华,和他最终的堕落于尘埃。

那个女人,会再嫁吧?她这些年过得养尊处优,又在烈火烹油一派繁盛时看出苗头不对,及时抽身而退——她这样的智慧,再嫁一定比现在风光。美丽的神秘的富有的东方女子,在西方社会还可嫁给上层男人。还有,她的儿子,文星的儿子,曾经的那个小男孩,随在父亲身边,牵在她手上,一起吃饭。他很乖,很听话,他的温热的头发摩挲着她的手心,那样温柔而隔膜的感觉,这么多年以后,还清晰地停留在她的手掌中……他如今很大了吧?应该是个清秀高挑的小伙子了,像他父亲。呵,文星的孩子,从空虚里制造出来的一个产物。一个务虚者留在这人世的一个实物。他在异国他乡,鹅卵石小街两旁是古老建筑,周末时他偶尔出游,踏着脚踏车经过田野、郊外的森林,那个孩子,他在过着他自己的人生,或许,已经想不起在中国的父亲,由一个卑微的草木葱茏的南方小乡村走出的打工诗人,神秘的父亲,他的曾经官运亨通,后来身陷囹圄的父亲。父亲这一生的祸福,文采飞扬背后的孱弱、胆大妄为、乖戾非常却又一往情深,对于他和他的母亲在异乡优渥、宁静的生活而言,这个男人早已渐渐淡去,淡成一个费解、淡漠的灰影子……

荷荷心里觉得,这个情景,很对应文星的宿命。

瞅着酒桌上无人注意,雀雀拽一拽荷荷,额顶着她的前额,细声嘀咕道:幸亏你一直很笨,脑子不灵光,不懂得运筹帷幄,没超出你当年小保姆时的身份。否则,今天我还得去给你做辩护律师,想办法保你不坐牢,还得搜集证据,申述你只是给他做做情妇,没能力和他合伙贪污。

雀雀喜欢提文星,从前是他风生水起时,她欢天喜地地同情着荷荷,同情她不知死活,没分寸的奢望,不出所料的被抛弃——早知今日何必当初?跟一个男人没名没分搅和这么多年往后谁还娶你?她觉得弃妇荷荷举目无亲,只有她这一个靠山了。她协助她开了一间小店,又在她的策划下,推出了好男人许岭,令荷荷得以花好月圆,一块锦缎遮住了所有的前尘往事,除了她这个知根知底的,没人知道荷荷年轻时这么猖狂这么意乱情迷这么自甘堕落过。现在文星身陷囹圄，她牢牢地确信这一路她为荷荷操心，不停地提点，这些行为是何其值得的。

“你别傻了，还不服气他老婆，人家提着脑袋贪污的钱，全让他老婆卷走了。可以移民西欧，没有大钞票大身家，想都别想的。在他眼里老婆孩子永远是最亲的。再重来一次，他还是不会要你。”

荷荷低着头听着雀雀伶牙俐齿地说着最伤她心的话，她是早已经习惯了这种伤心。而且，许岭越在场，雀雀就越有触景生情、忆苦思甜的兴致，时常地，荷荷想悄悄钻到桌子底下给她磕头，求她不要这么低着嗓子胡说八道。但雀雀是有分寸的，她只是喜欢看荷荷脸上青红皂白俱现的样子，眼睛和囧笑都是在向她作揖打拱。她的荒腔走板仿佛一个溜冰的淘气少年，一个瞅不准就会溜出界限，会捅出篓子，泄露无人知晓的惊天秘密——在边界线，戛然地刹住，叫旁人听着毫无破绽，只是平白无故叫人吓出一身冷汗，久久心有余悸——雀雀要的就是这个效果。

在这世上，也只有雀雀，如此详尽地了解，她荷荷和文星的故事了。在内心最深处，她愿意雀雀记得，一直记得这么牢固，在她们各自八十高龄的时候，她也能斜睨着双眼，语带不屑，暗藏嫉妒地，谈论起荷荷年轻时干下的那些好事，吃的那些大亏。

在这世上，总要有人帮她记得，记得文星和荷荷的故事……

文星就要死了，他羁押在一个她不可能再见得到的森严寒冷的场所，围绕他的是散场的疲惫、惊悚、后怕，将死的恐惧，或某一刻虚妄的解脱感——她试图感应着他，她不能确认，他这样一个内心与肉身格外分裂，灵魂与尘世格外不投契，格外疏离的人，是否死到临头会有真实的恐惧，遍布每一根骨头每一寸感知的恐惧感。那种恐惧感是他从小到大所熟悉的，不至于令他难受吧？而她，荷荷，她将安然无恙地生活着,衣食无忧,高朋满座地在这里谈笑。往后的岁月会很长,她还有个孩子,她还将继续活下去……是文星说的“荷荷,你要好好活着”。她只觉得有一把刀子,在她的意念里,另一个时间场里,一点一点地杀着她,不徐不疾地杀着她,要将她凌迟而死。她每天醒来睁开眼睛的时候,那种伤心的痛和肉身被割裂的剧痛便一起复苏了,分分秒秒地陪伴着她。她穿上鞋子行尸走肉地出门去,她在凤凰台来来回回,操持着三餐饭上桌,伺候着孩子漫长的一天,玩乐,吃喝,洗澡,睡觉——那把刀都在,一遍一遍地,从她的头皮割起,然后是耳朵,心脏,乳房,肝肠,脚趾。一寸一寸地揭开她的皮肤,血肉,那把刀细细地切她的骨头,稳稳地来回拉锯。痛得她浑身痉挛,死过去了。每天的天黑下来,她死过的心又惊醒过来,她惊恐地攥着窗帘,看着暮色里的青山逐渐地黑,无可挽留地仿佛一匹黑布罩住了天地。文星又少了一天了……要是文星逃出来了,她要把他藏在这片山谷里,黑暗里。她要每天给他送吃的,山谷里蚊虫太多,藏不住人的。她要把他藏在店里,改头换面,戴上口罩,从此做个安分的面包师傅。要是他自己愿意的话——荷荷知道他不会愿意。

文星是在监狱中自杀的,离他被捕消息被确认,只有了半个月。他在监狱中用一片剃须刀悄悄割开了动脉。不知道他如何将那个刀片藏在身上的。民间的传说纷纭,很多论调以很内行的口吻谈起来,说,那刀片是在食物面点里带进去的。

荷荷不晓得,刀片是具体的什么人带给他的,这是一个大的游戏里,最终的一个小小程序。是谁要他不再说话,或者,是文星自己,如传说中的畏罪自杀——这些,都不重要了。从一开始,他就注定了会承受跌宕起伏的命运,会承受最终这样或那样的结局。他累了,一个耗尽了赌性的赌徒,他是愿意退场的。而进入这个角斗场的人,不管中途赢过多少场,脚下踩踏了多少伤亡的猎物,盾牌上沾着多少骄傲的鲜血,手里有多少是是非非的冤魂,怀有怎样笑傲江湖的豪情,终归,只会死于另一场角逐中。角斗场没有出口。

多少年来,她一直怀有一个小小心愿,在这个城市,随便什么地方,开一间二十四小时书店,一间白天黑夜从不打烊的书店,白天的书店看起来,和任何的书店没有什么两样。然而,每当夜色笼罩世界,夜书店的气息就显现出来了,洁白的灯光照着灰色的地毯,橡木书架,推门进来的是城市里被孤独所压迫、驱赶的灵魂。尤其是文星死了以后,这个想法愈来愈强烈。他对她的那些坏、嫌弃、殴打,都淡去了。在她的记忆里,只是当初,从工厂里出来的那个少年,去图书馆工作的机会,是他的天堂。他蜷在书架间,从架子上抽下书一本一本地读,深夜里他还写诗……她还记得,他来书店找她时,在洁净的白炽灯光下,书架的长行间,满面欣悦,翩翩然地向她走来的样子……在这个城市里,这个世界上,所有的二十四小时书店里,永远会有那么一个人,在夜色里推门而入吧?他们在夜晚的荒原上荡漾,犹如荒野上的狼,唯有月亮是莽莽荒夜,狼群唯一的相知之物。他们望月长啸,不止不息。都市里车流穿梭的高速公路上,那些徘徊在路基上,踟蹰而行的人;在工厂区某个肮脏角落里,被野蛮的暴力所殴打所伤害的少年;在出走的陌生城市、危险街道上顾盼行走,随时被一辆车、一双手带向莫测的那些少女,那些,在脾气古板的生活里无处安身、备受熬煎的年轻人……那些,被人群所倾轧,被厄运所追逐,无法发出声音,也渐渐忘记流泪的孩子们……那是曾经的文星,曾经的玫瑰。需要有人途中点一盏灯,一盏读书的灯,在黑茫茫的夜晚,安详地燃烧,召唤、安抚所有流浪在黑夜里的孩子们……

只是如今开实体书店越来越难了,读书人网上买书方便,电子读物,手机读物又分了一杯羹。她开这样的店,只能算作慈善,没有进账的。这样怅惘地想一想,想一想,终于没了念想。她如今依然读书,每个夜晚,孩子睡了,她都在灯下读一会儿。生命的细节在她是斑斑点点的,细微的感受:譬如往事与回忆,譬如等儿子放学,蒸一条海鱼等着起锅;放出去的投资逾期不能回收,叫人免不了的提心吊胆;丈夫近来对她越来越不耐烦,她不免又疑心他,当然了,真的拆穿他这种蠢事她不会做的;她现在常去美容院,做些漂漂染染、修修补补的事,年纪大了,美容院成娘家了。反正娘家也一样的,时常找她伸手要钱……生命的繁难、琐细、具体的牵挂,偶然的欣悦,充满了她的心田。回过头去,全是东一片西一片的斑驳光阴。生命是什么呢?说不清楚。年纪越大,越是说不清楚了。

凤凰台的后山,再次沦为一片工地。那些积蓄泉水种菜的地方,被大的挖土机刨平了,要盖新的楼盘。看起来,这片宁静的山谷,会渐渐成为一片人烟旺盛的居住地。这倒是好事,荷荷是乡下人,所以,永远喜欢大场面、热热闹闹、人来人往。那工地先是将山坡掘平了,将岩石掏空了,山岩处有塌陷危险的地方又支了铁架,开始挖地百尺地打桩,起地基。工地盖起了简易的板屋,通上了水电,窗户下也悬挂了空调的排热机。门前则拉起了长绳,大清早地便晾晒出衣衫,都是男人的裤衩、背心什么的,吃饭的时间里,一群人蹲在阴凉处,端了庞大的钵和碗,在那里吃。荷荷坐在客厅里,透过落地长窗的玻璃,津津有味地打量他们。她不像丈夫和孩子那样,对这所有的吵吵闹闹全视为噪音,深恶痛绝。她喜欢这工地,这些工棚、吆喝、出苦力的男人,好似她小时候的村庄。这里头永远有她的乡情。而且,如今地产业大火,但凡是个楼盘,就会红红火火地卖个干干净净,会有更多、更多的人,推开蛋糕店的门,来买蛋糕和烤面包。想到门铃悦耳的一声声叮叮当当,进来的人有主妇,有孩子,有上下班的单身白领,来个肉松菠萝面包,日式照烧小丸子,荷荷独自就会呵呵大笑。她想象着那些上下班的白领,匆匆忙忙走路、饿得前胸贴后背、双眼冒火的样子,思量着新推出的新鲜豆浆,现磨咖啡,她很遗憾不能摆出一口油锅来炸油条。但是,她已经想好了,要做各种比萨!水果块、碎香肠、碎洋葱、青椒、西红柿……加上奶酪香料,烤箱里一烘,新鲜出炉,摆在所有人上下班必经的山路上,在那雀舌花婆娑的树阴下,香得轰轰烈烈、生意兴隆、财运鸿通。

这个当口,雀雀提出,要从蛋糕店退股,将已经增值的股份全部兑成现款,退股。她如今已经是个大律师了,她的自学成才、好学上进的事例,加上曾经为底层打工者维权的事迹,俨然是这个城市上进形象的代言人。她加入了一间律师事务所,一段日子经历下来,她感兴趣和擅长的案例,大抵都是劳动纠纷,医疗纠纷,工伤赔偿这一块,这样的案子都是耗时间耗心力,吃力不讨好的苦差。然而,她是雀雀呀!她做得很起劲。她是个招人喜欢的女孩子,水涨船高的,社会活动、公益身份也越来越多。名声蒸蒸日上。

她已经绝迹凤凰台了,都是荷荷找她,约了再约,那头基本不接她的电话,回头解释,都是在工作现场,调解啦,扯皮拉筋啦,漫长的诉讼啦。偶尔奇迹般地接听了,来不及说话,对方传来窃窃的一声:在开会——挂了。荷荷回味着那短暂的几秒钟,对方的背景里传出的扩音器里讲话的声音,感觉那会是一个肃穆的场所。她终于感觉,曾经的那个雀雀,那个干洗店的小妹,品牌店的时尚导购员,会种菜,会盘踞在客厅地板上,苦学到深夜的雀雀,那个活力无限、伶俐能干的雀雀,已经没有了。她孜孜不倦地约她,偶然也能约她吃个消夜。她抱着孩子,看着雀雀从夜色里疾步走来,穿着灰色套装,翻出白衬衣的领子,拿着大公文包,累得人仰马翻的样子。她有一肚子的积怨向她倾诉,婚姻里的丈夫,甜品店的员工,奸猾的供应商,然而,雀雀没力气答她的话。她的脸上挂着敷衍的笑容,安慰着自己——没办法,多少年的荷荷了,甩不掉的麻烦……看着她始终微笑的疲惫的脸,荷荷终于识趣地住了嘴。

所以,雀雀提出退股,荷荷赶紧应声答应了。按着现在账面上的收入,平分做二,取出一半现金。雀雀忙得无暇到场,电话里也绝不啰嗦。直到荷荷将厚厚的一包钱,从银行提出来,雀雀才千难万难地急忙出现,她接过那包钱,潇洒地往车上一搁,回身捏一捏孩子的脸,便敏捷地拉开车门,坐上去。荷荷特意看了一眼开车的人,是个穿灰色制服的女孩子,干练短发,脸上的神情风雨不侵,大概是她的一个同事罢。雀雀也没有介绍的意思,隔着玻璃对她挥一挥手,那车转个弯,流利地开走了。是四月,细雨霏霏的街头,凤凰花又开满了高高的枝头,一树一树的,烧红了一条街。荷荷抱着孩子,她的脸贴在孩子的胸前,低着下巴蹭他圆溜溜热乎乎的肚子。心里空空的,又满满的,倍觉酸楚。有那么一刻,她感觉眼泪已经涌满眼眶,不知为何,转身又已干涸。

她平时老对着蛋糕店里的小妹们,嘟嘟囔囔地抱怨雀雀,骂她不接电话,放别人鸽子也不回个电话,了不起呀?大律师呀?拽什么拽?她不理我们,我们也不理她。让她一个人背个包,慌慌张张小狗似的,窜来窜去穷忙。她那么风光,还不是我们在给她垫底?现在,她不骂了,在蛋糕店里,也绝口不提起她了。小姑娘们不识趣,嬉皮笑脸地撺掇着问,二号老板怎么绝迹不来了?是不是已经晋升为大律师了?荷荷没好气地说:管她呢!你们才是嘴贱,还惦记那些不在乎咱们的人!

后来,听说雀雀拿着那笔钱,入股了一个私募基金,那基金背后有官商结合的背景,投资开发地产和矿产,去得很远,内蒙、新疆那样荒的北方都去。投资周期短,回报得很快。

荷荷听了,心里免不了又一阵凉热,这样的赚钱机会,雀雀连告诉她一声都不肯。嫌弃她,不肯搭上她一个?这个城市,反正有机会人人都要自立山头，搏一搏的。连许岭这样一门心思做研发的技术员，也自恃有本事，开发了一种节能新建材。他申报了专利，通过之后，火速地辞职，注册了一个新公司，急急忙忙在网上发放招聘员工的广告，到他邀荷荷和他一起去看写字楼装修时，荷荷才知道，不吭声的丈夫也会玩出大手笔。她看着许岭忙得像一团烟，蓬蓬地四处走火，头一次感觉到丈夫的深不可测。但她惊诧了一天，很快就感觉好起来了。

新公司没有什么原始积累，却从政府扶持的项目基金里，拿到了几笔钱，维持了一年的研发。产品从一个概念、创意，变成了成型的现实产品，却始终没有打通市场。不知问题出在哪一步，许岭一直坚持自己研发的产品是没有性能问题的，一个年轻人在这个都市丛林里打拼，没有背景，没有人力资源，市场有眼无珠，势利保守，没有眷顾这个年轻的爱迪生的新产品。销售业绩持续为零，却有那么多员工等着发工资。许岭又是一声招呼都不打，将凤凰台的房产本与荷荷的身份证拿到银行，抵押贷款。等到手续办得七七八八地妥当了，需要荷荷签字时，荷荷才知道自己的房子被抵押了。她也就签了。

到了这一步，许岭才对她说出一部分实情，看着她神情紊乱两眼发直，便将更严重的按住不说了。头一次，她为了钱，诚心诚意地焦虑起来。第一桩省钱的事，是将小保姆打发走，自己买菜洗衣做卫生，早晚去幼儿园接送小孩。时间一下子拥挤起来。她的心也慌起来，店里但凡动一分钱，订食材、水电煤气费、物业管理费、街道卫生费，一律都牵动她脆弱的神经。每一个从店门外走过，而不曾停下脚步买点什么的路人，都引起她的失望和记恨。买食材、发工资，为了克扣下一点点零头，她会费尽唇舌，讲上许多废话。大师傅、跑堂的小姑娘们，个个都不像从前那么喜欢她了。但凡她进店里，总是要闹一场。看一眼垃圾桶里的废料，削下来的老大一方的蛋糕，连着果肉的果皮,都能惹来她的怒火。削下来的这些,也能多出一炉点心了。这些人都是怎么在糟蹋她的东西呀!店堂的小姑娘们,没事就在那照镜子挑眉毛粉刺,她遇见一次发作一次,这种下作习气,谁看见了敢吃这店里的东西?遇上门口有熟悉的顾客走过而不曾推门进来,她便鉴定是这些肮脏的小妹倒了人家的胃口,赶走了客人。面包盘里垫底的吸油纸,面点师的口罩,小姑娘们用的手套,从前都是一次性的,现在她则要求能省则省,吸油纸至少坚持一天,口罩手套什么的,下班后洗一洗,明天再用。而且还变本加厉地挑剔每个人不干净,要扣工资,为此,店里几乎每个人都和她结下了梁子。

那笔钱拿出去,很快就没影了。公司的开支是个巨坑,够家庭用一辈子的钱,填进那个天坑里,瓦片似的,单薄地被吞噬下去,只够做个边角料。为了这套被银行扣下房本的房子,她愁得夜夜睁着眼睛到天亮。梳头发的时候,黑发丝丝缕缕地落,落在肩头痒痒的。白头发也多起来,因为这日夜炼心的熬煎,面颊塌了下去,额头、眼角都起了细细的皱纹。她自己也不知道,因为好久不曾照过镜子了。

许岭的公司又撑了半年,他到底能不能将房子赎回来,她心里没有底,对丈夫又问不出实情来。只能找到萧辉头上。因为许岭辞职做公司,起初拉萧辉一起,被拒绝,加上一入商战,从前的两个小伙伴,倒是疏淡了,远了。然而,荷荷和他之间的情分还是在的。他还是从前那个样子。依然在从前的实验室工作,还是那么清清淡淡地,双手插袋、梦游的神情。他带了些玩具和水果来,小孩子见了很开心,好久都没有大人正经理会他。这个晚上,他格外地欢喜,和萧辉头抵着头跪在地板上,看着图纸拼装玩具。荷荷在厨房里做菜,时不时探头看一眼,这家常的情景,孩子的欢喜,都令她倍觉凄惶,很久没有人打理家务了,客厅吊灯的灯泡灭了好几只,这昏暗的灯光照下来,加上满腹的心思,人生到这地步,真是愁惨的。

她摆出碗筷,招呼他们吃饭,萧辉抱着那孩子,去洗手,打着泡泡,将他的手指详细地洗来,每根手指都取了一个名字。将孩子逗得咯咯笑着,软在他的怀里不下来。

荷荷就说:“你们也该要个宝宝了。年纪都不小了。生个孩子,都有个伴。”

“雀雀没空生孩子吧,她现在要和我离婚都没空。”萧辉垂着眼皮,要了一点酒,闲散地说出另一个消息,雀雀要当人大代表了,现在,去了市委党校培训学习呢,天天就住在香蜜湖。他也是好久没见到她了。

“这不是又一个文星吗?”在戏剧的人世细节面前,荷荷的第一反应永远是个拾棉花的女人。

“被尊重的需求嘛,所谓的马洛斯金字塔定律。”

“她倒是把我撇开了。不理了。呵呵不理就不理,多年老友,成全她这个心愿就是。”

“你们嘛,好一阵歹一阵,正常。什么时候她吃亏了、落单了,总是会想起来回头找你的。倒是我和她,差不多了。快散了。”萧辉不在意地说,“我们已经说好了,单等她哪天有空,约我去民政局签字离婚。”

“你不要没事就跑过来吓唬我一阵。我自己还一身黄泥洗不干净呢!”荷荷又被激得尖叫一阵。等她不叫了,心里也明白了,这些都会是真的。“她那么着急离婚干吗?她现在不担心你了吗?你可是她豁出命的人。”

“呵呵,现在我是她的往事的污点证人。”萧辉有一句没一句地解释道,“雀雀很否定过去的自己。”

“她要在福田买房子了,我签字和她离婚了,房子就是她一人名下的了。”

“她的户口都是因为和你结婚了才迁进深圳的呢！现在这么来一手，真是好笑！不签字你会要分她一半房子吗？亏她和你这么一场，怎么做派看起来根本不了解你这个人。”荷荷激愤了，“这是什么人生啊？我这儿死的死败的败，这房子也保不住了。她倒好，升官发财休老公。”

“她是律师嘛，有职业警惕性。这样我也放心了，这丫头自己一个人，能量十足。”萧辉笑笑，看荷荷一眼，“再说了，她现在放弃了，不继续以拯救者的姿态出现了。你不觉得我也解脱了清净了？”

“许岭那混蛋把这房子抵押出去了。他还不上账，我们母子就要被扫地出门了。以前你们介绍他给我，真没看出来，他胆子这么大。”

“如果不是许岭，是另一人，也许你不会这么抱怨了。对不对？”

“可他不是他，那个人已经死了。没有了。”荷荷哭了，“我也不嫌他，我只想静悄悄地这么过后半生。这样也不可以吗？不能成全我让我安逸点吗？我累都累死了。”她放下筷子，垂下头，额抵着大理石桌面，呻吟道，“我累死了……我每天早上起来，想一想往后的日子，就起不来床。”

孩子见惯了母亲发神经，嘴里含着一口饭，眼睛里眨巴着泪水，然而，嚼吧嚼吧，坚强地把饭吃下去，从桌子上哧溜下地去，自己去摆弄那堆积木了。

萧辉默默地陪坐着，听荷荷呜咽着，像一只可怜的小猫小狗。“我们这样子，是不是根本行不通的？没有足够的爱，是不是敷衍不了对方，也凑合不了一辈子的？”

他说：“这就是业吧。最难的时候，有个人在身边，我们自己走不了路，拄着拐杖往前撑一段。可过后也是要还的。谁没有强烈自我？没有人愿意被当作一根拐杖，是不是？”

“那是雀雀。你和我的故事里，我们的角色不都只是一根拐杖么?”荷荷收住了眼泪,“当然了,只是他们有眼无珠而已。”

“但那样的燃烧,真是酣畅。”萧辉微笑,“那里头有我们真的自己。”

吃过饭,荷荷送他下山去,雀舌花在夜色里密密地香着,路灯的光洒下来,依然是灯火宁馨。和很多年以前的凤凰台一样,那时候,所有的爱和痛才开始,还有很多很多的希望。荷荷在回忆里恍惚地想——是要结尾了吗?故事都讲完了吗?

萧辉回到家,无论多晚,灯火通明的客厅里都有一个精神抖擞的雀雀在等着他。她开着电脑在加班,他回来得越晚,罪名就越多。他一整夜不回来,她的滔滔辩论、引经据典的讨伐,够把他送进监狱里去吃个官司。萧辉诧异着,她怎么就有那么旺盛的精力呢?不需要睡眠,不需要关灯,不需要一切安宁的、不言不语的静谧。只有他的人在她眼前,她就有兴致,她回忆往事,围绕着萧辉对她的抛弃,他抛弃她时的心理状态,有没有担心过她,良心不安过?他无论回答是和不是,都会惹来她歇斯底里的咒骂,她回忆着她的屈辱,她头悬梁锥刺股的埋头苦读,多少天不吃不喝都没人管她死活,他那时候不要她了,她根本不知道自己能不能活下去……她满含着眼泪,热衷报复,将他们彼此心知肚明的故事,重新修订一遍。在往事里她越来越委屈,越来越冤,而萧辉则是冷面冷心,毫无人性,罔顾她的痴情。在她抑扬顿挫、声情并茂的回忆里,萧辉如常地洗漱、饮茶、上网或睡觉,躺在枕头上,听她冲到床边来,接着叙述。人要背叛过去,都是要杀几个人来开一开路的。荷荷已经被她一脚踹开了。现在轮到萧辉了。外头那个精彩的新世界将雀雀累坏了,心虚不安越是折磨她,她越是要大吵大闹,寻是惹非来证明自己的无辜。

她听萧辉说起荷荷夫妻,房子抵押给银行了。还不上钱得搬家。看起来是短日子里还不上的。她听了心里震惊,并不流露同情,反正她的钱都投出去了,一分钱的忙都帮不上。而且,像荷荷这样缺失斤两,没有算计的人,吃亏,栽跟头,都是命中注定,迟早的事情。她信任她遇见的每一个人,男人也好,女人也好。最后人们都无一例外地离她而去,荷荷不像她,懂得吃一堑长一智,伤过一次,从此就懂得保护自己的真心。譬如,她绝对不会再相信萧辉,经历过他对玫瑰的那一场,他将来说不定还会一走了之,随便什么名目,都能引得他一走了之,头也不回。她自己的每个月薪水数目,银行里的存款,信用卡,任何和钱相关的密码,萧辉什么都不知道,她一律对他誓死保密。相反,雀雀还一天到晚摊开手掌向他要钱,房贷,物业管理,水电煤气,家用,上街买任何东西都得他买单。看见他的钱包摊在沙发上,忍不住手痒,抽出几张放进自己钱包,心情也高兴些。她就这么锻炼着自己。至于荷荷,怎么也修炼不到她这样机灵的,谁让她缺心眼呢?所以,她只有倒贴,还让人抓住把柄,时常揭皮。眼下她顾不上荷荷,但荷荷是有能耐活下去的。等她有一天老了,肯定会带着她所有的故事,去投奔荷荷,将来她势必要和她一起老的。现在,她没办法,她得全心全意去新生活里折腾。她知道再这么闹几场,她和萧辉也该收场了。可是看起来他们又是分不开的,她每次闹,萧辉只是不理她,由着她在家里各种自立门户,存自己的钱,买自己的房子,对他种种无情孤立。在他心里,根本上,他熟悉这些女人的嚣张、任性,那只是因为,生活伤了她,她来不及清澈地知道,不敢知道……

荷荷手边没有钱,拉开抽屉,全是许岭签字的各种债务单,催款单。往后的岁月还那么长,她的孩子那么小,为了孩子,她总归是要撑下去的,她总得活成一个鸡皮鹤发的老太婆才能放心去死罢?通往死亡的路远远的,她怎么办呢?荷荷发愁地想着,时不时哭上一场。萧辉又来了,拿着她的租赁合同,去地产公司放盘,很快,店面悄悄地顺利地转让出去了。荷荷蜷缩在卧室里，手机置于无声状态，也已经被各路人马打爆了。她晓得她一惊一乍的员工们个个要找她讨个说法，然而她最不要看见的，就是他们神色关切刨根问底不知收敛的脸。所幸她不欠他们的工钱，他们对她的牵挂，也不会维持多久罢。甜品店依然兴旺地开下去，她精心装修的童话小屋，她的烤箱、搅拌机、冰箱、公主风格的漂亮橱窗……

“给你签了三年合同。接手的人不高兴呢。她肯定以为这个店一直都会火，一直赚钱。”

“干吗不全部签给她？十年就十年嘛，她一直做到租期到期最好。”

“我觉得，你还会回来的。过了这段时期，你还会回到这里。”

荷荷依仗着她的悲伤，对萧辉的话轻蔑地摇了摇头。“还回来干吗？人早没了。房子也没了。还要这个店来做什么？”

“你还在啊。你是荷荷呀！”

“可是故事已经结束了。”荷荷不为所动地说，脸上流着不为她自己所察觉的两行泪。

那笔钱拿出去，替丈夫的工厂付了一条生产线的机器尾款。是萧辉说的——“现在没有别的办法了。你只能往前继续走。要是停下来了，办公室租金、实验室、那些机器、创意，全都会毫无价值，一堆废铁和废纸。你只能继续往里头烧钱。没办法的。”

常常是睡醒一觉起来，她看着许岭和萧辉坐在客厅的灯光下，彼此苦苦地沉默着，或者热络地商量着什么。她隔着卧室垂下的珠帘望着他们，这两个人，依然，是人世的好风景。她心里对许岭似乎也没有恨，只是，连萧辉也一并陌生起来了。她时常生出恍惚感，这些人，都是怎么来的？她偶尔也想到雀雀，也是最远最远的一个人，她曾经对她付出的肝胆相照，后来的彻底退场。她想起来，只觉得心头横着生冷的一把刀,然而,杀她的人多了,她也不觉得谁额外叫她疼痛。她一个人在万里黄沙之中穿行,当顶的太阳无日无夜地照着,烤干她咽喉里最后一点湿气,身体里最后一滴液体。

贷款逾期未曾归还,银行上门告示,住客限期搬家,房子要择期拍卖。荷荷拿着刀,架在自己的脖子,声称要屋亡人亡,银行见惯了这番闹剧,来人将荷荷拖出门去,将门锁迅疾地换掉。荷荷眼见得大门上贴上封条,恨起来,咬着牙冲过去,一头碰到大理石门框上,当即血流如注地晕死过去。除了这样的死狗一样被拖走,她想不出,和凤凰台告别的方式。

他们如今在香蜜湖附近的城中村租下了一间房子,当初荷荷买下的一套香樟木家具,四开门衣柜,古典五斗橱,雕花大床配床头柜……两米高的大冰箱,滚筒洗衣机,在亲嘴楼逼仄的楼梯上,磕碰了一千一万次,好不容易塞进房子里。一套四人座配贵妃榻的客厅沙发,荷荷特意为此订了织锦缎的沙发套来换洗。八张雕花餐椅配大理石台面的餐台,这些大件是出租房里无论如何容纳不下的,从货车上卸下来,横在大街上,不一会儿,便进了旧货店。孩子凄惶流落的神情,手里紧紧握着他的小汽车遥控器,木怔怔地,亦步亦趋地跟着母亲。待到终于将锅碗瓢盆安置到厨房,简易木架床上铺上自己的被褥,一家人团团坐到床上。荷荷瞅着许岭,叫了一声:“许岭,你还不和我离婚吗?”

许岭回头:“我也不想会搞到这个样子。”

荷荷说:“我不怪你,我只想和你离婚。你放我们孤儿寡母一条生路。”

男人跳起来,就给了荷荷一嘴巴。荷荷的头碰到床架子上,她感觉到床头一颗粗糙的钉子戳进自己的太阳穴里,眼前冒着明灭的金星。孩子又扯着嗓子大哭起来。

男人斥道:“那房子什么来历你心里明白得很。你一个初中学历的打工妹,有什么能力挣得来一套房子?”他木讷了这么多年,现在突然巧舌如簧、能言善辩了,“这些年我早就受够了这套破房子!当乌龟!做王八!头顶放绿光!不是想摆脱这套房子,我也没那么大心气去做这个公司。那乌龟房子抵押掉了怎么了?赎不回来又怎么样?洗干净了你的原罪!房子没了我高兴!我他妈轻松极了!”

“好,终于说了心里话了!”荷荷拍着床架给他喝彩,“我就奇了怪了,我烂我贱是我自己的事,当初你和我也只是陌生人。你既然早知道我不是个好东西,还掺和进来和我过日子生孩子?”

“是我他妈心软,看你可怜,谁都比你精明,而你笨头笨脑!我他妈还看中你能生孩子!贱人!”许岭破口大骂起来。

荷荷哭着,闻言,突然被刺激得大笑起来,她咯咯咯咯地尖声笑着,她很难堪,这么多年她以为瞒得他严严实实,拿黑布罩子罩着一个老实人,如今兜底儿全豁出去了。原来她根本就没有秘密也没有隐私,她无地自容极了,为丈夫的话,她多少还有些感动。

她操起孩子的玩具遥控器,朝着那个男人砸过去:“我用你来可怜我?我有你可怜吗?我用不着你这么好心来害我!你给我带来了什么好?”

孩子此时不哭了,他小精豆似的,望望父亲,又望望母亲,嘴巴里长长地呼出了一口气。

荷荷现在香蜜湖的富人区找了一份工作。作为一个保姆,她倒是好找工作的,人看起来清清爽爽,十几年前便做过小保姆,又表示自己会烘焙,烹饪。她很快被荐到波托菲诺的纯水岸别墅区里头做事。东家一家四口住一幢独栋,夫妻两个养两个孩子,养了一条牧羊犬。用了两个阿姨,一个是住家保姆,专门负责打扫、熨烫、整理。另一个则是烧饭阿姨,早来晚走,用于一日三餐的烧煮。原来的那个阿姨被这住家保姆排挤走了。新来的便是荷荷。见工那天,她大清早便出门来了,从城中村到香蜜湖,穿过一道深南大道的天桥便到了,沿途的影树开着花,落红满地。她走在树下,恍惚自己依然是十六岁的那个荷荷……

这新上工的保姆,素面黑发,编了两条麻花辫,穿了一条灰色隐形条纹的直身棉布裙子,塑料的平底系带凉鞋,没什么表情地低着头。女主人是用过了一百个保姆的样子,毫无认识信任的欲望。她白净着好看的脸,微蹙着眉,将她领到厨房,指着料理台上摊开的一堆食材,吩咐了一句:你先做一顿饭看看吧。

荷荷打量了一下厨房,锅碗瓢盆,酱醋盐糖的各自位置,大致还算齐全——和她自己的厨具自然是没法子比的。从包里掏出一只布围裙,一副长塑料手套戴上,将那滴血的鲜鱼,浸水了的青菜,麻利地摘摘拣拣。到午餐时,她烧出了一桌子好菜,清蒸老鼠斑,广式药材煲汤,东坡肉,烤羊排,白灼青菜。米饭清香松软,另做了一味姜汁双皮奶做甜品。一顿饭吃下来,她的面试也就合格了。往后的日子,自然会证明,荷荷的确是个好保姆,她讷言有如哑女,手脚勤快,和那个气焰旺盛的住家保姆也没有成为死对头。尤其是,她果然会做西点,会烤面包,烤果仁饼干,烤甜品,烤鸡,烤羊腿……

厨房在第一层的后厅,和客厅、会客室还隔着一条开满九重葛的长廊与门洞。她一个人,她一个人守在那设施奢华的厨房里,煲老火汤,切肉,腌食材,择青菜,烘焙布丁、慕斯。三餐开出饭去,一整天也不曾有人打扰她,和她多说一句话。这低迷又清净的日常氛围,仿佛打开往事的一把钥匙,分外将她带回到从前,她初来乍到这个城市,在凤凰台做保姆的时候。窗外临水的木栅栏上,缠绕着开出一万朵花。哪怕是低头做事,那些花也在她的幻境里招摇。仿佛,依然会有一个穿白色亚麻布衣衫的男子,衣袖里兜满了风,潇潇洒洒从花下经过。而她,永远是那个穿小花衫的少女,讷言又热烈地,追赶着他的背影。现在好了,没什么好赌气的,没什么再对峙的了,也没什么能妨碍她想念他了,他也不会再搅局,冷酷地打扰她专一的深海一样无言的思念了……幻境仿佛是一架梯子,什么时候她麻利地爬上去,她的花园,花园里的人都还是在的。回忆,抑或是心生的幻觉,犹如另一个空间里递过来的一把舒适的椅子,她随时倚过去,坐下来,伸出双臂,就能和梦幻相互拥抱。她从来没有这样得宠,这样神魂颠倒幸福无边。是不是,人的灵魂原本从来不灭?她现在准确地感知到,死者的信息,被死亡过滤了的,质地丰沛又纯粹的爱情,如繁花,如祥云,如流水,饱满地拥抱她,围绕她,宠爱她,依恋她,浸润她的每一根骨头每一寸感知。曾经这一世的悲欢离合,种种的炎凉,她不甘心不服气要找文星理论清楚的那些,被辜负的寒心,都模糊成了被雨水打湿的纸片,斑驳而无关紧要。这一生的际遇,于她和他,真的并不重要……

周末,主人家常常开派对,宴宾客。这是给荷荷派上用场的时候,女主人格外有笑意些,口齿温和地给她派任务。她始终不曾关心她的姓名,只按照这一行的普遍叫法:阿姨,这周末我们家要请客,你就别休息了吧。

荷荷心里是答应了的,但想到要加班,她红了脸,嘴里仿佛含了一颗水果糖,窸窸窣窣、期期艾艾、口齿不清地,然而到底让主人听明白了,周末工作,是需要付双倍加班费的。

女主人不愉快地瞪着她,很快打断她的话:“知道了知道了。你就安心加班吧。放心,不会少你钱的。”

荷荷的脸愈发红了。她低着头,讪讪地攥着一块抹布,有罪似的来回抹她面前的五斗橱。然而,到底是说出来了,有保障了。她心里长长地出了一口气。

周末那天，孩子没有幼儿园可以去，荷荷便带着他来上工了，跟着她在厨房里，她腌牛排、切三文鱼时，孩子便蹲在她面前，入迷地看着她的双手的劳作。他还随时赞美着她的手艺，她呢，则毫不谦虚地接受他的恭维，许诺回家了也这样做给他吃，也给他铺上餐巾，排好刀叉，用上雪白的大瓷盘，高脚杯里倒点矿泉水也行，鲜榨西瓜汁也行。他黑白晶莹的眼神，叽叽喳喳又用词笨拙的小嘴巴，偎在她身边时心满意足的快乐的小面孔，都令荷荷心安。他是一个全然不同于任何人的小孩子，也不同于任何男人，他是她生出来的。

客人都在黄昏的天光里到来了，院子里灯火通明，衣香鬓影，有好多的小孩，戴着面罩尖着嗓子在草地上疯跑。荷荷的孩子被母亲约束在厨房里，自己摊开一本书，指指点点地叫自己看。看不多时，走到窗口，踮起脚尖探望那些孩子的动静。人群大多庸常，穿亚麻布淡色西装或者黑色小礼服。唯有一个窈窕的女子，背影娴雅有风韵，挽一个坠马髻，胸口配一串饱满的大溪地珍珠，穿一件绿缎晚礼服长裙，手臂上搭一条薄纱披肩，身段高挑美雅，在人堆里，格外醒目。荷荷倚在窗口，久久地，爱惜地望着那女子，她的心被那芭蕉绿的色泽刺得突然一跳——她想起萧辉的故事，子夜邂逅的绿衣女子……阿修罗又回人间，这样的故事才是人世间的天长地久。荷荷双眼爱惜地望着那背影，始终不曾见女子转过身，看见她的脸。当然，她一定是足够美，美得横行霸道，藐视众生，才会穿这样殊异的芭蕉绿的衣裙。呵，这样美的女子，脆弱的永不退场的玫瑰，血色罗裙翻酒污，悲情朱尘，生死疲劳，曾经的故事死了男主角和女主角，依然光焰弥漫，有人上场……虽然，荷荷只是一个诚心的厨娘，然而，不妨碍她对这世界的好兴头，她从来，是个痴心的看客。这光色鲜丽的人世，城市背后寂寞又辽阔的大海，一个故事结尾时的千山暮雪，万径寂灭，她都明白。她的心为之牵引缠绕,情意缱绻。

她将儿子招呼到窗口,指点那绿色背影给他看:“你看,她好看吗?”

“好看。”儿子摇摇头,“但没有你好看。”

“傻瓜!”荷荷感动地骂了他一句,问,“你还想再吃一只甜虾吗?”

“不吃。你说了,想吃等你收工了带我去烤生蚝。”儿子提醒道,“你得说话算话。”

她满意地笑了。舞会要开始了,自助餐台上的食物被撤下来了,不曾吃完的卤水,生肉,主人吩咐荷荷打包带走。母子俩拎了大包小包,在夜色里手牵手往家走。对儿子而言,似乎是满意的、快乐的一天,他很满足。回到那逼仄的磕磕碰碰的小屋,荷荷给孩子洗澡,安置他上床,自己也冲了凉,才摊在床上放平劳累一天的身体。有锁匙开门,许岭回来了。他的神色倒是炯炯然神采奕奕的,只是眼角布满了阴影和深深的皱纹,油腻的发梢看起来胶住了,疲沓的衬衣领口和袖口,从凉鞋里伸出的脚指头,都是一副心力交瘁饥肠辘辘的样子。荷荷赶紧下床来,给他拿拖鞋,拿浴巾和淋浴的桶去卫生间,又打开冰箱,将卤水装了盘,豆腐、鹅掌、肾片什么的,搭配一罐啤酒,放在饭桌上。许岭默然地穿了拖鞋去洗澡,焕然一新地走出来,在逼仄的屋子一角坐下来,打开啤酒,默默地吃喝起来。

荷荷坐到儿子的枕边,将阳台上收回来的衣衫,一件件地熨好叠起来。楼下鼎沸的市井人声,似乎被这单薄的窗户和灯光隔开了一层。灯光很宁馨,将男人疲惫的背影映在墙上,她心里生出一种茸茸的怜惜,她想,就这样过下去吧,谁格外耽误谁呢?谁不是拿一辈子的光阴在互相耗?为一套已经赔出去了的房子,她也不至于一辈子和这个男人势不两立。想着,她又打开打火灶,煮了一份碱水面,热油里炒了一碟虾酱通菜，搁在桌上。两条腿辗转着，终于走不动了，她倒在儿子身边，眼睛一闭，就沉下去，睡着了。

似乎是在一个骤然的噩梦中，她被一双手拎起来，脸热烘烘地凑上她的胸口，她本能地双手拥住胸，护住自己。她侧过脖颈，躲避着热乎乎的空气，她决不让人碰一下她。她很困，嘟囔着要睡觉，申诉着她的劳累和无辜，然而，她衣衫周正地和儿子相依沉睡在这个兵荒马乱的夜晚，每一个姿态都在引爆一根一触即发的导火线。总之，待荷荷清醒过来，她已经被丈夫拖下床来。窗外的市声依然鼎沸，三轮车磕磕碰碰地走，砂锅粥店的男孩在高声地招呼打包好了，时间似乎没过去多少，她才小睡了一会儿就惹怒了丈夫。她挨着他愤怒的出手招式，偶尔也还击一下，小猫小狗似的，向对方挠上一爪子。换来更结实的揍和打。他们互相都一声不吭，荷荷的脊椎、鼻骨，都在感受着拳头击打的力度。她被踢翻到门角落里，荷荷摸到打火灶下方，两只抽屉摞成的小碗橱里，菜刀的位置。她准确地操起刀把，横在许岭眼前。

男人笑了一下，收回手势，甩一甩手腕，转身去穿上自己的衣衫长裤，拿了自己随身的皮包，要出门去。荷荷愤怒地低呼道："你半夜走什么？为什么就不能让我活？"

"你让我活吗？你给这个家活路吗？"许岭反诘，"这房子里三个人，让你折腾得还像一户人家吗？"

荷荷默然地住了嘴，她伸手去抚脸上、手臂上、脊背上，无数的疼痛。许岭环视这簇拥的敝旧的小房子，和地板上的荷荷，好久，下决心地说出一句："我不会总是这样子的。你也休想拿我当垫底。你！你让我恶心！"

她想起很久以前，有一个晚上他和她坐公共汽车，他出面去制止一个男人殴打女人。那时候，他说过，不会动手打女人，不会打自己最亲的人。现在,看起来,她两样都没资格了,只是一个欠揍的蠢婆娘——她承认自己的确该打,也做好了准备,从此常常挨打。为那套房子,她不知口舌恶毒地将许岭骂成什么样子,在嘴里已经架着他上刀山下火海炸油锅,炸了又炸。后来不管不顾跑去富人区当保姆,不顾他的一再阻拦,更是罪该万死。很久以来,他就把她的斤两掂量清楚了,她骂什么,他心里都清清楚楚。想到这些,荷荷自己就羞得无处躲藏,然而,不管怎样,她肯定是不妥协的,下一次不会,这一辈子也不会。他打死她好了。

然而,许岭并没有理会她的默认挨打,也没给她机会实践一下。那一晚的冲突之后,他没有再回这个出租屋的家里过夜,即使回来,也是白天,趁荷荷上工,来出租屋里取点东西。他干脆地住到了公司里,调试新的生产线,厂房在远离市区的龙岗新开发区,靠海的地方,荒野上一径的红土、野生的芭蕉,天底下几处新房子,盒子似的,满目都是绝处求生。根据萧辉那里传来的口风,公司似乎又有起死回生的迹象了。许岭背水一战,用天价的年薪请来一个很厉害的业内市场销售,来为新产品做市场。现在,公司的销售已经有了转机,曾经坚冰似的水泼不入的市场,现在也向这一款新产品敞开了一扇小窗户。荷荷听了也长吁了一口气——只要产品能流向市场,他们肯定就是能活下去的。她还是为他感觉安心的。

那个夜晚仿佛一个不真实的梦魇,然而,却制造了真实的沟壑。许岭隔一两周,也来看一看儿子,接他去吃个汉堡包薯条,游乐场转一圈。他送孩子回来,晚了也能遇见荷荷。现在,他们很客气,像刚认识的时候那样以礼相待。他提议着什么时候荷荷有空,带她和孩子去看房。“情况好转了,先得给你们母子张罗一个住处。要学区房。”他把自己拎出来单过了。

他们这一对男女,也曾婚嫁过,生养过。然而,行到此处,却是各自走路，许岭会有长长的一生吧，往后的时光里，她于他，只是一个渐渐淡出的背影。然而，只要这世界有个角落容得下她肉身寂静，灵魂出窍，她就没什么不满意的。更多的生活，更多的情感，她的确是应付不来了。

主人家里现在新请了一个菲佣，棕色皮肤，大冷天的也穿了低胸毛衣，超短皮裙，香水味远远近近香成一片。关于菲佣，荷荷听同行们传授过经验了，她们主要是贵，会讲英文，拌拌沙拉熨熨衣服已经很好了。这菲佣在家里，主要打理两个孩子，穿衣吃饭，日常会话，最热络的是和他们用英文讲讲迪士尼家族的卡通人物。荷荷留心听着，想着回去也教一教儿子，那句话怎么说的？别让孩子输在起跑线上。

另有一户人家，女主人品尝过她的手艺，很中意这个好脾气的寡言厨娘，托了管家来问她的话，许诺了一个让她很心动的月工资，要她自己考虑。

又一年深冬，要过年了。许岭表示不回来过了，请她自便。她打算带孩子回老家去。

从海上吹起的新鲜的，仿佛被黄金炒过的，咸味的大风，如一匹烈马，蹄声嘚嘚地奔驰过街市、楼宇、绿沉沉的树木。天空是宝蓝色的。寒风里那些暗影陈错的绿色植被都伏地了，沉了下去。阔朗的天光里，又一年的紫荆树开花了，高高的，酽艳的花枝，阵容壮观地招摇。圣诞节的灯火黄澄澄地，在风里流光溢彩。

荷荷走在树下，这是她最喜欢的岭南的好花好天的季节。人世间所有的苦楚，有的已经过去了，有的还不曾来到。

后　记

这是一本写给深圳的书。

于我个人而言,深圳是一个小说意义上的城市。它是名利客的驰骋场,也是弱势蚁族的求生地。它人山人海、刀光剑影,多情又无情。城市的空气中遍布着锐利的孤独,它由所有路过者、漂泊者们积累和扩散。它锐利、汹涌,山呼海啸般将人吞噬。而日日夜夜的风,那仿佛被黄金炒过的新鲜海风吹过这城市,在楼宇间发出沉浑的回音。风是这城市的心声,是万万千千人的遭际,故事里有人在流泪,有人在等候,有人在离开……

无疑,深圳是一个让人一见钟情的城市,汤汤满满的大海,郁郁葱葱的在海岸线上延绵的青山,蔚蓝的海水中散布着无名岛屿。浪花亘古地拍打着海岸礁石。勒杜鹃、凤凰树的大红花盛开,热风吹拂……这一切盛大的事物,都让人迷恋。

曾经,每到月中,我常去杨梅坑看月亮,那是天之涯海之角的月亮。汤汤的南太平洋之上,明月高悬,无牵无挂,不染纤尘。在这样地老天荒的参照物之下,不远处的繁华深圳,人所经历的,原是如此流逝,易碎。

小说是时光的驿站。我永恒信奉小说是我的深圳故事的载体,唯有小说的形式——于缱绻的字和句之间,搭建漫长的空间和时间,